Lee Yangji

李良枝

石の聲　完全版

JN018186

Kodansha Bungei bunko

目次

石の聲　完全版

石の聲

本書収録の「石の聲」は、第一章にあたる「一　そろえて」が李良枝逝去（一九九二年五月二十二日）後、「群像」一九九二年八月号に掲載された。これはさらなる訂正が入る可能性はあるものの、ほぼ完成稿として、編集部に渡されていたものである。そのため、同年九月、この第一章のみを『石の聲』として単行本化し、刊行した。続く第二章（「二　ならべて」）、第三章（「三　いつき」）は、さらに手を入れることを大前提として、編集部へ渡されていた（「編集者への手紙」参照）。右のような事情により、一九九三年五月刊行の『李良枝全集』では、第二章、第三章を「参考資料」として収録したが、今回、あらためて講談社文芸文庫として刊行するにあたり、第一章から第三章までを「石の聲」とした。

一　そろえて
二　ならべて
三　いつき
四　まつり
五　さらに
六　たねを
七　ちらさじ
八　いわへ
九　おさめて
十　こころしずめて

一　そろえて

――義しさ

私は目を閉じ、瞼の裏側に自分の字体でその三文字を書きつける。ゆっくりと口の中で呟きながら瞼の裏側に、さらに文字を重ねて書きつけていく。

ただしさ、という音がまず浮かんだのだった。そのうちに、ただしさ、という言葉とその音とが、それ自体の持つ求心力と遠心力の波状に放たれる力の動きの中で、言葉自体が自ら当てはまる漢字を捜し出し、義しさ、という文字となって浮かんできた。

けれども、この不完全な感じはどこから来るのだろう。危ういような、そして少しでも

この言葉の持つ世界に身を置けば、自分が跳ね返されてしまうような、怯《おび》えとも言ってい
い不安な感情がまといついてくる。
毎朝、私は目醒めてからしばらくの間、布団の中でじっとしている。
目を醒ますのは明け方だ。夜はまだ残っている。瞼に、手指のわずかなむくみに、カー
テンの襞の間や部屋のそこここに、夜の余韻が息をしている。
そのまま二十分、あるいは長くて三十分、電気もつけずにまだ闇が残っている薄暗い部
屋の中で、物思いにふける。まだ眠りのなかにあるのか、それとも目を醒ましきったの
か、はっきりとしない境目を味わいながら、まず夢を思い出す。夢を思い出した後で、ゆ
っくりと、意識をつまずかせないように気遣いながら、前日のことを思い返していく。
身体の内側、自分の身体を作っている骨という骨の芯の部分が、じわじわと熱くなって
くるのがわかる。言いようのない安堵感だ。身体から力が抜け、緊張していながら解放さ
れ、心地よい興奮が身体全体に広がっていく。そして徐々に意識が集中しはじめる。まだ
夢の中をさまよっているようでありながら、自分を感じ取ろうという意識は、いやに冴え
てくる。かけがえのない、何物にもかえがたい状態が作りだされる。
そのうちに、ゆっくりと、記憶の中から湧き出てくるように言葉が浮かぶ。それは必ず
といっていいほど浮かんでくる。
閃《ひらめ》く、と言ったほうが適当だろうか。だが、あの感じ、あの状態は、閃くというのと

は、どこか違っている。瞬間的に遠くから飛んできて、光が散って砕けるように言葉が現れる、というのではない。湧き出てくるのだ。あるいは、噴き出してもくる。言葉たちは、明確に、確実に、浮かび上がってくる。

夢を思い出し、前日のことを思い返していくうちに、言葉は現れる。前日から朝の目醒めに至るまでの一日の記憶は、過去に連なっている。遠い過去から続く時間の連なりの意外な隙間から、言葉は姿を現す。滲み出る。まるで息をするように、吸っては吐く記憶のうねりが、言葉を意識の表面に押し出してくる。

習慣となった儀式というのに近い。

何か言葉が浮かんでくると、私は目を閉じ、瞼の裏側にその言葉を描くように書きつける。文字の一画一画をなぞり、その言葉の音を反芻していくうちに、言葉はさまざまな想念を引き出し始める。夢の記憶とも多分連なっているのだろう。言葉によって意外な映像が浮かび上がってくる時もある。

布団のなかで、そうして目をつむり、あるいは薄く瞼を開き、私は立ち現れた言葉の裏側に身を置くようにじっとしている。文字や音に現れた言葉の面を付けながら、その裏から言葉の息を聞き取っていく。

ソウルに来てからしばらくして一種の儀式のように、朝、そういう時間を持つようになった。すでに、二年近くは続いている。

詩について、自分が日本語で書こうとしている詩について考えることができる時間が、朝の、目醒めたばかりのひとときしかないと気づいた日から、その儀式は始まった。詩のことを集中して考える時間が欲しいと思いつめているうちに、知らず知らずに朝をそう過ごすようになり、それが儀式化していった、と言い換えてもいい。

言葉が浮かび、連なっていく。

それらが詩のきっかけとなることもあり、ある日は詩の一部として立ち現れる。噴き出すように、前後に連なる言葉をともない、詩が頭の中に書き留められていく日もある。

言葉たちは、待つのだ。私によって摑まれていくのを、私によって選ばれていくのを、意識のなかに漂いながら待つ。その過程で言葉の方が私を引き寄せ、他の言葉を手繰り寄せてくる。私によって摑まれた言葉たちは、言葉そのものが持つ遠心力と求心力とで意識に刻みつけられていく。言葉は自らの力で自らの流れを生み出し、私を喚起し、鼓舞していく。前日の記憶は、言葉と言葉の間やその裏側に、まるで点描された絵のように塗り込められていく。

だが、消えていく言葉たちも多い。

私によって摑まれ、脳裏に刻みつけられていかない言葉たちは、力ない余韻を残して消えていく。大抵は意識の働くままにまかせ、消えていく言葉は敢えて追いかけはしない。かえってきっぱりと、余韻も瞼に残った字面の残像も無視してしまう時もある。

二、三十分のそんな時間が、ひどく長く感じられる日があった。それでも消しがたい言葉があるのだ。消しがたいそれらの言葉の音や余韻にこだわり、とらわれていくうちに、前日の記憶がその意味や姿を変え始め、混乱しはじめる。混乱は不愉快ではなく、日によっては刺激的ですらあったが、儀式を始めた頃はつらかった。

言葉から伝わってくる力と、自分の方から向かっていく力のバランスが崩れ、ただ記憶と、記憶から放たれる印象に何の積極的な関わりも問いかけもできないまま、ぼんやりとしているだけという状態は、焦りを募らせもした。

私はそっと瞼を開き、闇が漂っている天井の一点に目を凝らす。

今朝は、ただしさ、から続く何行かの詩句が立ち現れ、ただしさ、に当てはまる漢字を思いついた後で、戸惑ってしまった。

だが、この戸惑いは、言葉と自分との力の不均衡から来たものではない。混乱したり、焦っているわけでもない。言葉自らの力が、当てはまる漢字を捜し出した。ただしさ、は、正しさ、でも、貞しさ、でもない。義しさ、と書くしかないという思いは変わらない。続く言葉たちも納得できる。けれども、この一つの言葉そのものに、危ういような、どこか不安な感情が付きまとう。

似たような状態を、前にも経験した。一体どんな言葉が浮かんできた日のことだったろう。

儀式を今日まで続けてきた一種の勘で、それ以上考えてもいたずらに時間が経っていくだけだと判断し、私は布団の中から、ゆっくりと起き上がる。

儀式の過程は、こうして目醒めの後で湧き出てきた言葉なり、詩句なりを、布団から起きて机の前に座り、ノートに書き留めることで、次の段階に入る。

いつものように、そのまま机の前に座る。

右側の引き出しからノートを取り出し、机の上に置く。

ノートは大学帳の大きさで、以前はワイヤで綴じられた少し厚めのものを使っていた。最近は、というより、もうかなり前からだが普通に綴じられたノートを使っている。ノートを開いて見開きの空白のページを上下に開き、縦書きに文字を書いて使っていた初めの頃は、ワイヤ綴じのノートの方が都合がよかった。ワイヤ綴じであれば、ノートの中ごろまで来てもページを平たく使えるので書きやすい。普通に綴じたノートは、折った部分が盛り上がってしまって書きにくいのだ。

けれども、ワイヤ綴じのノートは、誤って書いたり、書いたものが気に入らなかったりした時に、すぐにそのページを破ることができる。破りたい衝動も起こりやすい。実際に何度となく破っては棄ててきた。すると、破るという行為よりも、破ってもいいのだ、と思う自分の、ノートに対する緊張感の緩みが気になり始めた。そんな頃からノートを替え、普通の大学帳を使うようになった。

言葉と自分との関係が、ノートとノートを使う自分との関係にも当てはまっていく。何よりも自分自身がどう在るか、が問われているのだと思う。言葉に対して切実であり、着実であってこそ、書く行為と自分が一体化していくことができる。まさにそういう自分と言葉の関係のように、摑み、摑まれ、あるいは引き出し、引き出されていく過程の中で、書くことは自分を浄化し、鍛え、創り変えていくのだという気がする。

開いたノートを、上下ではなく左右に使うようになったのも、ワイヤ綴じのノートから普通のノートに替えてからのことだった。縦書きでも、横書きでも、その日の気分で好きなように書くことにしていた。

日常、韓国語は、横書きで書いたり読んだりしている。日本語で詩を書き続けて行きたいという思いと、日常使っている韓国語への思いはぶつかり合うしかなかった。横書きの韓国語、そして韓国語の音韻、響き、それらに対するこだわりや、抗いとしか言いようのない気持ちが、こういう儀式を思いつかせたのでもあったが、時間が経つうちに、縦書きにするか、横書きにするかは、あまり大きな問題ではなくなってきていた。

私はノートをめくりながら、今日の分のページを開いていく。空白の見開きのページの、前の見開きページが昨日の分だ。

儀式の第二段階は、ノートの右側のページに、目醒めた後に浮かんできた言葉や詩句を書き、そのあとで、左側のページに前日の日記を書くことになっていた。

だから、昨日の分である見開きページの、左側のページには一昨日のことが書かれ、右側のページには昨日の朝、思いついたり考えたりしたことが書かれているという格好になる。そして明日になると、これから言葉だけを書く右側のページの裏側のページに、今日の日記が書かれていくことになる。

――擬人化の罠

少しはっとして、ページを覗き込む。

昨日の分の右ページだ。……そうだ、そういえば昨日はこんなことを考えていたんだ。昨日の朝、書き記したものなのに、遠い日に書いた自分の文字を見ているような気がしてならなかった。怪訝に思いながら、数行の文章を読んでみた。

――擬人化の傲慢

人間が自然の中に見出す人間に似た姿や性格のあり方も、人間の側の想像力も、ともに詩には欠かせないものだ。

アナロジーは擬人化の前提である。しかし、人間の側の属性、性格は決定的なものなのか。こう在ると仮定せざるを得ず、仮定せずにはいられない人間の哀しみをこそ知るべきということだろうか。

――人間という概念

概念があるだけなのかも知れない。人間というガイネンを、人間と呼び続け、人間であると信じているだけなのだろうか。

ざっと読み、ページをめくる。

左右に開かれた空白のページが、現れる。

義しさを意志し
佇みつつ
問う
待ちつつ
仰ぐ

やはり、義しさ、という言葉が気になり、戸惑いは消えない。

二段階目に入った儀式は、こうして右側のページに、目醒めの時間の中で立ち現れた言葉や詩句を書き留めていくことから始まる。そして、二段階目の途中の、右ページを書いた時点で、ようやく一息つく。

顔を洗いに部屋を出、用を足し、コーヒーをいれ、また机の前に座る。二段階目は、次にノートの左側のページを書き込んでいくことで締めくくられる。

左側のページには、前日一日のことが書き込まれる。起きてから眠りにつくまでの十数時間を、二時間ごとに区切り、出来事や、印象に残った光景、気づいたことなどを、できるだけ簡略に思い出せるかぎり書いていく。

それを一気に書く。

まず一気に書き出し、一日の終わりとしての消灯時間までを書き終えてから、空いた部分に、後から思い出したことや補充したいことを書き加えていく。

一気に書くことが、肝要だった。一気に書かずに、ある時間帯やある時点の記憶に思いが集中してしまうと、他の時間帯や時点の記憶が遠のいてしまうことがある。とにかく一気に一日を辿っていき、前の日を追体験していく。これは儀式の第二段階においての初めから変わらない自分に課した鉄則と言ってよかった。

目醒めに体験する二、三十分間のことを、私は「根の光芒」と呼んでいた。そして、ノートのことを「朝の樹」と名付けていた。

「根の光芒」は、目醒めの時間帯そのものに対して名付けられたものであり、湧き上がった言葉や言葉たちと、自分が対峙し、互いに摑み合って受け入れ、互いに臨み合っては突き詰め合っていく関係や思考の質を名付けた名称だった。

だから、「根の光芒」以後に立ち現れた言葉は、違う質のものとして考えることにしていた。

「朝の樹」も同じだった。右側のページには、「根の光芒」のことだけが書き込まれ、左側のページには一気に昨日のことだけが書き込まれる。「根の光芒」にしろ、「朝の樹」にしろ、とにかくその時間にのみ意識を集中させることが大切だった。

儀式の第一段階は、「根の光芒」であり、第二段階は、「朝の樹」だ。「朝の樹」の後には、「昼の樹」が続いていくことになっていた。「昼の樹」とは、カバンの中にいつも入れて歩いている携帯用のノートのことだった。「朝の樹」と名付けたノートの両側のページを書き終え、「昼の樹」へと移ることで、朝の儀式は一応終わる。

二つのノートを「樹」という言葉を使って命名したのも、目醒めの時間を「根の光芒」と名付けたのも、朝の時間が儀式化し始めた頃のことだった。やはり、それらの言葉も今朝のように、過去から続く記憶の連なりの中から滲み出、湧き出て来るように立ち現れたのだった。

義しさ、と書かれた自分の文字を見つめる。

不完全で危ういような、何とも言えない妙な後味が、まだ残っている。この言葉には、歴史、信仰、精神、行為、そういう膨大と言えば膨大な、言いようがないほど遠大な背景や流れが、浸し込められているような気がする。だから、これほど戸惑うのだろう。

言葉に連なっている、さらに多くの言葉たちの存在を思う。この言葉に至るまでの思いを自分で納得し、解きほぐしていくためにも、それらの言葉たちの方を先ずひろい上げていかなければならないのではないのか、という焦りにも近い感情に襲われもする。

今の自分には、分不相応な言葉なのではないだろうか。果して自分に、この言葉を口にしたり扱ったりする資格はあるのだろうか。……では何故、この言葉が「根の光芒」に立ち現れたのだろう。……自分自身が言葉を思い浮かべたのにもかかわらず、問いかける相手さえ分からないような苛立ちを覚えながら、私は自問を繰り返した。

久しぶりに味わう不思議な体験だった。

以前にどんな言葉で似たような体験をしたのかは、「朝の樹」の前ページや「昼の樹」を読み返してみれば分かるはずだが、こういう言葉を思いついた原因の一つは、はっきりとしている。

ずっと書き続けている『ルサンチマンX氏へ』という詩が意識の底でいつもくすぶっているために、詩への思いが、私に、義しさ、という言葉を思いつかせたに違いない。

跳び越えたかったのかも知れない。

長く、いつまでも続きそうな詩に、一度とにかく結論めいた言葉を書きつけてみたかったのかも知れない。

息をつきながら、天井を見上げる。

「朝の樹」はまだ終わっていない。左側のページが埋められていない限り、儀式の二段階はまだ途中にある。「根の光芒」の記録から残された宿題は、儀式の法則として、次に続く「昼の樹」に持ち越されることになっている。

思い直すようにペンを持ち返し、開いたノートを、今度は横にして左側のページに昨日のことを一気に横書きで書き始める。

4月15日

6時〜8時

6時5分　起床

「朝の樹」を書く

夢で15年前の自分と出合う

家の塀の下に座り込んでいた自分の姿がくっきりと夢の中に現れた

風呂場の窓

窓の外に広がった朝焼け

8時〜10時

食事

インギルの部屋を覗く

憂鬱そうな顔　話が続かない

テナムが通りかかったのでバトンタッチして部屋に戻る

巣立ちの冷酷さ
ザイニチカンコクジン症候群
8時30分頃　父から電話
明日の夕方アパートに行くと約束する
引っ越しの件はほぼ決定
8時50分　登校
10時〜12時
経営学特講3
キャンパスのざわつき　アクロポリスに集まった学生たちの群れ
雲の向こうで鈍く光を滲ませていた太陽　ゆがんだ光の輪
ぼんやりと夢のことを考えていた
ゼラチン状とも言い切れない動く石の塊　洞窟
12時〜2時
パンと牛乳で昼食
留学生図書室に行く　キム・サンジン、ソウ・チョンジャ、パク・スミたちと
雑談
誰のものかはわからないが、日本の週刊誌がテーブルのうえにおかれていた

目を背けた　言いようのない気分だった
イ・ムンジャが図書室に顔を出した　彼女の妙な視線、私たちに対する憐憫《れんびん》とも軽蔑とも言えない屈折した感情がはっきりと感じ取れた
二週間前の新入生歓迎会のことが思い出されてならなかった
後味が未だによくない
「どうしてチエイルキョッポウは母国に来ても日本語ばかりを使うのか」
スペインから来た彼女のわだかまりはまだ消えていない、それがよく伝わってくる
1時37分　図書室の外の階段で、学生が焼身自殺
死体を目の当たりにする
におい
長い時間だった　とてつもなく長く感じられた
死……そして詩
もしかしたら、詩は、死に通じているから詩か、と考える
「し」そして「S」
2時〜4時
生産管理

国文科の古典文学概論は休講
ユンミと6棟の前のベンチで雑談する
販売機のコーヒーがいやに甘かった
彼女の好意や私に対して抱いてくれている思いはありがたい
それを知っていて彼女からノートを借りてもいる
打算というふうには考えたくない　彼女を決して嫌いではないからだ
けれども、すまないとは感じている

4時~6時
4時半　下校、バスに乗る
機動隊の群れ　装甲車の列
5時半頃〝バンジュウル〟に到着　『ルサンチマンX氏へ』を書く

6時~8時
ヘヨンの家
夕食の後、日本語を教える
あの母親は苦手だ、かなわない
「スイル氏、早く結婚しなさい」　毎度のごとく同じ会話がだらだら続く
彼女は娘のヘヨンが私のことを思っていることを知らない

昨日の話から類推すると、今アメリカに留学中のヘヨンの前の家庭教師、ミスターMとも娘をむすびつけようとしていた感じだ
性は、性格の究極を規定する
それにしても、と思う
女たちは、あまりにも女でありすぎはしないか
若い男にやたらに結婚をすすめたがる年のいった女の発想というのは、ひとえに自分自身の性的願望から来るものに違いない
アルバイトをやめようか、とふと思う
しかしヘヨンに対しては関心がある　好きといってもいい
私はだらしがない

8時〜10時
8時45分　ヘヨンの家を出てトンスンドンに帰る
《나와너》に立ち寄る
カウンターには私ひとり
ミンジョンと向かい合っていた時間
ジェイムス・ブラウンをかけてもらった　懐かしかった
ミンジョンを見ながら耳の形について考えた

二回、人生を生きているという実感　ソウルに来て、日本で出合ってきた人間とうり二つともいえる人間に、何人も出合ってきた　ミンジョンもその一人だ
彼女は英子に似ていた
ストレートでスコッチを3杯
10時～12時
10時30分　帰宅
弟から手紙が来ていた
手紙を読んで寝る

私は深く息をつく。

「根の光芒」から始まった儀式は、こうして「朝の樹」を書き終えることで、一応終わる。

煙草を一本吸う。

朝のこの儀式のあとで吸う煙草はうまいと思う。他には酒を飲む時に吸う。日中、たまに一、二本吸う時もある。

思いついて、カバンの中から「昼の樹」を取り出し、今日の日付とさっき「朝の樹」の右側のページに書いた言葉たちを書き写す。空いた下の空白に、義しさ、と更めて書き出

し、その三文字を大きく丸で囲む。

儀式が終わると、私の動きは少しずつ早くなる。布団をたたみ、カーテンを開ける。窓の前に立ち、外の景色や空模様を見やってから、カセットデッキのスイッチを入れる。毎朝、バッハを聴くのだ。

無伴奏チェロの音色が儀式の終わりを飾り、新たな時間を始めるに当たっての、ゆるやかな区切りを作りだしてくれる。


私の住んでいる下宿は、東崇洞に近い地域の丘の上にあった。部屋の窓は、南西を向いている。窓からは、丘の斜面に建ち並んでいる家々や市街の遠くまでが一望できた。

今日は、靄が濃い。けれども決して肌寒い日ではない。こんな日は日中はかえって晴れ上ることの方が多いのだ。

市街の遠くに見え、都市を囲み、まるでソウルをふちどるように連なっている山脈の稜線は、美しかった。西日の強さに閉口する日もあったが、山の稜線に強烈な光線を滲ませながらゆっくりと沈んでいく夕陽の壮大さには、よく胸を衝かれた。胸を揺さぶるような哀しみというしかない何かが隠されているような気がしてならなかった。

ソウルにはいたるところに丘があり、都市の特に北部は、凹凸の激しい地形が市街を波だたせるように続いていた。それらの丘に、数えきれないほどの人家が、それも小さく、いかにも貧しげな家が、丘の斜面にはいつくばるようにして建ち並んでいた。この地域もその一つで、高台となっている丘の、かなり上方に建てられた一軒家に私は下宿していた。

ひと昔前までは、東崇洞にあったソウル大学の学生たちばかりが下宿していた家だったらしいが、大学がソウルの南方にある冠岳山という山の麓に移転してからは、ソウル大生はだんだん少なくなり、最近は在日韓国人の留学生専門の下宿屋と言っていいほどになっていた。

私は窓から離れ、チェロの音に耳を傾けながら、また机の前に立つ。開いたままの「朝の樹」の両ページに目を通し、ノートを閉じる。書き加えることは思いつかない。これで「朝の樹」は終わった。

立ったまま、今度は、「昼の樹」を手にする。

今しがた、義しさ、と書き込んだページを開き、ゆっくりと前のページをめくっていく。昨日、ヘヨンの家に行く前に喫茶店で書いた『ルサンチマンX氏へ』の一部を読んでみる。

時の瞬きに
　石はふるえ

親指の根に
　命はやどる

私は生まれ出る
通い合う光
時という力と献身
さらに
さらに背を
息の中に晒していく

私は新たに生まれ出る

ルサンチマンX氏は、自分の分身と言ってもよかった。

自伝ではないが、今日までの自分と、今現在の自分の姿を自分自身で確かめて行くために、一種の物語長編詩のような形で、この詩を書き始めた。

韓国のシャーマンが歌う巫歌の中に、『パリコンジュ』という仏教思想が多分に入っている歌がある。パリは、ポリから来たもので、捨てられた、という意味があり、コンジュは公主と書き、妃を意味する。すなわち『捨て姫物語』だ。

ルサンチマンX氏は、小さな頃に受けた深い心の傷を抱えながら、青年になって母国を訪ねる。苦しくもあったが、懐かしくもある幼年の思い出が、まず語られていく。彼は、自分がこの世に生まれたことを、この世に捨て去られたこととして捉えている。捨て去られた、あるいは放り出された自分の生を、存在というものに対する疑問として小さな頃から抱えている。

日本に生まれ育った韓国人としての彼は、自分が日本という国に生まれることになったことを、単なる偶然とは考えない。具体的、政治的な国家としての韓国という母国ではなく、たまたまの形としての母国というものに象徴される、もっと大きな存在、人間の定めを左右するほどの神というのにも近い存在が、母国以外の地に自分を生み捨てたのだと考えている。

言わば、彼にとっては、この世に生まれ、日本という国に生まれたことは、二重に生み捨てられたことを意味している。

そんなルサンチマンX氏が、母国で、パリコンジュに出合う。一応、詩の中では、Y女としたのだが、Y女に出合って、彼は、衝撃を受ける。それまで自分で自分自身をこうだと、こういう人間だと捉えていたさまざまな思い込みが、次第に打ち消されていく。

詩は、一人の男、日本に生まれ育った韓国人という属性を持った一人の男が、ふとしたきっかけで捨て姫Y女と出合い、自分自身をルサンチマンX氏と名付けて呼ぶまでに至り、まさにそれまでの自分を送別していくその過程を描くことが大きなテーマだった。それは言い換えれば、自分自身に向かっての手向けの詩、奮起の詩と言ってよかった。

Y女は、加奈だった。

加奈が日本に戻って行ってからの、この半年間、私は『ルサンチマンX氏へ』を書き続けた。

去年の十月の末に加奈と別れる時、二人は約束した。これからの半年間、手紙も電話もし合わずにいよう。自分はソウルにいて、加奈は東京にいて、それぞれの生活をし、半年後に連絡を取り合おう。自分は詩を書いて送る。そして加奈は、自分の踊りを作ってそれをビデオに撮って送る。それまでの半年間は、どんなに連絡を取りたくても我慢する……。

加奈も日本で生まれ育った韓国人だった。彼女は韓国の古典舞踊を習いに、ソウルに来ていた。留学生仲間のソウ・チョンジャから紹介されたのは、去年の春のことだった。実は自分の踊りを作りたいのだ、伝承芸能だけをしていくつもりはないのだ、とある日、加奈は私に大切な秘密を告白するような真剣な表情をしてそう言った。

――バッハの平均律と、無伴奏チェロ、そしてフーガの技法をうまく組み合わせて、それでサルプリを踊りたいわ。古典舞踊のサルプリを、もっと息の位置を低くして、動きの重心を水平的に移動させて作っていけば出来そうな気がするの。バッハの音はキリスト者の、西洋人のサルプリだと私は思っている。だから、きっと通じ合うものが見つかっていくと思う。

加奈は言った。

今、その声を思い出す。

Y女は加奈だ。自分に向けた手向けの詩を、加奈が私に書かせてくれたのだ。二人で約束した日は近づいている。今月の末までに、この『ルサンチマンX氏へ』を完成させ、加奈に送らなければならない。加奈の方は、予定通りに行っているだろうか。踊りは思うように作れているだろうか。

だが、詩は、まだほとんどが、「昼の樹」に書き留められたままで、原稿用紙には書き写していなかった。自信がないのだ。それに、詩自体が終わりそうもない。ついこの間、ルサンチマンX氏は、詩の中でY女と出合ったばかりだった。それに続くはずの、Y女の生い立ちを語る一人語りはまだ書き始めてもいない。約束の期日は近づいているのに、いつ書き終えられるのか自分でも見通しがつかなくなっている。

加奈もこうして東京の自分の部屋で、チェロの音色に聞き入り、踊りに振付を考えているかも知れない。出合い、話し合う中で、どちらともなくバッハのことが話題になり、意気投合したのだった。

――音で踊るのではないの。音を踊るのよ。

加奈は言った。

音を踊る、という加奈の言葉は私をはっとさせた。

音は、聴きながら何かを感じ取り、音に触発されたさまざまなイメージを味わっていくものと思い込んでいた私は、踊ることで音を身体の動きに取り込み、音から感じたものを音に向かって身体を使って答えていくという加奈の発想は、何か虚を衝かれたような意外さがあり、新鮮だった。

音階の反復によって、次第に高揚していくチェロの音色が、今日は何故か一段と饒舌に聞こえてくる。いや、饒舌という表現は少し違う。けれども、音色が、妙に私を煽《あお》る。身にしみてくる。

聴く曲は、ほぼ三ヵ月の単位で変わってきていた。チェロの前は、チェンバロのフーガで、チェンバロの前は、ピアノコンチェルトだった。

朝はバッハだ。バッハ以外は聴けない。

これも朝の儀式を始めるようになり、意識的に朝を過ごし始めるようになってからの習慣と言ってよかった。

反復する音、そして反復するテーマ……、バッハのさまざまな曲から伝わってくる、その反復というイメージは、単に手法、あるいは単にバッハ音楽の特徴というふうには見なせないものがあった。

　バッハを聴くことによって、私は勇気づけられて来た。「根の光芒」から始まって、「朝の樹」、「昼の樹」と続いていく儀式が、一日を経て、また翌日の「根の光芒」へと続いていく。「根の光芒」は、それに至るまでの時の連なりを含んだ新たな一日の始まりであり、また同時に、夢と目醒めの境目にあることで、時の流れとは違った次元で重層している自分の意識を発見する時間でもあった。

　儀式は、反復する。そして反復してこそ儀式は儀式としての意味を持ち、意味を新たに作り出しても行く。

　だが、反復ということには、いや、反復を意識するということには、もっと重要なことが隠されているような気がする。行為にしろ、それに伴う意識にしろ、時間的な反復という単一的な循環を意識するということは、そう意識するということ自体が、その反復からはみ出ていることを意味している。

　反復の渦中にいたなら、反復には気づかないからだ。前の体験とは違った自分であるからこそ、反復に気づくのだと言い換えてもいい。

　さらに重要なのは、反復は、反復を欲している……。

　もしかしたら、生きるということ自体が反復なのではないのか、と思うことがある。だが、この命題は、今の私には難しい。証明が難しいというだけでなく、必ず突き当たるはずの一種の虚無な実感を乗り越えられるだけの論理や意志的な力が、今の私にはないと思うのだ。

反復という概念、イメージには多くの示唆が秘められている。これが分かれば、自分は新たな段階に飛躍できるに違いない、そう真剣に考えることもあった。

抑揚に弾みがつき、覚え込んだ旋律や音そのものが、身体全体にしみわたってくる。いつものように、肩の後ろ側が微妙に反応し始める。

手にした「昼の樹」を開いてみる。

——義しさを意志し……

ページをめくる。

——私は新たに生まれ出る……

聞こえてくる音の弾みの中に、言葉を滲ませるようにして書かれた詩句を何度も反芻しながら、抑揚をつけていく。

風がないのは幸いだった。

どんよりとした空と、眼下に広がるソウル市街を一面に覆いながらたちこめた濃い朝靄から伝わる朝の匂いを、深呼吸しながら深く吸い込んだ。

左肩の裏側、特に肩甲骨の下辺りに、誰かに押されているような感じを覚え始めていた。

「根の光芒」、「朝の樹」、と続いた緊張した時間の後ということもあった。その上、チェロの低く、それでいて伸びやかな音が、小さな部屋いっぱいに響きわたり、身体にしみいるように伝わってくるその満足感も作用していた。

ごく自然に、はっきりと加奈の顔が浮かび上がった。

――加奈……。

私はその顔に向かって呼びかける。

窓辺に立った私の前に、加奈が近づいてきた。今となっては遠く思えるある日の、ある瞬間の姿のまま、彼女はほのかに笑いながら、私と向かい合った。

濃い美しい形の眉と、黒く長い睫毛に縁取られた一重瞼の目が印象的だった。彼女が瞬きするたびに、高鳴る感情に胸が締めつけられるような瞬間を味わった、出合った頃の日々を思い出した。

加奈と過ごした去年の約八ヵ月の思い出は、自分にとってはまだあまりにも濃厚で、鮮やかで簡単には忘れがたい。

加奈は私にとってのパリコンジュだった。

パリコンジュは、巫歌の中で歌われる韓国の土俗的な神の一人と言っていい。女の子ばかりが七人生まれ、七人目に生まれたパリコンジュは捨てられた。捨てられて人に拾われ、また別離を体験し、放浪する。地獄を経巡ったパリコンジュはとうとう菩薩となり、自分を捨てた父母を許し、衆生を救っていく。

境遇が似ているというわけではない。加奈には女のきょうだいはいず、兄が一人いるだけと聞いていた。加奈をパリコンジュにみたてる根拠は何もなかった。

けれども、加奈は、私にとって、現実に現れたパリコンジュの生まれ変わりと言ってよかった。

——ほらここに、ほくろが三つ並んでいるわ。……あら、ここにもよ。……三つずつ並んだほくろが、首筋と背中と、ほらこうして見れば、斜めに平行して並んでいる。

ある日の加奈の声が、身体の近くに蘇る。

ちょうど、左側の肩甲骨の下の、心臓の裏側になる辺りに、斜めに三つ、ほくろが並んでいるというのだった。首筋の左側に三つほくろがあることは知っていた。けれども、背中に、それも首筋のほくろと平行しているように見えるほくろがあったとは、加奈に言われるまで知らなかった。

ほくろくらいのことで、何故そんなに興奮するのか、怪訝に思えてくるほど加奈ははしゃぎ、面白いわ、を連発しながらほくろの上を指で何度も辿った。

そのうちに、いたずらめいた上目遣いで私を見上げながら、加奈は言った。

——スイルさん、私が念じてあげるわ。この三つの神さまたちに、スイルさんがいつも健康で、勉強もうまく行って、そして……そして詩が、素敵な詩が沢山書けますようにってお願いするわ。

加奈がほくろのことを言いだした、あのひとときのことは、忘れられない。熱い息と加奈の唇の感触が、私の首筋と背中を焼いた。二箇所に三度ずつ、言いようのない快感が貫いていった。唇の感触も、こそばゆいほどだった舌先の温かな動きも、鮮烈な記憶として残っている。

加奈は、不思議な女だった。時折、神がかったようなおかしなことを平気で口にした。それも急に、前後に何の脈絡もなく、説明もないまま、突然話し始めるのだった。あの時もそうだった。

——この三つのほくろは、三人の神さまの意味よ。환인（桓因）환웅（桓雄）환검（桓倹）、三神のしるしよ。韓国、ううん、今の韓国だけではなくて、このウリ（わたしたち）韓民族全体の始祖である三神を、……創世神話の主人公たちを象徴しているほくろなんだわ。ちょうど心臓の裏側に三つ、首筋にも三つ、すごい意味が隠されているんだわ。

つい今し方まで官能的に身をくねらせていた女とは思えない、無邪気さと真剣さとで、加奈は話し続けるのだった。話自体は面白かった。加奈は意外に物知りだった。けれども、話題の展開が奇抜で、そのきっかけも前後関係も勝手気ままだった。無邪気と言えば無邪気であり、沈着さがないと言えばそうも言え、分裂症かと思わせるような印象を与えもした。

いとしくてならなかった。

私はそんな加奈を、いや、そういう加奈だからこそ、愛していたのだった。

今思えば、加奈という女から響いてくる詩の部分を愛していたのかも知れない。そんなふうにも思う。詩の部分……、そうだ。あれは詩と表現するしかないものだった。

――スイルさんは、韓国に来るように宿命づけられていたのよ。きっとそうだわ。三神が、スイルさんを呼んだんだわ。海を隔てた日本で生まれたけれど、また海を越えて、母国に戻って来なさいって……、三神が望んでいたのよ。スイルさんは、三神に呼ばれたんだわ。

笑えなかった。

それだけではない。笑うどころか、あの時、加奈の話を聞いていた私は、頭の後ろから背筋にかけて一瞬、緊張した電流とも言っていい何かが流れていくのを感じていた。それは、加奈の声によって引き起こされた磁力と言い換えてもいい強烈なものだった。

あの日からだ。三つのほくろがある心臓の真後ろの辺りと首筋の部分が、気になるようになった。うなじに三つ、肩甲骨の下に三つ、鏡に映してみれば加奈の言う通り、それぞれ三つのほくろは平行して並んでいる。思った以上に濃く、はっきりしたほくろだ。

――ふうん、ほくろも考えようによっては、神さまのしるしか。そういう発想自体が面白いねえ。そうか、三神か。檀君創世神話か……。

加奈は得意気だった。

もしかして、加奈は、私を励ますためにほくろを三神と結び付け、無理やりそんな話にこじつけてみたのではないだろうか。そう、ふと思った。だが、私は加奈を話すままにさせていた。

――ハングルを創製した世宗大王は、知っているでしょう。私は世宗大王を尊敬しているの。スイルさん。ハングルはね、難しく言ってしまえば、その音を発音する時の喉頭器官の形があの文字の形で表されているのよ。喉を含めた口の中の形が、ㄱとか、ㄷとかの形として表現されているわけなの。ほら、試しにㄱの音を出してみて。クッって。……分かるでしょう。口の中がㄱの形になっているでしょう。すごいエスプリだと思わない？世宗大王は天才だったんだわ。これは私個人の考えなのだけれど、言霊という言葉があるでしょう。世宗大王は、言霊の本拠地が発話する喉の中にあって、その喉の形を文字にしていくことで、文字そのものの中に、まるで言霊を宿らせていくような発想で、ハングルを作っていったのではないかと思っているの。集賢殿という所に集まった鄭麟趾とかそういう当時の優秀な学者たちも偉かったけれど、基本的な思想は、世宗大王が中心だったと思う。

――言霊の本拠地？

私は、加奈の突飛な表現を面白く思いながら、聞きなおした。

——そうよ。本拠地よ。実感こもっているでしょ。ハングルって、世界一科学的な言語だとか、いろいろ分析されているけれど、文字の命が喉にあって、それは、喉を言霊の本拠地として捉えているからだということや、そのことで、実に合理的な構造の言語が出来上がって行ったのだということって、あんまり問題にされていないみたい。

——加奈、ところで、ハングルや世宗大王と、僕のほくろがどう関係しているというんだい。

私は聞いた。

思いが高まって何かを言い出したいにもかかわらず、それを敢えて堪えるように両手を口許に強く当てながら、加奈は私の身体からわずかに退いた。ひとりで首を振り、秘密を打ち明けたいのに堪えているという感じのそんな仕草や表情は、加奈の癖の一つと言ってよかった。

——だから、スイルさんの首筋のほくろは、世宗大王のしるしということなのよ。ハングルを創製した世宗大王が、ほくろになってスイルさんを守ってくれているの。……そんなふうに、私を見ないで。馬鹿みたいなことをまた言っているって思っているんでしょう。

私は、いいや違う、そんなふうには思っていない。そう言いながら首を横に振った。加奈は少しの間、拗ねるように口を尖らせた。

——ごめん、ごめん。……でも加奈、もしそうだとしたなら、何故、三つなんだい？三神は、檀君、桓雄、桓因の三人だからほくろが三つということは分かるけれど、首の三つはどういうことになるんだろう。

口を両手で覆っていたために、濃い眉と長い睫毛に縁取られた二つの目が、一層くっきりとして見えた。いたずらっぽく目を細めたり、笑いながら得意気に私を見つめていた加奈の瞳が、ある表情をよぎらせるのはそんな時だった。

艶然というのとは違う。単に色っぽいというのとも違っている。あの目の表情を言い当てる適切な言葉は思いつかない。

加奈は両手を顔から離し、私の目をじっと見つめた。

——三つは、三才よ。ハングルの基本思想と言ってもいい天、地、人の三才を意味しているのよ。三才は万物の始まり、子音、母音、子音の三つの組み合わせでできているハングルの構造も、実はこの三才の思想に関係しているわけ……。だから、スイルさんは、世宗大王にも呼ばれて韓国に来るようになったんだわ。やはりこれは宿命というしかないわね。言霊の本拠地に、ちょうど三つほくろがあるのは、その意味よ。そうに決まっている。間違いないわ。

こじつけかも知れなかった。私を励ますために思いついた、いかにも加奈らしい無邪気なおしゃべりかも知れなかった。

もちろん、加奈の言葉を真に受けていたわけではなかったが、韓国に来るのが宿命づけられていた、として、ほくろと渡韓をむすびつけた加奈の発想は、私にある種の安堵感と満足感を呼び覚ましたのは事実だった。かすかながら、私は嬉しかった。やはり母国に来たことは間違ってはいなかったのだ、という自信を取り戻した。

そのすぐあとで言ったのか、それともしばらく時間が経ったあとでまた同じ話題が話された時に言ったのか、記憶ははっきりとしないが、檀君神話とハングルは勉強するのよ、とまるで生徒に説教するような言い方で繰り返した、加奈の言葉は忘れられない。

――韓国語がうまくなればいい、ということではないのよ。決してそうではないのよ。もちろん、うまくなったほうがいいには決まっているけれど、ハングルの思想を知っていくほうがずっと大切だと思う。特に、スイルさんは、詩を書いているのだし……

加奈は真面目な表情で、そう言った。

あの頃の自分を思い返すと、加奈の言葉に、それもほくろと神さまを結び付けた無邪気で迷信めいた言葉に、あれほど自分が敏感に反応したのは、多分、かなり気が弱っていたからだったと思う。

ソウルでの生活には、かなり慣れて来たとはいえ、いわゆる「在日韓国人」としても、日本語で詩を書き続けている者としても、取り巻く環境とのせめぎあいは消えなかった。

慣れて来たというのは、あくまでも表面上のことに過ぎなかった。そこが母国であれ、どこであれ、自分が生まれ育った所ではなく、日常的に日本語を聞いたり、日本語が染みこんだ空気を嗅ぐことができないという事実は、心の底に絶えず言いようのない空洞感を作り出した。

もちろん、韓国に来なければ出合えなかったと思うような人間に何人も出合い、暖かで幸せな瞬間を数えきれないほど経験した。けれどもその空洞感は、決して癒されはしなかった。

周期的に、と言ってもいいかも知れない。説明のしようのない寂しさは、日常の隙間にいつも隠れていて、慣れから来る満足感や安心感で日常を苦もないものと考え始めるや否や、不意にまた、襲って来るのだった。

兄、と名乗る男に会ったのは、加奈からほくろのことを言われたその日の数日前のことだった。それはちょうど、『ルサンチマンX氏へ』の書き出しを、構想も不確かなまま衝動に駆られるように書き始めた、そんな頃でもあった。

生活する上においても、自分の詩においても、すべてが定まらず、とりとめがなかった。そして何よりも、私は寂しかった。

——詩は必ず、書き終えることができるわ。三神と世宗大王が守ってくれるから大丈夫。いつか完成したら読ませてね。最初に私に読ませてね。

『ルサンチマンX氏へ』の話をした時、加奈は言った。

私はしっかりと頷いた。

自分が詩を書いていることを、自分の方から打ち明けたのは、加奈が初めてだった。日本で付き合っていた英子も、私が詩を書いていることは知っていたが、たまたま本かなにかにはさんであったものを見て気づき、私も軽く受け流しただけだったから、趣味以上のものではない、と思っていたようだった。英子に限らず、私は詩を書いていることを誰にも言わなかった。

舞踊の世界のことについては、何一つと言っていいほど分からなかったが、自分の踊りを探し、自分の踊りを作っていくために韓国の伝統的な舞踊を学びにソウルに来ていた加奈の、踊りというものに対しての考え方と、私の詩に対しての思いは、驚くほど似通い、通じ合っていた。互いがそのことを発見するのにさほど時間はかからなかった。

私たちは、詩と舞踊の共通部分、いわゆる芸術として重なりあう部分、心構えとしてつながりあう部分を多く話し合った。

——でもね、スイルさん。詩よりも、踊りの方がエライのよ。上なのよ。だって舞踊は、すべての芸術の母胎ですもの。すべての芸術の始まりは舞踊だった。でも、こっちが先だった分だけエライはずなのに、いつの間にか芸術としては下等な次元のものにされてしまったんだわ。こんな扱いをされてばかりいたら踊りの神さまは怒りますよ。今に見ていなさい。親不孝者は、必ず目も当てられないくらい堕落して行くのに決まっているんだから。

——親不孝？

ある日の会話が、懐かしく思い出されてくる。加奈独特の言葉遣いと発想が、私には刺激的であり、同時に、いとおしさを募らせもした。

——そうよ。親不孝者たちよ。絵も音楽も文学も。自分たちが初めからエラクて、芸術の主人公だったみたいに思っているんだわ。踊りという親の恩を忘れて、自分たちばかりが高尚なゲイジュツだと思っているんだから、処置なしだわ。

さまざまな日の加奈の姿や声が、矢継ぎ早に蘇っていく。

今、またその顔を思い描き、表情をなぞりながら目の前に立たせ、向かい合う。どうしているだろうか。元気でいるだろうか。

半年前に加奈は日本に戻って行った。帰って行ったという方が、的確なのかも知れないが、帰る、という言葉はあまり使いたくない。他の在日韓国人はどうか知らないが、私には簡単に、帰る、という言葉は使えない。そして加奈に対しても使いたくない。帰ったにもかかわらず、使いたくないのだ。

加奈からの連絡は、無事に東京に着き、元気に過ごしているという葉書が、一週間後に届いただけで、それ以来全くない。加奈は約束を守っている。

実に多くのことを、私たちは語り合った。けれども、恋人同士というのとは違っていた。愛し合っていることをあれだけ互いに実感し合っていながら、互いを恋人同士と呼び合うのは、今でもためらわれる。けれども、加奈と出合い、過ごした約八ヵ月間の日々は、自分にとって一生忘れられない思い出になるに違いないと、私は心からそう思っている。

うなじに三つほくろがあることは、前から自分も知っていたが、それと平行するように三つのほくろが心臓の裏側にあるのを見つけたのは、加奈だけだった。もしかしたら英子も気づいていたかも知れなかったが、今となっては確認することはできない。英子は気づいていなかったのではないかという予想の方が強い。

裸になって触れ合う時の、私に向かってくる加奈と英子の態度は違っていた。これから、他のどんな女と付き合うことになっても、背中のほくろには、加奈以外、誰も気づかないだろうと思う。ほくろを三神と呼び、たとえひとり合点であっても、そのことを素直に口にし、私を励ましてくれたのは加奈だけであり、そういう女は、後にも先にも加奈以外には現れないだろうと思っている。

窓辺に立ったまま、私はゆっくりと加奈の面影を消しながら、息をつく。開いたノートを見やる。丸で大きく囲んだ、義しさ、という文字を口の中で読み取って行く。

これは、暗示というのにも近い。加奈という一人の巫女によってかけられた暗示だ。ほくろのことを言われてから、バッハの音にも、私を刺激するどんな光景に対しても、それに湧き上がってくる詩の言葉にも、うなじから背中にかけての部分が、微妙に反応するようになった。こんなことは初めての体験だった。いつの間にか、その部分で反応したり、感じたものを他のことよりも大切で確かなものだと信じるようになった。身体のその部分が反応するからこそ、敏感に注目し、自分に必然的なものだと考えるようになった。

迷信めいたものや、暗示に弱いのは、なにも女たちだけに限ったことではないようだ。けれども、それにしても、まさか本当に、ほくろを三神のしるしであると真に受けているのではないだろうな。いくら気が弱っているとしても、根拠のない暗示をそのまま信じているのではないだろうな。

私は時々、自分を笑った。

加奈の言葉で勇気づけられ、心のどこかでそれを支えにしようとしていたことは事実だった。根拠もなく、証明しようのない馬鹿げた話であっても、心の襞の些細な動きに意外な力で訴えて来るものがある。根拠もなく、証明することのできない非合理的なことだからこそ、かえって価値を持ってくるのだ。

韓民族を創世したとされている檀君を含めた三人の神を三神と言うが、同じサムシンという発音で、サムシンハルモニという出産を司る神がいることを、私は加奈から教えられた。サムシンハルモニは三人ではないが、サムシンという同じ音で呼ばれているのは檀君神話と全く無関係ではないはずだ、と加奈は言っていたのだった。

だからスイルさんは、檀君ハラボジにしろ、サムシンハルモニにしろ、生み出す神に見守られているということなのよ、と加奈はやはり強調した。

たかがほくろくらいのことで、とは考えられなくなっていた。どんな思いつきであっても、どんなに根拠のない迷信めいたことであっても、加奈のように怯《ひる》まずに信じ込むということが、どれほど言葉に力を持たせるか、ということを私は、今更ながらのように考えさせられてもいたのだった。

そして、こうも考えることができる。

自分が生きているこの世界が、目に見える形や姿だけで成り立っているのではないらしいと感じ、現実の世界というものに、猜疑や不安や、一種の戦慄すら覚えたことがある者なら、世界はもしかしたら別な目でも捉えられるのではないか、と信じ、そう試みようとするだろう。

加奈と出合って大きく変わったのはここのところだとも言ってよかった。いや、もともとから持っていたものを加奈によって引き出されたのかも知れない、とも思う。

私は宗教というものを軽んじて考えないようになった。蔑むこともしなくなった。また、愛、という言葉に対しても違った実感を持つようになった。この言葉に付きまとっていた照れくささや、こそばゆさそのものを、自分で距離を置いて捉えられるようになって来た。

世界は意地悪なほど漠然としていて、不思議だった。人の営みも、生々しいほどあからさまでありながら、少しも確かではなかった。

やはり、ソウルに来て、母国の空気の中で暮らすことは加奈の言うように、宿命的なことだったのかも知れない。想像もしていなかった変化が自分の中に起こった。これほどさまざまな自分が、剝き出しになるとは考えてもいなかった。

高校に入った頃と前後して、私は詩を書き始めた。大学に入っても、そのあと就職してからも、詩は書き続けていた。

二年近く、小さな貿易会社に勤めた後、思いきって会社を辞め、韓国に留学することを決意した。ソウル大学に編入し、卒業した後に韓国内のどこかの企業に就職できればと考えた。たとえ就職が難しくても口を糊するくらいのアルバイトはあるはずだから、そうやってしばらくは、ソウルで暮らしてみたい、と思った。

最初の一年間に、海外に生まれ育った同胞を対象とした予備校に通って韓国語を習った。そして、海外同胞のための特別な試験を受けて、ソウル大学の経営学科に合格し、昨年の春、三年生に編入した。

留学生活は、ようやく始まった。

日本に生まれ育った在日韓国人の私にとって、母国であるはずの韓国は、異国だった。ありきたりな言い方を敢えて続ければ、カルチャーショックの連続と言っていい日々の中で、神経はかなり過敏になっていた。

ある事実と向き合うことがとにかく怖かった。考えまい、考えまい、と自分に言い聞かせ、ことさらあることに思いが及びそうになると、強引に背を向けるように私は大学での勉強に精を出した。

ソウルに来てまだ数ヵ月も経っていない頃のことだった。

私はよく鏡を見た。塞《ふさ》ぎきって不機嫌そうな自分の顔がいやでならなかった。自分で自分を怪訝に思い、環境の変化から来た気の弱りに違いない、そう言い聞かせた。だが、単なるカルチャーショックから来た落ち込みではないことは、誰よりも自分自身がよく分かっていた。そんなことではなかった。そういうことで承知できるくらいのことであったなら、どんなにいいだろうとさえ思った。

詩が書けなくなっていたのだ。

全くだめだった。

環境の変化に順応できずにいるから、気持ちの余裕をなくしてしまっているのではないだろうか。時間が経って落ちついていけば、今の動揺も、一種の錯覚、あるいはたまたまあるスランプとして乗り越えて行けるのではないか。

まるで自分をなだめすかすように、そういくら言い聞かせても、自分を納得させるのは難しかった。

なぜなら、日本にいた時よりも、精神的には詩に近づき、切実に詩というものを生活のなかで捉えていることに自分自身が気づいていたからだった。

大学の勉強ももちろんだが、日常的に耳にしたり、口にする言葉が韓国語なのだから、今はしかたがない。日本語で詩を書き、詩を日本語で考える時間が急激に少なくなったから、こうなっただけだ。韓国語に慣れてくればそのうちに、韓国語に対する負担もなくなり、きっとまた書けるようになるだろう。そんなふうにも考えた。

けれども、一向に詩は書けなかった。

自分の血というものをめぐっての、微妙な感情のうねりが、制御するすべもないままに、私を苦しめ始めた。

詩を書くということは、私にとっては誰にもその行為を打ち明けられない秘儀と言ってよかった。

いつかは詩を書くことを専門の仕事としていきたい、とまるで夢見るように、高校生の頃にはそんな思いを抱いたことはあったが、いつの間にか、詩に対する考え方が根本のところから変わっていった。自分にとっての大切な秘儀であることを突き詰めていく中で、そういう発想がかえって詩から自分を遠ざけて行くことに気づいていったのだった。

詩、それ自体と、詩を考えるという行為、それ自体に忠実であろうとするなら、詩を書く行為は完全な秘儀として、誰にも知られずに続けられなければならないものなのではないのか。

もっと素直な言い方をすれば、かけがえのないものであればあるほど、人目には晒すべきではないし、惜しむべきではないのか。そう思うようになったのだ。するとよけい詩に対しての執着が生まれ、一層かけがえのない行為として詩を捉えるようになっていった。

まるで一種の踏み絵のように、詩を取るのか、それとも民族的な行き方を取るのか、という葛藤を経験したのは、大学に入って間もない頃のことだった。

韓国生まれの韓国人である父と、日本で生まれた韓国人の母を両親に持つ私は、いわゆる「在日韓国人」という名称で括られる立場に属する人間であり、父を基準にして言うなら、私は「在日韓国人二世」だった。

もともとの性格がそうだからだということもあるが、私は声高に民族意識を語ったり、主張したりすることはあまり好きではなかった。

大学に入った頃、在日韓国人学生のサークルに誘われ、討論や集会に参加したことも何度かあったが、しばらくして足は遠のき、それきり彼らとの関わりはなくなってしまった。私は彼らの活動を決して無意味なこととは考えていなかった。政治的なことは嫌いだとか、組織的な発想は自分とは性が合わないなどという、そんな理由だけで彼らの活動を捉えてはいけないとも思っていた。

どうしようもないあるもの悲しさが、胸をえぐるように心の深い部分をよぎっていくのだった。

「在日韓国人」として生まれて来てしまったことの、それこそ悶えと表現するしかない血へのこだわりが、討論や議論を繰り返させ、行動に駆り立てさせているのだ、という思いは、私の中のもの悲しさを煽った。自分にはこういう考え方やあり方はできない、というだけで、彼らがそうあることの底にある部分まで、批判する気持ちにはなれなかった。言いようのないもの悲しさは、私自身にも通じていた。

詩に帰って行った。

やはり、帰って行くしかなかった。

息の仕方、とでも言ったらいいだろうか。サークルで出合った学生たちの、その一人ひとりの真摯さは認めることはできても、息の仕方と言うしかない思考の、ある種の現れ方において、私は距離感を感じてならなかった。

漠然とした言い方になってしまうが、それがたとえ自分の血の問題につながることがらであっても、すでに価値や意味が定められ、すでに是とされ、多くの人が承認する感情や認識というものに、疑いを覚えずにはいられなかったのだ。

政治的な言葉で語られ、縁取られていく人間や事物の姿は、こう在り、こう在るべきものとして、すでに価値や意味付けによって作り上げられ、規定されたものばかりのように思えてならなかった。

社会性、という言葉が気になった。

社会的実存、という言葉も気になった。

わが民族の悲劇、歴史的要請、仮借ない日帝の弾圧……、すべてを今、思い起こすことはできないが、そういう言葉も気になってしかたがなかった。

――私は決して、政治を軽んじて考えようとは思っていないんです。

ある日、二学年ほど上級の学生に向かって私は言った。

ひどく暑い日だったことを思い出す。サークルに顔を出さなくなった私に、彼のほうから連絡を取って来たのだった。

汗でずれおちそうになるのか、喫茶店で向かい合った彼は、しきりに眼鏡を押さえていた。一重瞼の目と角張った顎をした、いかにも韓国人という感じの顔だちで、どことなく有名な野球選手に似ていた。

――人間は社会的な存在である。

社会的、民族的な自覚を持ってこそ在日韓国人としてのアイデンティティを確立できる……。

彼はそういう主張を、さまざまな例を挙げながら話し続けた。饒舌だった。反論する隙間も、素朴に言葉を挟む瞬間も与えないくらいの勢いだった。

気になって仕方がない言葉ばかりが、耳を突いた。次第に私は、鬱々とした重苦しい感情を抑えきれなくなり、滔々と続く彼の言葉を断ち切るように、自分は政治を軽んじて考えてはいない、と言い出したのだった。その学生とどんな会話をかわしたのか、本音のどのあたりまで話したのか、正確なことはもう思い出せない。

しかし、妙に後ろめたいような、いやな後味が残ったことはよく覚えている。多分それは、彼の主張や考え方もどこか正しく、それなりに真実なのだ、ということを認めていたからだろうと思う。

囮《おとり》だ。これは与えられた価値や与えられた意味の、囮にされていることなのではないだろうか……。そこまで、その学生には言わなかったが、私のそういう直観は、当時も今もさほど変わっていない。

自分の中での詩と、自分が「在日韓国人」であることから問われてくる生き方が、あの時もぶつかり合い、観念という塊りがぎしぎしと擦れあった。

強者と弱者、抑圧者と被抑圧者、支配した者とされた者……という捉え方は、確かに歴史や現実を見定める時には、有効な解釈の道を与えてくれるかも知れない。

だが、人間の持つ測り知れないほどの謎や秘密は、遠い過去から恐ろしいほどの威力を秘めて、人間自身を脅かし、怯えさせて来たのではなかったろうか。作られた価値としての人間のありようにのみ目を向けていくのは、単に片手落ちというだけでなく、人間を知るに当たって、大きな誤謬を犯すことになるのではないだろうか。人間という存在が持つ真実からますます遠ざかって行く行為に等しいのではないだろうか。

「人間は、社会的な存在である。」という一つの真理と言っていいこの命題も納得できる。

しかし、その納得も実は片手落ちと言っていい、ある一方的な了解の上に成り立っている。単に政治参加をすれば、この命題を正しく理解したことになるのかというと決してそうではない。政治にかかわり、政治を語ることが、即ち社会性を持った生き方であるとは私には考えられない。体制か反体制かを明らかにし、それを標榜することが、そのまま社会的な生き方に通じていくと考えやすい一種の常識にも、単純に与《くみ》することはできない。

社会性という言葉は、政治性、時事性という側面を強く含むことが多いが、この言葉の真の意味は、決して幅の狭い視野では納まらない深遠な立体性を背景にしている。社会的、あるいは、社会性という言葉に対する一方的な意味付けや誤解から、この言葉自身を先ず解放する必要さえある。もちろん社会的、社会性という言葉を狭義に時事的な意味合いにのみ使っている場合は別だが、しかし、それこそこの言葉たちを一定の価値の中に落としこめて来た大きな原因でもあったのだ。

同じように、民族という言葉や、民族をめぐってのさまざまな言葉たちも、すでに与えられた意味や価値から言葉たち自身を、解放してやらなければいけないような気がする。でなければ、私たちは作られた一つの価値としての人間、その自ら作りだしてきた価値や意味の呪縛の流れから抜け出ることはできない。「在日韓国人」であるからこそ、そう思う。

――たとえば、言葉……。

私は、向かい合った先輩の学生に言った。

じっとりと額を濡らしていた汗は、喫茶店の冷房でいつの間にか引いて行ったが、鬱々とした思いをどう言い表したらよいかを思いあぐねているうちに、今度はその焦りや苛立ちが汗となって額に滲み始めた。

たとえば言葉だ。

人間は、発語を始めた時点から、社会性というものをその存在において帯び始めたに違いない。社会性という言葉の真の意味は、言語の発生、人間にとってのレトリックの始まりというところにまで行き着いて考えていかなければ、実は捉えられないのではないか。だから、言葉の真の意味において、社会的でない人間などいないのではないだろうか。たどたどしい私の言葉を、彼はじっと聞いていた。決して蔑んだり、私を遮ったりはしなかった。

——人間は、人間自身の持つ秘密や謎に、これからも自ら怯え続けて行くしかないのかも知れない。

私は言った。

言葉に詰まった。

もしかしたら、人間などいないかも知れないのだ。在る、と語ることすらできない存在かも知れないのだ。……人間は、人間という概念を知っているだけに過ぎないのかも知れない。いつの間にか、人間という概念を作りだし、そして教え合い、人間と信じ、呼び合っては来たが、実は、瞬時瞬時に映し出された概念としての映像と、概念から輪郭化された人間という、一種の幻覚の中に生きているだけに過ぎないのかも知れない。

しばらく、一人で自分の生き方を自分なりに考えてみたい、と私は言った。そういう態度が、あなたの言う、「意識」が足りない態度だとしても……。

私は詩に帰り、そして、母国にやって来た。

詩へのこだわりと、自分が何者かということへのこだわりは、通じ合っている。だが、確かに境界線をはっきりと定めることができないほど複雑に絡み合いながら通じ合ってはいても、あるところでは反撥し合い、あるところでは互いが互いのこだわりの中身を問う、という形でせめぎ合う。

いやな顔だ、と私は鏡に映った自分の顔を見ながらよくそう呟いた。

これほどの思いで母国に来たというのに、母国が私に詩を書けなくさせたのだ、という屈折した妄想がつのり、韓国語を聞くのも話すのも忌まわしいことのように思えてならない日々が続いた。違う、単にスランプだ、書けない時期にぶつかってしまっただけのことだ、と、どれほど自分に言い聞かせてみただろう。答えは見つからず、苛立ちや苦痛が錯綜し、詩にこだわっている自分自身を嫌悪し始めるようにもなった。

だが一方で、何かが近い、今のこの苦しみを乗り越えれば、自分はこれまでの自分とは違った段階の自分に行き着ける……、という予感が、心の片隅でうねってもいた。このままの状態を続けていてはいけない、という願いが詩に対するこだわりと重なり合い、そういう予感の形で自分自身を励まし始めたのだろうと思う。

あれは今でも忘れることができない。

夢を見たのだ。

そしてある言葉が啓示のように浮かんだ。

眠りから目醒めに移るわずかな間のことだった。夢の内容も、目醒めに味わった緊張感もはっきりと思い出せる。

「根の光芒」は、すでにあの日から始まっていたのだと言える。

夢の中で、私は、こんもりとした森の奥深くにある小さな駅に降り立った。その森を、次の場面では私自身が上空から見渡し、陰影の濃い木々の海原が果てしなく広がっている光景に見入っているのだった。

そのうちに誰かに案内され、私は劇場に行った。まだ建て始められたばかりのもので、骨組みの丸太がいやに白く、鉋《かんな》の削りかすがそこかしこに散らばっていた。

「あの額には、Wという文字を入れて下さい。」と私が言った。次の場面で舞台の上に掲げられた額を、舞台の真下から見上げている自分が現れた。かなりおなじところに立って見上げていたが、Wは書かれなかった。

案内者は誰なのか分からないまま消え、私は一人で劇場のあちこちを歩いた。螺旋のように劇場を取り巻く階段を上がっているうちに、二階座席に立った。そこから舞台の上の額を見た。Wの文字が二つ、いつの間にか二つになった額の中に書き込まれ、横に並んでいた。

「二つはいらない。必要はない。」と私が呟くと、いつの間にか、また舞台の真下に自分が立っていて、半ば呆れ、半ばあきらめながら、二つの額を見上げているのだった。

そのうちに案内者が現れて、「どうか、追悼の辞を」と言った。

場面は変わり、私はちょうど肩の高さぐらいの石塀に両腕をのせ、すぐ目の前にある白くぼた山のように盛り上がった墓を、横から見ていた。石塀は墓の右側と後ろだけを囲んでコの字型に続いていた。

ぼた山の墓は雪だった。白いのは雪だからだったのだ、と私は思った。雪でできたぼた山の墓は美しかった。いやに固そうに見えるのは凍っているからなんだな、と考えていた。

ぼた山の真ん中辺りに雪をへこませて、平たい段が作られ、そこに写真が飾られていた。石塀からは写真があることはわかっても、誰の写真なのかは分からなかった。

私は、歌を歌いだした。

ビブラートする自分の声が、目を醒ましたあとも耳にはっきりと残っていた。「アー」と長く伸ばしながら、ジャズにも近いゆっくりとしたリズムに合わせて、かなりの高音にもかかわらず、難なく歌いのけているのだった。

そういう夢の中身と、どういうつながりがあったのか、目醒めと眠りとの境目で朦朧《もうろう》としていた自分には定かではないが、はっとしながら「アー」と喉を揺らせながら歌っている自分の声で目が醒めた時、私は確かに目の前をよぎっていく文章を見たのだった。文章は何行も縦書きに並んでいて、どこかで既に読んだことがあるような懐かしさを感じた。

夢のなかで見たこんもりとした森が、ちらついた。あの白い雪でできたぼた山の墓は、誰の墓だったのだろう。そういえば、何人かの人間が墓の前で手を合わせては通り過ぎていったようだ。それを見ながらも私は石塀に手を掛けながら動かず、ただ歌っていたのだった……。

消えた文章の映像を追いかけたい、と思いながらも、それを遮るように強く残った夢の記憶の一つひとつがよぎっていった。それらをまた味わいなおしているうちに、ある言葉が、夢の記憶の向こう側からひらりと翻って、まるで目の前に着地をするように、ふいに立ち現れた。

その自然な立ち現れ方に、かえって当の私自身が驚かされた。はっきりと目醒めているのにもかかわらず、これはまだ夢の中のことかも知れないと思っている自分がいた。

――意識して、生きる。

一つの命題のように、そんな言葉が瞼の裏側に描き出された。かすかに頭痛を感じたが、すぐに消えた。脳全体が緊張しているような強張りを覚え、喉が締めつけられる息苦しさが走ったが、不思議に私は安心していた。

目醒めの時間に、ある詩句やある言葉を思いつくという経験は初めてのことではなかったが、その朝のことは、今になってもこうして微細に覚えているくらいに鮮烈で、二年前の当時の私にとってその言葉は一種の啓示でもあったせいか、他の体験とは違ったものとして、今もこうして振り返ることができるのだ。

私は厳粛な気持ちで、立ち現れた言葉を口の中で繰り返した。

目醒めの時間が儀式化し、それが大切な日課として定着していくのにさほど日数はかからなかった。

「根の光芒」という名称も、続くある日の朝、意識の奥底から湧き出るように浮かんで来た。「根の光芒」には、さまざまなイメージと朝の時間に対する私の思いが、重ね合わされていた。目醒めに続く時間を一つの厳粛な儀式として捉えていたからこそ、そのかけがえなさを表現する名称も、朝のその時間に立ち現れたのに違いなかった。

私なりに摑んでいた時のイメージと、樹のイメージは似ていた。

ある日の朝、胸が衝かれるような思いの中でその実感を追いかけた。

時は過ぎ行くもの、消え去り、流れ去って行くもので、樹は、形や姿やあるいは色が季節や時のうつろいの中で変わって行くものであるとしても、年輪を刻み、その年輪を内側に秘めながら、その根はますます地下深くに向かって伸び、幹は厚みを増して行く。まるで反対のイメージのようでありながら、時と樹は似ていた。

葉を繁らせては葉を落として行く、その途切れることのない現れの変化はあっても、樹は時を吸い込み、含み込んで行き、時も人や物のあり方、姿の中にその意味や影を落とし、あるいは示しながら連なる時を含み込んで行く。

私は、〈意識して生きる〉、という命題の意味に従って、日記の書き方を考えだしていった。ノートを二冊買い込み、朝と朝以外の時間に使うものとして使い分けるようにした。ノートを「朝の樹」、「昼の樹」とそれぞれ名付けたのは、時と樹の二つのイメージを重ね合わせてみたからだった。ノートの一枚一枚をめくりながら文字を書きつけて行く行為と、ノートそのものが、二つのイメージとして溶け合った。

朝は義務的ではあっても、昼のノートは書きたい時に書くということを前提とした。書けなければ、書かないでいい。書きたくなるのを気長に待てばいいのだ。

それらのアイディアも、「根の光芒」の時間に思いつき、少しずつ形となって行ったものだった。

だが「朝の樹」の両ページを埋めていくという作業は、想像以上に大変なことだった。右側のページが空白のままになってしまう日があることは、目醒めの状態にかかっているからしかたがないことだとしても、初めのうちは、左側のページすらよく埋められない日が続いた。

私は、記憶というもののいい加減さ、曖昧さを改めて痛感させられた。自分がどれほど日常を意識せずに、時の過ぎるままに生きてきたかを、目の当たりにしたのだった。

前の日のことでありながら、いざ思い出そうとすると、それは決して容易なことではなかった。

　毎朝、毎朝、同じ作業を続けていくうちに、ある時間帯が妙に思い出しにくく、また、ある時間帯がいやに明確に思い出されていくことに気づいた。前夜のことが、書く時点となっている翌日の朝に近い分だけよく思い出されるかというと、そうではないのだった。思い出しやすい時間帯は、その日によって、あるいは数日を一つの周期のようにして変わってもいった。

　思い出しにくいということは、その時点なり、時間帯を、意識的に生きていないということだと私は判断した。現に、思い出しやすい時間帯にはそれなりの事件や印象的な光景を目にした等の、何らかの出来事がある。その記憶が強いから、強く鮮やかな分だけ記憶に残り、思い出しやすくなるのだ。

　けれども、それこそ、当然と言えば当然過ぎることのように思えることであっても、実際に一日経った後で記録するとなると、当然と思われたことがどんなに厄介で、いい加減であるかに気づかざるを得なかった。

　意識的にその瞬間を自分の中に刻んでいなければ、いくら印象的な出来事に立ち会っていたとしても、曖昧なものとしてしか記憶には残らないのだ。出来事の輪郭すらどこかに消えてしまうこともある。

そのうちに、私はこんな方法を取るようになった。たとえば、前日の二時から四時までの記憶がどうも曖昧だとする。そうであれば日記を書いた日の、即ち、前日からすれば翌日の二時から四時までを意識して過ごすようにする。

けれども初めのうちは、この方法も何度か試行錯誤を繰り返さなければならなかった。記憶というものが、ある意味ではこれほど単純で、意識の仕方や集中の仕方いかんで、どうにでも調整できるものなのかとさえ思ったものだが、すると今度は、確かに二時から四時の間のことはよく思い出せても、その代わりにとでもいうふうに、他の時間帯の記憶が薄まっていくことがあった。

二年近くの間、もちろんサボった日もあり、朝の忙しさの中で書き忘れたこともあったが、それでも私はこの儀式を止めなかった。

そして、こういう日記を書き続けていくうちに、一日は出来事の連続であり、すべてのどんな些細な現れにも、出来事にも、それなりの意味と価値が隠されていることに気づいていった。それらの意味や価値は、皆、私の性急な判断や解釈を拒んだ。思い入れも無視も無関心も、結局は判断に違いなく、記憶は時のうつろいとともに、そういう私のさまざまな判断を果敢に拒否して、時の根の彼方に息を潜めていくのだった。

まだ、「朝の樹」を滞りなく過ごしているとは言い切れない。思い出しにくい時間があったり、それが前日のことだったのか、古い過去のことだったのか、あるいは想像したり夢に見たことであって、実際にはどうであったかわからない、という奇妙な記憶の混乱はまだ確かにある。

その上、「根の光芒」である目醒めの凝縮した時間に、どんな想念や映像、あるいは感情が立ち現れるかによって、「朝の樹」にのぞむ自分自身が動揺し、前日の記憶を辿って行くという行為すらが無意味に思え、ノートの前に座っても何も書けない、書きたくない、と抵抗する自分に出合うこともあった。

一気に書くこと、という鉄則は、記憶の曖昧さから来る難しさだけではなく、そういう「根の光芒」との関係から来る難しさともぶつかり合った。

〈意識して生きる〉、というある朝立ち現れ、私に朝の儀式を思いつかせた啓示とも言っていい命題は、思いのほか、難題だった。けれども、難題であった分だけ、実際に続けてみなければ知り得なかったことも、多かったのだ。

「朝の樹」を通して、私は、意外にもかなりはっきりとした形で、自分のなかの韓国語と一種の対決を始めることになった。「朝の樹」においては、翻訳不可能な固有語以外は一切ハングルを使わないこと、どんなに面倒でも、漢字で書かなければならない言葉は漢字で書くこと、を私はもう一つの鉄則とした。

韓国語が身につき始め、ハングルを使い慣れて来るに従って、ハングルで書いた方が簡単に手早く書けるため、いつの間にかめっきり、漢字が書けなくなってしまっていることに気づいていたのだ。

その事実は、詩が書けなくなったということとも絡み合って、実に複雑で微妙な感情のうねりを煽っていった。それは、微妙でありながら、大胆に思考を支配し、あるいは変化させ、左右せずにはおかないいきわどいうねりだった。

外国で暮らすことになった者なら、誰でもが体験することなのかも知れない。自分の母語と外国語の間に挟まれて混乱するのは、必然的とも言っていい通過儀礼の一つかも知れない。

けれども、決して自分を特別視して、こう言うつもりはないのだが、私にとって韓国語は単なる外国語ではなかった。また日本語にしても、単純に自分の母語と見なすには思い入れが強すぎた。

大げさだ、個人的な事情をことさら針小棒大に解釈しているだけに過ぎないのではないのか……、と受け取られるかも知れない。だが日本語には、私にとっての詩がかかっていた。会話や読書や思考のための手段、あるいは道具以上のものだと言ってよかった。気障《きざ》に聞こえるかも知れないが、詩は私にとって、自分という存在の裏打ちとも言える精神的秘儀であり、何物にも代えがたいかけがえのない行為であることは前にも言った。その詩を、私はずっと日本語で書き続けて来たのだ。

二つの言語に挟まれた私の中に湧き起こった感情のうねりは、微妙なものだった。いや、微妙にならざるを得ないものだった。これが、たとえば英語やフランス語や、他の外国語であったなら、うねりの様相は違ったものになっていたかも知れない。葛藤することは免れなくても、対象をはっきりと外国語と見なし、言語を知識として受け取る次元で、感情の整理もそれなりに可能であったかも知れない。

韓国語は、肉親の言語だった。

知識としての言語でも、研究対象としての言語でもなかった。

二つの言語は、私という存在の根の底で、私の今を問い、ある時は、私の今を断罪さえするのだった。

微妙な感情のうねりであるにもかかわらず、その引き裂かれ方が露骨にならざるをえないのは、やはり、私が「在日韓国人」のそれも日本生まれの二世であるからなのだろう。

韓国語は、確かに、日本語のなかで育った者には外国語だ。だが、「在日韓国人」にとっては単なる外国語ではない。また、単なる外国語とは見なせないという過去の事情がある。それ以上に、「在日韓国人」自身が、韓国を母国と、あるいは祖国と思うかぎり、たえず自分にとって韓国語とは何か、という問いは突きつけられていくのだ。

外国で暮らしはじめた者が、必ず経なければならない言語上の葛藤として、自分と韓国語との関係を捉えることができたなら、どんなにか楽だろう、と私は何度も考えた。

このことも、日本にいたなら到底想像もし得なかったことの一つだった。

自分が日本生まれだから、よけいに厄介なのだった。日本と韓国との、厄介でややこしい関係の中に生み落とされた「在日韓国人」二世だからこそ、当然背負いこまなければならない厄介さに違いなかった。ぶすぶすとくすぶっていた韓国語に対する嫌悪感や一種の抵抗は、単に外国語との葛藤やその通過儀礼からきたものと見なすには、事情は厄介すぎた。その引き裂かれ方も、言語という、ある意味では目に見えない実に精神的なものにかかわる事柄だったために、実際的な処方箋は見当たらず、ただ途方にくれるしかなかったのだ。

韓国語が、自分に詩を書けなくさせている……、という妄想は、不快なものだった。後ろめたく、それに何よりも、ソウルで暮らしてみたいとあれほど日本で思い悩み、決意するまでに至った日々のことや、その間に払ったさまざまな犠牲を考えると、その妄想は、私にとってあまりにも残酷だった。

しかし、実際に、詩が書けなくなってしまったのだ。それだけではない。実際に、こんなに簡単な漢字も、と驚くほどの漢字がいつの間にか書けなくなってしまっていたのだ。

「根の光芒」において、よく単語が韓国語で浮かんで来ることがある。

日常使っているのがほとんど韓国語なのだから、それはしかたがないことだと認めはしても、「朝の樹」においても単語をハングルで書いてしまいがちになるのだった。

たとえば、図書室、と書かなければならないところを、도서실と思わず書いてしまう。トソシル、という音の方が先に浮かんでも来る。ハングルの方が漢字を書くよりも手早い上に手間もかからない。そういうハングル文字の持つ長所に頼って、普段何かのメモをする時も、多くの単語をハングルで書くようになっていた。大学の授業にしても、ハングルで書くから講義をどうにかノートできるという、ハングルの効能に救われている面もあった。

漢字を忘れていくのは、当然だった。自分でも気付かない間に、まさかと思うほどの簡単な漢字までが、頭の中でハングルとすりかわってしまっていた。

妄想に過ぎないとしても、根拠が全くないわけではなかった。だが、だからと言って根拠を突き詰めていけば、韓国にやって来たこと自体が間違っていたのか、という自分の選択に対する懐疑がつのってくる。日常のカルチャーショックは、さほどつらいものではなかった。それが知らない間に、詩に密接にかかわっていることに気づいた頃から、妄想の密度は否応なく濃くなっていったのだった。

韓国に学びに来ている学生であり、片言の韓国語も喋れなかった「在日韓国人二世」が、母国に来てこれほどハングルを身につけたということは、どう考えても、よいこと、望ましいことに違いない。そのことで苦しむのは矛盾ですらある。

けれども実際、私は愕然としていた。たまらない、と思った。その思いは、自分にとっての詩ということに直截的にかかわっていく、本能的とも言っていい反応だった。これだけは譲れない……、意識の奥から自分の叫び声が聞こえて来るような日々が続いた。

あの日々は、今、思い返してみても悲惨だった。「在日韓国人」という集合名詞で規定されることを、人一倍嫌がっていた自分が、どうしようもなく「在日韓国人」であることを、母国に接したことで知らされ、詩に対しては、日本人以上に、「日本人」と言ってもいいほど日本語にこだわっていたのだった。そしてその呪縛は、人間にとって言語とは何かという存在の根本の部分で絡み合っていたのだ。

詩は棄てられなかった。

同時に、自分の血に対するこだわりも棄てられなかった。

あれはまだ、朝の儀式を始めて間もない頃のことだった。

日本にいる英子から、一通の手紙を受け取った。その返事が書けずに、私は数週間を費やした。

韓国語とのせめぎあいはもちろんのこと、「朝の樹」の右側のページを埋める言葉が思うように浮かばず、左側のページに書くはずの日記にしても眉をしかめたり、唸りながら首をかしげ、スムーズに書くことができずにいた、そんな日々のことだった。

英子は大学時代の同級生で、私がソウルに来るまでの約五年間、恋人として付き合っていた。

私は東京の北新宿に生まれた。私が育った小さな二階家は、中学生の時に売り払われてしまったが、それ以後も同じ北新宿のアパートに母と弟と三人で暮らしていた。

父親が何年か前に亡くなっていた英子は、四人きょうだいの末っ子だった。東北の小都市から上京し、大学の近くのアパートに一人で住んでいた。私は英子を母や弟に紹介し、英子の母親が上京した折りには、私も彼女の母親と会い、挨拶していた。互いが就職してからも二人の付き合いは続き、いつか結婚する間柄であることは、二人を取り巻く友人も家族も認めていた。

英子が末っ子であり、父親がいないということもあったろうが、英子の母親は私が在日韓国人であることをことさら問題にしたり、二人の関係を反対したりしなかった。初めの頃は驚き、不満を口にしていたようだったが、それはできれば韓国人でなかったら、という程度のものだったらしい。

よく問題にされている「在日韓国人」故の結婚差別、あるいは就職差別というものを私は露骨な形で体験することはなかった。

大学を出てからソウルに行くことになるまで、約一年十ヵ月の間勤めていた小さな貿易会社の社長は、私の出自については全くと言っていいほど難色を見せなかった。もちろん、もっと大規模で名の通った企業に就職することを望んでいたなら軋轢（あつれき）は当然あったろうが、そういう気が私にはなく、望んでもいなかった。

結婚にしてもそうだった。万一、英子の家族が、私が「在日韓国人」であることで二人の関係に反対した場合、果して自分がどんなふうに反応していたかは何とも言えないことだが、少なくとも現実として、露骨な反対はされなかった。

──初めはよくても、時間が経って行く間に、必ずいろいろと問題が出てくるんだよ。

母はよくそう言っていたし、母の言う意味は、私なりに理解できた。

さほど仲のよい親子というわけでもなく、かといって憎み合っているわけでもなかったが、私は母に、小さな頃から距離感を感じていた。相性が合わないと言った方が早いのかも知れない。母は、万事をひねくれた見方で捉える傾向があった。父との不幸な結婚生活が、母の性格をそういうふうにしてしまったのかも知れない、と思いやる気持ちもないわけではなかったが、私はどうしても母を好きになれなかった。だから、母のそんな言葉を聞いたからといって、別に動揺することはなかった。

二人の関係が、民族の違いによってあとで悪くなるにしろ、どうなるにしろ、とにかく私たち二人に対しては外側からの露骨な反対はなく、俗に言う、「差別」を私は直截的に体験することはなかった。

問題は、すべて私の側にあったのだ。

英子も、英子の家族も、民族のことをあげつらって私を苦しめることはなかった。苦しめたのは私の方だった。私は一人の女性をどうにでもなる自分の所有物のように扱い、劣等感や焦燥感から来る憤りをぶつけていたのだった。私が「在日韓国人」であることなど、そういう男としてのあり様においては何の言い訳にもならないはずだった。しかし卑怯にも、まるで個人的な悩みが結局は「在日韓国人」故のものであるかのように、私自身がその言い訳を使い分けていたのだ。

暗黙のうちに結婚が前提となっていた付き合いを続けていたのだったが、私の方が、最終的な結論を避けていた。

外見は決して美人ではなく、そばかすだらけの丸顔で、その上、彼女は吃音《きつおん》だった。英子はひたむきだった。あれほど忍耐強く、優しい女性はいるだろうか、と思うほどだった。いつの間にか英子は韓国語を習い始め、朝鮮や韓国に関する本を読み始めるようにもなった。同棲とまでは言えなくても、すでに英子の部屋には私の着替えが置かれている、そんな関係が続いていた。

そうだ、彼の名前はイ・サンスと言ったのだ……。大学時代に、サークルに来なくなったことで私を喫茶店に呼び出した、二年上の先輩は確かイ・サンスと言った。

――スイル君は何故、日本人の女性と付き合っているんだ？　このままその女性と結婚するつもりなのか？

彼はそう聞いた。

決して私を咎《とが》めるような口ぶりで言ったのではなかったのだが、できることなら日本人との結婚は避けた方がいいと言い、彼は「在日韓国人」の帰化現象や、日本人との国際結婚の急増現象について話し出すのだった。

サークルに一時顔を出していた頃、そこで何人かの女子学生と出合い、私もいわゆる「在日」同士の恋愛ということを考えた。しかし、英子のことがあったから、というだけでなく、サークルで出合った女子学生たちに対して、私は特別な関心を持つまでには至らなかった。かえって避けようともしていたくらいだった。理由はうまく言えない。サークルが打ち出している政治的なスローガンの響きと、男女の出合いの場、あるいは、「在日」同士の恋愛のきっかけを作り出せる場、というイメージは、あまり心地よいものとして結び合わなかったのだ。言い過ぎかも知れないが、どことなく不徹底な感じがした。私の中の、言わば詩の部分がそういう感じに後ずさりしていた、と言い換えてもいい。

今、二人の女子学生の顔がぼんやりと浮かんでくる。私といかにも親しくなりた気な視線で話しかけてきた「在日韓国人」の女子学生たちだった。

彼女たちは、その後、どんな生活をしているのだろう。あのイ・サンスもそうだ。果してその主張通りに「在日」と、結婚しただろうか。

英子との関係は私に多くのことを教えてくれた。私は英子を通じて、まさしく私自身を知って行った。あの当時、英子がいなくては、日々付きまとう不安や苛立ちの中で、もしかしたら私は自爆していたかも知れない。

会社に勤め続けることは苦痛だった。

就職する時点においては確かに「差別」は受けなかったが、その後の社内の生活が私には耐えられないものとなっていった。その会社は、電子器具の部品を韓国にも輸出していたのだったが、国柄の違いもあってのトラブルが頻発し、日常、韓国や韓国人に対する陰口が社内で何の遠慮もなく話される場面に、数えきれないほどぶつかった。

韓国人を庇《かば》いたいと思った。

もちろんビジネスなのだから、約束を違えた方がよくないに決まってはいても、そうまで軽蔑したふうに言うこともないのではないか……、心の中でそう必死に庇いながらも、行き場のないやるせなさで息が詰まって来るのだった。隠微で時には露骨な、それこそ「差別」的な言動は、直截的に私自身に向けられたものではなかったが、自分のことを言われているかのように私を突き刺さずにはおかなかった。

高野という三十代半ばの男がいた。その男がよく煽った。一人、そういうアジテイターがいると、周りの者も節制を忘れ、言葉を合わせたり、同調するようになる。何度か、他の社員たちも一緒の席で、付き合い上しかたなく酒を飲んだことがあったが、彼の担当だから仕方がないとしても、それこそ話題らしい話題は、韓国に関してのことしかないのだった。

あんなところには、二度と行きたくない。韓国人とは仕事はしたくない……。それが高野の口癖だった。

タクシーの運転手に金をぼられた、という話に始まって割り込み運転、道路事情の悪さ、韓国人は場所もわきまえずに大声を上げて喧嘩を始める。公衆道徳というものを知らない。……そのうちに彼は毎夜ソウルで買ったキーセンの品定めのような話題を延々と続け、そういう話題からまた、仕事上で起こったさまざまなトラブルの話に帰っていく。それを後輩の同僚たちも、相槌を打ったり、笑い合いながら、飽きた顔もせずに聞いている。

しかし、高野がどれほど韓国を嫌悪しているような話題を続けても、その口調には、韓国を他の誰よりもよく知っているという一種の自負が滲んでいた。初めから韓国や韓国人を見下しているからこそ、相手の欠点をいちいち取り立て、話題にもしていることはあからさまなくらい明らかだったが、その心理には自分を高みにおくことでようやく自分の位置に安心できるという屈折したものが隠されているような気がしてならなかった。

不健康、という表現しか思いつかないのだが、高野の言動に表れた不健康な心理は、広く解釈していけば多くの日本人、いや日本人だけではなく、人間というもの自体が隠し持っているある共通した不健康さなのかも知れなかった。

私が「在日韓国人」であることを知らない者は、社内にはいなかった。高野も当然知っていた。本国の韓国人と、日本に住んでいる韓国人は違うのだという前提が、すでに彼らの中にあるのか、私の前でそういう話題をすることの無神経さにも気づいていないようだった。

いたたまれない気持ちの中身は、複雑だった。

同胞の、即ち、自分の身内についての話を外側の人間が、それも「日本人」が平気でしている、ということへの憤りはもちろんだが、そのことに毅然と反発したり、抗議することができない自分の弱さやふがいなさが恥ずかしかった。憤ったなりに、その思いをたとえ素朴な言葉であっても表現することができたらどんなにいいだろう。どんなに気持ちがすっとするだろう。

勇気がない自分が、嫌でならなかった。

血としては「韓国人」でありながら、韓国語も知らず、「韓国人」を自分の同胞として弁護し、その名誉を守ろうとするほど、自分が「韓国人」であるとも言い切れない……、そんな中途半端さが苛立たしかった。

思い出すのも息苦しくなるような思い出の一つだが、ある日、会社でこんなことがあった。

韓国に出張中の高野から、ＦＡＸが流されて来た。そのＦＡＸを受け取った女子社員が、急に頓狂な声を上げた。社内にいた皆が、何事が起こったのかという表情で彼女の方を見やった。

――これを見て。

彼女の周りを同僚たちが取り囲み始めた。私も立ち上がって近づいて行った。

ＦＡＸには、紙に大きく、ピストルのイラストが描かれていた。そのうちに、二枚目のＦＡＸが流れてきた。そのＦＡＸにも同じようにピストルのイラストが描かれていた。皆の驚きは、次第にくすくす笑いに変わって行った。高野の発想の奇抜さに笑ったのか、それともＦＡＸの下に書かれているメモを読んで苦笑したのか、私には判断がつかなかった。

手から手へと手渡されたＦＡＸをじかに見た時、ついさっきまで他人事のように聞こえていた皆の隠微な笑い声が、こめかみの辺りを針のように刺し始めた。

ＦＡＸの右下の空白には、こう書かれていた。

――ＳＯＳ！　今日も一日を潰してしまいそうだ。奴らには呆れた。韓国人とは仕事をしたくない。45口径を送ってくれ。あいつらにぶっ放してやる。

二枚目のＦＡＸはこうだった。

――通訳がダメなのかと思っていたが、そうではなかった。これは長引きそうだ。前に金課長と話がついていたことが、李部長の耳には全く入っていなかったらしい。交渉は初めからやり直しだ。上司と下役の関係がどうなっているのか理解を越える。とにかく頼むよ。何丁でもいいから送ってくれ。

私は身動きが取れなかった。どんな表情をしたらよいのかも分からないまま、息をただ押し殺していたのだった。

卑怯、という言葉以外に当時の自分を言い当てる言葉はないだろうと思う。いたたまれなかっただけではなかった。そういう「日本人」に囲まれていたことのつらさばかりを言っていけば、悪いのは、高野や「日本人」の方になる。だが、それだけではなかったのだ。

自分でも信じられないような、そして今でもできれば思い出したくないような、情けないいやな自分を、私は何度も目の当たりにしていたのだった。……それでもおまえは韓国人なのか、それでもおまえは男なのか、とうんざりするほどの自己嫌悪に苛まれていたのだった。

呆れるしかない話だった。

私は、会社の同僚たちと、いかにも韓国を誰よりもよく知っているとでもいうような顔をして、韓国人を非難する言葉に同調し、一緒に陰口を叩くようになった。醜悪なことには、そういうふうに同調し、陰口の仲間に入ることで、皆が言っている韓国人とは違うのだ、と心のどこかで自分を正当化し、自分を誇示しようともしていたのだった。

会社勤めをしていた約一年十ヵ月の間に、私が秘かに書き綴っていた詩は、詩というよりは呪文と言った方が近いようなものばかりだった。ある時などは、政治的な組織から強要された自己総括文のような文章が、ノートに書き連ねられている時もあった。

日本と日本社会の側に問題があるのであって、「在日韓国人」である自分には責任はない。屈折せざるを得ないようにしてしまった日本人と日本社会こそが問われなければならない問題なのだ……。私は、よくそう考えた。それは、絶好の逃げ道のように、しばらくは私をほっとさせた。何かさっぱりとしない後ろめたさやこだわりはくすぶっていても、ある瞬間はとにかく胸を撫で下ろすことができた。

だが、問題は、もっと私という個の内面に肉薄したところにあったのだ。

「在日韓国人」とは、何だろう。

「日本人」と「韓国人」の板挟みになってさすらう者と言えば聞こえはいいかも知れないが、板挟み、と言えるほど、立場をはっきりと摑んでいるわけではなかった。

母国に対しての侮辱を耳にしながら、それを否定もできず、身体を張って、相手に戦いを挑むこともできない。いたたまれない気持ちはあっても、口の中で思いを嚙み殺しているだけで、敢然と背を伸ばし、相手の口を封じることもできない。その上、時には、「日本人」に同調し、母国を平気で悪く言い、あるいは知った顔をしながら批評し、その場しのぎの安心を得て胸を撫で下ろす。得意にさえなる時もある。

自分の中に占めている、「日本」というものの巨大さを思った。イム・スイルという一人の人間を、これほどまでに卑屈な人間に作り上げた「日本」とは何なのだろう、と考え込まずにはいられなかった。

何よりも日本人や、日本社会が悪いのであって、「在日韓国人」である自分には責任はないのだ、という考え方は、一時は逃げ道を与えてはくれても、憂鬱になる気持ちを救ってくれるだけの説得力はなかった。もちろん、現実的にはそうに違いない。日本人と日本社会に巣くっている「差別」的な構造や、意識こそが、先ず問われなければならないのだ。……だが、そうか。果して問題はそれほど単純なものなのか。

すでに私は、自分の心の中の大きな矛盾を目の当たりにしてしまっていた。そんなことで納得できるくらいなら、自己嫌悪など、とうの昔に消えてしまっているはずだった。

私は高野という人間を、決して尊敬できないと思うのと同時に、高野を、自分自身の中に引き寄せて捉えてもいた。私には、高野がそうあることのわけが分かるような気がしていたのだ。自分なら韓国に関する同じような話題を平静な気持ちではとてもできない、という違いはあっても、私は高野に、自分と似通った何かを感じとっていたのだった。

もっとはっきり言い切ってみたならこうなる。

私は、高野という一人の日本人、一人の男、一人の似た世代の人間に、自分と共通する精神的な秘密を読み取っていたのだった。どこかで通じるある心理の類似性を感じていたのだ。……その意味で、高野は、私でもあった。

だが、それにしても、尊敬できない、という感情は、いくら相手を自分に引き寄せて捉えようとしたところで、限界があった。会社内で、私自身は「差別」はされていなかった。仕事自体にも不満はなかった。けれども、勤めを続けることは、当初は想像もしていなかった苦痛を強いた。次第に私は仕事にも意欲をなくしていった。

果して、自分が日本人であったなら、それなりにそういう職場でも耐えていけただろうか。自分がたまたま「在日韓国人」であったから、つらかったのだろうか。

当時の私を取り巻いていた事情や自分の心の動きが、「在日韓国人」であったからこそ引き起こされ、派生したものであったとしても、それだけでは説明がつかないような気がしてくるのだ。何よりも、詩という世界が傍らに、いや、私の芯の部分から絶えず離れずにあったから、ああいう生活が耐えにくかったのではないか、そう思えてならない。「差別」という言葉も、だから実は気に障る。その言葉自体が、意味や価値をでっち上げられているという不快さを覚える。

就職するに当たっては、私は「差別」を体験しなかった。私に対して面と向かって出自のことで指をさす者はいなかった。けれどもそんなことは少しも本質的なことではなかったのだ。

結局は、会社においての葛藤と同じように、英子との関係においても、問題はもっと私という個の内側にあったのだ。

彼女に対しては残忍な告白になることを敢えて知りながら、私は言わなければならない。一度、きちんと吐き出してみなければならない。

私は、英子にただすがりついていたのだ。自爆することに怯えていたのは私自身だった。日々、会社の中で体験させられるいたたまれなさも怯えに拍車をかけていた。

何にも自信が持てず、自分が何者かも分からず、けれども人を羨望するには、やたらに自尊心ばかり高く、それでいて、劣等感は人一倍だった。

あれは、八つ当たりと言うことで済ませられるものではない。恋人同士によくありがちな誤解や喧嘩というものでもない。そんな言い訳などできないことは、私自身が誰よりもよく知っている。

私は、よくぶった。英子によく暴力を振るった。……今でもあの日々の記憶は忌まわしい。ぶつことで、あるいは蹴飛ばすことで、一時は鬱憤が晴れたり、苛立ちが収まったりはした。だが、そのあとに襲ってくる絶望的なほどの呵責と罪悪感、自分に対する憎悪、恨み、言いようのない自己卑下の感情は、私を、その根本のところからうちのめさずにはおかなかった。

ある日、私ははっとした。自分は、あの父の子だ。父の血を、そっくり受け継いでしまったのだ。……不意に、身体を揺さぶるような衝撃とともに、その実感は、脳裏を貫き、私を震えさせた。ぼんやりとは、かなり前から感じてはいたのだ。けれども、私は避けていた。考えるのが、どこか怖い、と思っていたからだと思うが、そういう考えがよぎるたびに、自ら顔を背け、考えつづけること自体を否定した。

英子は、それでも決して別れたい、とは言い出さなかった。私の暴力をいつでも母親に告げ口することはできたはずなのに、母親どころか、友人にも話さずに、じっと一人で耐えていたのだった。卑怯な私は、そういう英子の性格をよく知り抜いていた。甘えきっている自分を知りつつ、英子の前でのみ高飛車に、身勝手に振舞える快感に負けていたのだ。

高野は、だから……私でもあったのだ。

弱いもの、自分よりも低いと見なしたものの前でしか、傲岸《ごうがん》に振舞うこともできず、自分の位置を確かめることもできないのは、同じだった。たまたま違った様相で現れ、そこに、「日本」や「韓国」にかかわる微妙な問題や、「差別」をともなう問題が含まれていたから、高野のほうが、いわゆる社会的な道徳や道義の面で、分が悪いというのに過ぎなかった。

会社を辞めるべきだ、と真剣に考えるようになった。

高野を含めた同僚たちの言動にいたたまれなくなっていたからだけではなく、自分の立場の中途半端さ、ややこしさ、そして情けなさに辟易しきっていたのだ。その思いは、英子との関係にも当てはまり、底の底で、通じていた。

私は気づいていたのだ。英子が、即ち、「日本人」であるからこそ、少なくとも自分は、英子の前では「日本人」ではない「在日韓国人」でいることができ、とにかく相手には測り知れないような苦悩と痛みがある振りすらできるのだ、ということを。私はそのことに気づいていながらも、英子にすがっていた。英子は、どんな事柄に対しても、人を誹《そし》ったり、悪く言ったりすることなどとてもできない性格だった。私のそんな心理を、探り当てようとしたり、そのことで私を非難して来ることなど、英子にあっては想像もできないことだった。

違った人間でいられる。その者といれば、少なくとも自分が何者かでいられる……。英子といれば、自分は「日本人」ではない者としていられる。気が滅入った時に物を投げたり、罵倒したり、歯向かえない女を叩いたり蹴ったりすれば、自分は相手を生かしもでき傷つけもできる男でいられる。それだけではない。詩を書いたり論じたりもできない英子といれば、自分は、いわゆる芸術に、たとえ秘かにではあっても携わっている人間として、英子よりも自分を高いところに立った人間として見なしていられる。

穿《うが》ちすぎだ、考えすぎだ、と思いながらも、それこそ私は数えきれないほど自問を繰り返した。

私は、潔くない自分が、恥ずかしくてならなかった。英子のような弱者が傍らにいなくては、自分が何者かであることも確認できず、そのことが、詩に対する誠実さすら左右するなど、あってもいいことだろうか。「日本人」がいてこそ、「日本人」でない自分を感じることが出来、叩かれては泣くだけの女がいてこそ、辛うじて男でいられ、詩を解さない知的に低い者を前にしてこそ、詩人でいられる。それを自尊心の根拠にしている……。

何もかもが、私に弁解を許さなかった。当時の私の生活は、潔くないだけではなく、少しも美しさがなかった。ここだけは譲れないというような芯がなかった。

それでも、英子は、私を待ち、どこかで怯えながらも、別れることはないと信じていた。英子は、私が精神的なさまざまな理由で英子に頼りきっていることを直観していた。説明するのは難しいが、なにか決定的な事件でもないかぎり、別れることは難しいだろうと私も思っていた。

つくづくと、出合いの不思議さというものを考え込まされてしまう。

自分の内面に対する自己分析がどれほど鋭く、厳しいものであったとしても、だからと言って、別れる、別れない、という結論がすぐに出せるものではなかった。二人の関係が息をつく間もなく、絶えずつらい自己分析を私に突きつけていたわけでもなかった。英子は温かな女性だった。料理がうまく、私にとって英子の料理を食べることは一つの楽しみでもあった。

大学時代、顔だちがきれいで、口のきき方もスマートな目立った女子学生は、何人もいた。交際を申し込もうとすれば、すぐにでも親しくなれそうな女子学生もいたし、それこそ自分で言うのも気恥ずかしいが、多くの女子学生からお茶に誘われたり、電話をもらいもした。

けれども、私は英子にひかれた。かえって英子の方が、私の積極的な態度に戸惑っていたくらいだった。

加奈に対してもそうだが、英子に対しても、私は運命的と言うしかない出合いの意味を感じている。二人の女は全く似たところがなかった。にもかかわらず、私のある時期に現れ、私にとってかけがえのない存在となり、私に私自身を知らしめてくれた、その大きなバネになってくれたという意味で、二人は運命的に出合った女たちだった。

英子は吃音がひどく、話していることがほとんど聞き取れないことがあったが、それも初めのうちだけのことだった。人には聞き取れないことも、私には何故か不思議に英子の言いたいことが伝わり、理解できた。

こんなことを言っても、もしかしたら英子自身も信じないかも知れないが、私は英子に感激していた。私は、英子の中に、一種の神性を感じ取っていた。もちろん大げさな言い方かも知れない。けれども、神性という言葉でしかこの思いは表現できそうにない。

吃音であったせいもあるには違いないが、彼女は、人に合わせて適当に振舞うということができない性格だった。だが、人と言葉を交わして来なかった分だけ、内側に貯め続けて来た生きることに対する底力、としか言えない力を、私は彼女の姿全体に感じ取っていた。

そんな英子を、私は幸せにすることができなかった。肉体的にも、精神的にも、私の方が彼女を苦しめ続けた。

——ぐずぐずしやがって。

機嫌が悪い時の、私の口癖だった。

英子は怯え、震えだした。そういう姿がよけいに神経を逆撫でするのだった。

自分が見いだしていたはずの、英子の中の神性の現れだった吃音や、のろまな動作が、気分によっては彼女を罵《ののし》り、打擲《ちょうちゃく》する口実と成り果てた。申し訳ないと心の中では謝罪していた。容赦なく、私は自己分析し、自分のだらしなさ、みっともなさを断罪した。英子のためにも、そして自分のためにも別れるべきだ、と数えきれないほど考えた。

けれども、別れる、という結論は簡単には出せなかった。本当に、何か突発的な、二人ではどうしようもできない事件が起こりでもしないかぎり、別れることはできないだろうと思っていた。英子も同じように考えていたと思う。もし、万が一別れることになったとしても、多分二人は一生の間、互いの存在を忘れずにいるだろう、そうも思った。

別れる時期は、迫っていた。意外な勢いで迫って来ていた。

私の中に流れている血。

外からはその赤さも濃さも見えないが、身体という器に潜んで、脳髄から足の裏までを自在に経巡る血の流れは、父の姿、父の気質を、刻印していた。英子を苦しめたのも、その血だった。英子を苦しめていることで、自分が苦しんできたのも、その血のためだった。

それだけではない。ぐずぐずとして結論を出せず、別れるべきだと思いながらも別れることができなかった、その優柔不断さも、父から受け継いだ血としか思えないものだった。

私は、一時期、身悶えするような思いの中で考えた。

父を克服するためにも、自分の中の父と果たし合うためにも、このまま英子とは別れてはいけないのではないか。父を乗り越えていくためにも、現状にとどまり、自分自身を変えていかなければならないのではないのか……。会社に勤め続けるのがつらいのであれば、辞めればいい。少なくとも会社での鬱憤を英子にむやみにぶつけるのは、一日も早く止めるべきだ。自分のために、英子のために、そして何よりも詩のために、そうするべきだ。……私は、歯を食いしばるような思いの中で考え続けた。

しかし、事実は皮肉なものだった。

父は、また現れた。

そこまで考えていた私を、どこかですでに見越していたとでもいうように、別れるきっかけにも、父は、やはり、立ち現れたのだった。

ある日、私は社長に呼ばれた。そして、近いうちに、高野と一緒に、ソウルに出張してほしいという旨の話を突然聞かされた。部品の輸出に関する仕事ではなく、部品の設計の部門で、ソウルの某中小企業と技術提携をすることになり、その話を詰めるために、相手方と顔見知りの高野と行き、その後の交渉は、私が中心となって進めていく、という計画も具体的に聞かされた。

——林君は、韓国には、もちろん行ったことがあるんだろう?

社長が聞いた。

とっさに、私は首を振った。

その申し出については、よく考えてみたいと、その場は冷静に、答えはしたが、乗り気がしないような私の表情に社長のほうが、かえって驚き、怪訝そうに私を見つめていたことを覚えている。

まるで、亡霊のようだ……。私は、突然立ち現れた父の姿に、身体の均衡を奪われた。とうとう来た、とうとうまた現れた……。そのうちに、自分の息づかいが、人の息づかいのように聞こえだした。それが父の息づかいだと気づくまでに、時間はかからなかった。私は自分の息につんのめり、つんのめる私の耳元を塞ぎ込むように、父の息が、その息づかいが、自分の息として響いてくるのだった。

会社を辞める決意をしたのは、あの日のことだった。いつか、韓国に出張させられるかも知れないとは思ってはいた。それが想像していたより早かっただけだった。高野や同僚のような「日本人」たちに、もしも出合っていなければ、会社の命令通りに韓国に行っていたかも知れない。会社勤めの中でさまざまな葛藤をもしも体験しなかったなら、すんなりと申し出を受け入れていたかも知れない。

だが、もしも、という仮定はもう当てはまらなかった。利害がかかった目的を持って韓国に行くことなど出来なかった。仕事だと割り切ることは難しかった。

英子とも、これで別れることになるのだとはっきり思い至ったのも、あの日のことだった。そして、自分だけで、果たし合いをするような覚悟で韓国に、自分の母国に行かなければならない、と確信したのもあの日のことだった。

父の息は、鮮やかな幻覚となって私の息に重なった。会わずにいた歳月の長さなど、取るに足らないような隔たりだった。私の方が、もしかしたら待っていたのかも知れない。とにかく立ち上がり、一歩を踏み出すきっかけを待ち望んでいたのかも知れない。

どう話を切り出すべきか、どういう順序で自分の思いを英子に伝えるべきか、整理がつかないまま、私は数日後の日曜日、英子を散歩に誘った。

神田に出て、行きつけの古本屋を何軒か覗いたあと、北の丸公園を歩いた。天気のいい日曜日には、二人で古本屋の次には公園、というこのコースを、よく散歩したものだった。

——会社でね、ソウルに出張に行け、と言われたんだ。

私は言った。

秋の深まりを見せた公園の樹木のなかを歩きながら、英子は、わずかに肌寒さを感じたのか、両腕を組み、肩を震わせた。

小さな女性だった。私の肩にもとどかなかった。二人で歩くとき、初めのうちは、ただでさえ吃音であり、小声だった英子の言葉を聞き取るのは大変だった。しかし、私が聞いていなくても、相づちを打たなくても、英子は、話したいだけ話すと、口をつぐんだ。分かってもらう、聞き取ってもらう、ということが不可能であることをすでに身に沁みて知っていたからだと思う。私が、ちぐはぐな受け答えをしても、英子は、それすらも、黙って聞いていた。それで苛立つとか、不快な表情をするなどということは、英子には考えられないことだった。しかし、不思議なことだが、私は次第に巧みに、ほとんどの内容を聞き取れるようになっていた。

――寒いのかい？

返答がない英子のほうを見やりながら、私は聞いた。

はっとし、英子に近づいた。その肩を抱き、耳を傾けるように頭を合わせた。英子は何かを話していたのだ。私は自分のことばかりに気を取られ、そのことにすら気づいていなかった。

そんなことなど、日常茶飯事のようにあったのにもかかわらず、不意に、こめかみが痺《しび》れだすような、ある悲しさが、私のなかを貫いていった。

――よかったわねえ。ソウルに行ったらお父さんに会えるわね。お父さん、て、アボジっていうのよね。

私は聞き取った。

その日のことは、多分これからも、英子のことを思い出すたびに、私の胸を締めつけることだろう。

こんな風にして、じっと耐えていく生き方が、あるのだ。思いを表す言葉を、人にうまく伝えることができない人間は多い。表現の拙さや、言葉の足りなさ、あるいは多さで、時には誤解もされ、理解を得られないことで苦しむ人間は多い。それが人間の、宿命とも言える日常の姿かも知れない。

けれども、英子は、それ以前のところに立って耐えている。かといって、彼女は、自分を放棄しているわけではない。人を恨んでいるわけでもない。何も強いず、諦めもせず、彼女は、じっと、ただそうあるように生きている……。

今更のことのように、私は英子の姿に打たれていた。別れ話を持ち出さなければならない、という、もしかしたら後ろめたさが敏感にさせていたかも知れない。悲しさ、としか言えない重い感情に胸を締めつけられたまま、私は、会社を辞めようと思っていること、会社を辞めて、韓国に留学しようと思っていることを、ゆっくりと自分に話して聞かせるように英子に話した。

父のことも話した。

五年近く付き合っていながら、自分の父親のことについては、英子に詳しく話したことはなかった。中学生の時に母と離婚し、今は、ソウルで家庭を持って暮らしている、という概略だけは話していたが、父とはその後、会ったことも連絡を取り合ったこともない、というふうに英子が思っていることにも別に否定もせず、敢えて詳しい事情を話すこともしなかった。

自分の父親の生き方を、現れた事実のまま、英子に話すのはためらわれた。それは英子に対してだけではなく、他の人間に対しても同じだった。恥ずかしかった、ということもある。自慢できない父親を持った恥ずかしさ、……もちろんそういう感情も働いていたには違いない。だが、私の、父への思いは、簡単には語りきれないものだった。父のありようの、表に現れた事実だけをとって話すことで、自分の父への思いが変わったものになっていくのが、何よりも怖かったのだ。

英子はうつむいたまま、私の話を聞いていた。

話しながら、あの父のことが、他のどんなことよりも大きな比重を占め、私から自信を削《そ》ぎ、自分を卑屈にさせていたのかも知れない、と思っていた。

——周一さんの、新たな出発ね。

英子は言った。別れを意味している私のさまざまな言葉を、英子は、じっと聞いていた。

——君を、心から尊敬していた。信じてはくれないかも知れないけれど、本当なんだ。これだけは、誓ってもいいいんだ。

私は、言った。

自分にどんな苦しみがあったとしても、人にも言えないつらい事情があったとしても、この英子の心の地平にまでは行き着いてはいない、……そう思いながら、その肩を抱きしめた。

振り返れば、際限なく、その時々の思い出の意味は、今現在に息づく意味となって浮かび上がる。

忘れる、という人間の特技は、確かに恩寵、恩恵であるのに違いない。意味の深みを自らの覚悟で見つめ、自らの意志でその根にまで至りつこうと試みる者は、日常を放棄する以外にないだろう。

意味という深遠、意味という残酷、あるいはまた、意味という人生における光彩、世界における磁力。

日々にこそ、意味がある、という箴言《しんげん》を私は信じる。胸が締めつけられるような思いのなかで、この言葉を、今、繰り返している。

英子から、手紙が来た。

前にも言ったように、二年前の、ちょうど朝の儀式を始めたころのことだった。

周一さん、

お変わりはありませんか。

東京は、お彼岸の前からぽかぽかと暖かく、もう本格的な春が来たのかと思わせるほど、上天気が何日も続いていたのに、昨日の昼すぎから急におかしな空模様になってしまいました。いやに外が暗くなったと思ったら、雨が降りだしてきて、そして夜は大雨。雨の音が耳について眠れず、それでもうとうとはしたけれど、今朝もやはり屋根を打つ雨音で、目を覚ましたほどでした。

　今日は朝から、みぞれまじりの暴風雨です。寒くて仕方がないのですが、ストーブもなにもかも荷作りしてしまったので、部屋のなかですがオーバーを着込み、マフラーを首に巻き付けて、この手紙を書いています。

　ソウルはどうですか？

　お勉強の方も順調にいっていますか？

　さて、今日は、周一さんに是非、お伝えしておきたいことがあって、ペンを取りました。これで、周一さんに連絡をするのは最後になるかも知れません。

　今、私の部屋のなかは、がらんとしています。荷物をすべて荷作りして、入口のキッチンの所に運び出しやすいように積み上げたので、この部屋には、あなたも知っているあの小さなちゃぶ台しかありません。（そのちゃぶ台で、今、お手紙を書いています。）かさばる家具類は、昨日、処分しました。

　私は、明日引っ越しをします。本当は、今日引っ越しの予定だったのだけれど、運送屋さんの都合で明日になったの。この大雨だから、今日が引っ越しだったら大変でした。荷物はきっとかなりの量になるだろうと思っていましたが、捨てたり、あげたりしていたら、意外に整理がついて、思ったほどの大荷物ではなくなったので、ほっとしました。姉の知り合いの方が運送屋さんで、ちょうどM市から東京に来る便があったので帰るときに荷物を積んで行ってくれるということになっているのです。

M市に帰ることになりました。

東京の生活も、今日が最後の日となりました。運送屋さんの都合だったとはいえ、一日延びてよかったと思っています。こうして、周一さんにお手紙を書く気持ちになれたのも、一日引っ越しが延びたからです。M市に帰ってから落ち着いたころに書こうとは思っていたけれど、あまり自信はありませんでした。

外は、ものすごい雨です。

感傷的になるにしては、ちょっと不向きな夜だから安心してください。……引っ越しの前の夜、それに独りぼっち、がらんとした部屋、……でも大丈夫です。何よりも寒いし、それに、周一さんも思い出すでしょう。安普請《やすぶしん》のアパートだから、雨が屋根に当たって、とにかくうるさいったらないの。感傷的になったから、手紙を書きはじめたのではありません。

どこからどう説明したらいいのか、この、本当に、一ヵ月くらいの間に、いろんなことが起こりました。それで、M市に帰ることが決まったのです。実はかなり前から、帰ってきてほしいとは言われていました。周一さんには言わなかったけれど、姉の具合が、よくなかったのです。それでも、私が帰るほどではなかったのだけれど、少し前に姉が、倒れてしまいました。過労と神経の使いすぎです。下の姉も、それに兄も、M市の近くに住んでいるとはいえ、それぞれ家庭を持っているから、姉の代わりに家のことをやれるわけはなく、それで私が帰ることになったのです。

あの姉のことを思うと、人間て、自分ではどうすることもできないような定め、みたいなものを背負わされて生きているんだなあって、つくづく思います。でもそれは姉だけに限ったことではありませんね。私も同じだし、周一さんも同じです。……多分例外なく、皆そうなんだと思います。

周一さん、私、変な気持ちなんだけれど、こうしてお手紙を書いている自分が、周一さんと付き合っていた時のどんな自分よりも自分らしくなっているような気がしてならない。

私は、ぐずだから、周一さんにしかられてばかりいたけれど、それは誤解よって言いたいときが何回もありました。その度に、手紙を書こうかなって思ったのですが、かえってまた怒らせてしまうことになったらいけないと思って書きませんでした。それに、言葉でもうまく伝えられないくせに、それを文字にしたからといってうまく伝わるかどうかも、自信がなかった。

思えば、今日だから、こうして素直に手紙が書けるのかも知れません。すらすらと文章も書けそうです。笑われるかしら、とか、叱られるかしら、とか、そんなことも思いません。今日まで話せなかったことも、みんな書けそうな気がしています。

周一さん、ソウルでの生活は、思った以上に大変そうですね。あなたに電話をしたのは、一ト月前になるけれど、声の感じで何となく分かりました。覚えています。あの日は、M市に帰る前の日だったの。姉が倒れて、帰ることになったのだけれど、今回帰れば多分、東京を引き上げなければならないという話が出るだろうと予感していました。だから、あなたに国際電話を掛けてみたの。

声の感じで、いろいろなことを私、直観したわ。

大変そうだな、でも周一さんは当分は、ソウルからは帰ってきそうにないな。そう思いました。強い人だから、きっと初心は貫き通すだろうと思いました。

正直を言うと、弱音をはく、というのか、もうお手上げだから帰る、みたいなことを言ってくれるのを心のどこかで期待していたのです。もしそうだったら、どうするというはっきりした考えもないままに、そんなことを期待していました。

あの電話は、でも、ちょっと残酷だった。

心配は要らない、と言いながら、なんで電話をしてきたんだといわんばかりに初めは話していたのに、あなたのほうが、まるで電話を切りたくないみたいに話しつづけるんですもの。私、少し混乱して、まだ私のことを思っていてくださるのかしら、待っていれば、戻ってきてくださるのかしら、……田舎に引き上げるのは止めようかしら、……

頭がぼんやりとしてくるくらい、電話を切ったあと、考えつづけました。

でも、M市に帰るのは、私の「定め」のようです。きっと周一さんは、淋しかったから、私と長電話をしたかったのに違いない、と思いなおしました。それに、田舎にはどうあっても帰らなければなりません。姉が、可哀そうです。重たい荷物を、今日まで、一人きりで引き受けてきたのだもの、もう休ませてあげなければ可哀そう。

周一さんには、このことは言っていませんでしたね。

私には、実は母親が、二人います。

私や、姉たちを生んでくれた母と、そして、母の前に父に嫁いでいた母です。その母に子供が生まれないということで、私の母は嫁いできました。こういう家は、他にもあるらしいけれど、まあ、言ってしまえば、妻妾同居。父が死んだあとは、二人の母の面倒を一番上の姉が見てきました。

周一さんと、いつか私の田舎に行くということになったら、こういう事情をはっきり説明しようとは思っていました。でも、あなたは行ってみたいと言うだけで、実際に誘うと、（もちろん都合が付かなかったことは私も分かっているけれど）あなたは行かなかった。行きたくなさそうにもみえた。だから、言う機会がなかった。

さほど大きくもない家の、同じ屋根の下で、一人の男をめぐって二人の女たちが一緒に暮らすということ。その二人の内の一人の女から生まれた子供たちが、両方の女を同じように母と呼びながら暮らすということ。……詳しくは書きません。父を私は決して悪い人とは思っていませんし、何も恨んではいないけれど、死ぬときまで、心から尊敬するという気持ちにはなれませんでした。

その義理の母は、性格が難しい人だった。彼女のおかれた立場を思えば当然かも知れないけれど、私たち四人の子供たちは、小さな頃から、気難しくてそれに声が、なんて言ったらいいかしら刺のある金切り声のその義理の母と、本当の母とのあいだで、苦しい思いをたくさんしてきました。

東京に、出てきたかった。

私は、そんな家からどうにかして出ていくために、一生懸命勉強しました。家は昔は、かなりの地主だったけれど、父があるとき商売に手を出して失敗してからは、大変だった。ようやく持ち直して、スーパーを経営するようになったわけだけれど、兄は、私と同じように家にいたくないから、会社員になって離れてしまう。二番目の姉も結婚して家から出ていってしまう、……結局は、二人の母の面倒やら店の切り盛りは、一番上の姉がするようになってしまいました。

小さなスーパーだとは言え、スーパーの経営は重労働です。その上、義理の母は太りすぎもあって心臓が弱く、何年も前から、足のしびれを訴えて、ほとんど歩けずに家のなかで暮らしています。私たちの母は母で、今日までの義理の母との生活で溜まりきっていたストレスが、父が死んでから爆発したみたいに、奇妙な湿疹がお腹に出ては消え、食欲がないものだから、義理の母とは全く対照的に、やせ細ってしまいました。

　二人の母のために食事の用意をし、二人を連れて、病院に通い、義理の母がお風呂に入るのを手伝い、そして、スーパーのレジに立ち……、それこそ姉は一体何のために生まれてきたのか、というような生活をしています。

「あの英子が、東京の有名な大学に入った。」そう言われて、田舎中の評判になって、それで私の念願だった上京は果たせたの。父は、私には弱いところがあったし、町中の羨望の的になったから悪い気持ちはしなかったのね。残された姉には心苦しかったけれど、私はわがままを通して、東京に出てきてしまいました。

　もしも、父が生きていたなら、周一さんとのことは絶対反対されていたと思う。実は母だって、あなたには言わなかったけれど、すごいショックを受けていた。母はね、周一さんが朝鮮人だとか韓国人だとかいうこと以前に、そのことで、あの義理の母に皮肉を言われることのほうが、苦しかったの。母を誤解しないでね。私は母がとっても好き。決して私の母は、人をむやみに傷つけたり、偏見を持ったりするような人ではありません。

　母は、今回、私が東京を引き上げてくると決心したのをみて、周一さんとのことは想像がついたらしく、詳しく聞き出そうとはしませんでした。

私、今回、田舎に行って、はっとしました。今まで、母と似ているのは、一番上の姉のほうだと思っていたの。顔かたちも、母と姉はうりざね顔でまあまあの美人、骨太で着痩せしてみえるのもよく似ていました。私は明らかに父に似て、丸顔で、小太り。それに背が低いのも似ていた。

でも、きょうだいのなかでこの母に一番似たのは、私だったのではないかしらってしみじみと思ったの。たどっている人生が似ている、というのかしら、そんなことを思った。姉は、家の苦しみを全部背負ってしまったみたいに見えるけれど、姉はこう、何と言ったらいいかしら、生まれた星の強さとでも言うのかしら、身体から滲み出てくるような力があるの。これはうまく説明できないけれど、姉は元気になったら、妹の私も帰ってきてくれたことだしって、もしかしたら、新しく商売でも始めだすかも知れない。そういう底力みたいなものを持っている人です。

自分があの母親に似ている、と感じたことは、自分が母親みたいに不幸な境遇を強いられる人間だ、とかそんなふうに感じたからではありません。私そんなにひがみ屋さんではないわ。

これからは、この二人の女性たちと暮らしていくんだ、そう考えながら、母と義理の母、その二人をじっくり、まるで観察するような冷静な気持ちで見つめてみたの。顔に刻まれた皺や、その声や口許、手の甲に浮かんでいる染み、……今までは気づかなかった表情もたくさん見つけた。

　小さな頃は、善玉、悪玉みたいな区別をつけがちでしょう。こっちがよい人で、あっちが悪い人、というふうにはっきりしていたほうが、混乱もしないし、それに考えるのに楽だもの。母たちに対してもそうだった。義理の母は皮肉屋で、いつも意地悪、母は苦労のしどおしで義理の母に苛《いじ》められてばかりいる……。

　これは、自分がようやく大人になってきて、それにまた、女の目で母たちを捉えられるようになってきたということなのかも知れないのだけれど、この二人は、切っても切れないすごい縁で暮らしてきた人たちなんだなあ、と思いました。いいお婆さんたちなのに、二人がやり取りするのを見ていると、少しも可愛くないの。あれはすごいと思ったわ。達観なんてほど遠い。二人とも、すごいエネルギーで、まだお互いを意識し合っているの。

　なんてことだろう、ああ、そういうことだったのか、……私は、あることに気づいて胸が塞がれるような気持ちになった。

　この二人は、お互いの影をそれぞれの中に見つけ合ってきたんだわ。もちろん入り組んだややこしい影だけれど、お互いが一種の分身同士とも言っていい間柄だったのよ。

それが分かりました。意外な母の姿を見ました。こういう面も持っていたのか、と驚かされた義理の母の姿も見ました。気づきませんでした。気づかずにいたことを申し訳なくも思いました。

縁、とさっきは別に深い考えもなく書いてしまったけれど、この言葉以外に、適当な言葉はやはり浮かびません。

二人の女たちが作りだしている、奇妙な共同体意識みたいなものがあるのよ。たとえ子供であっても入り込めないような、二人だけが分かっている意識のやり取りがあるの。……すごいものです。

母に似たのだ。自分もこの母のように、影にさらされ、影におびえ、ある時は影に自分を見破られながら、離れることも、憎みきることもできずに生きていくのだ。そう思いました。二人の女たちは、確かに悲しいし、確かに不幸。でも、そう言い切ってはいけないのよ。人間て、多分もっと強いものなのよ。それなりに、真実を生きていて、それなりに、その真実に満足して生きているんだわ。そうに違いない。

周一さん、長々と書いてきたけれど、私の今の気持ちは、田舎に帰ることになってよかったとさえ思っているの。二人の母たちを見て、励まされました。田舎に帰った後で、私を待っているのは、あの二人の母たちとの単調な生活だと思う。スーパーの仕事にしたって、労働としては大変だろうけれど、きっと単調なものだと思うわ。

でも、あの二人の母たちと生ききっていく、ということに何だかぞくぞくするような期待、というのかしら、興味がある。私に与えられた、神さまが私に与えて下さった、私にしかできない仕事なのかも知れない。

周一さん、私はあなたをどれくらい理解してあげていたのか、と思うたびに、心苦しくなります。でも、あなたも、あなた自身のことでいつも心が一杯で、私がどれほどあなたのことを心配したり、考えていたか、気づかなかったと思います。

自分のことばかりが、どうしてそんなに大変なのってちょっと反抗してみたい気がしたほど、あなたは、あなたのことだらけの中で生きているように見えました。抱えた事情や問題の大きさが、あなたをそうさせていたことは分かります。あなたの真面目さが何よりも、あなたをそうさせずにはおかなかったこともよく分かります。でも、つらいのは、あなただけでは決してない、ということ……。苦しさは人それぞれなんだということ……。これだけは伝えたく思うの。

誤解しないでくださいね。私はあなたの苦しみの何分の一も理解できずにいたのかも知れないけれど、自分や自分を取り巻く問題を深刻に考えれば考えるほど、人は、ある落とし穴にはまり込んでしまいがちになるのではないかしら。「日本人」のくせにそんなことを言う資格はあるのか、なんて言わないでください。私は確かに「日本人」かも知れない。在日韓国人のあなたに何かを言う資格なんてないかも知れない。

でも、私、勇気を出して言ってみたい。人が抱えている苦しみは、分量では絶対に測りきれないのではないのかしら。歴史的な過去の事実や関係によってだけ、個人の苦しみの質が決められていくものでもないはずです。人間て、もっともっと幅が広くて、もっともっと生々しくて、そしてもっともっと深いものだと思う。

私ね、今だから告白するけれど、何度かこんな罪深いことを考えたわ。もしかしたら、周一さんは、私がこんなふうにコンプレックスを持った女の子だから、私に関心を持ったり、私を好きだと言ってくれたのではないかしら、って。最後に、あなたは、私を尊敬していると言ってくれたでしょう。あなたがお父さんのことを私に初めて話してくれた日にそう聞いて、私の中のわだかまりはふっと消えました。私が弱い者だから、同じ弱い者にひかれるように、私を好きでいてくれたのではないかしら、と思っていた自分の心根そのものが、不潔に思えてなりませんでした。

周一さん、ごめんなさい。あなたを傷つけるつもりなど、毛頭ないの、こんなこと言わなければそれで済むことなのに、伝えずにはいられませんでした。失礼を承知で、とにかく罪を告白しなければ、あなたにかえって失礼になるような気がしたの。誤解しないでくださいね。

私にとって、周一さんとの出会いは、一生忘れられない大切な出会いだったと思っています。私はあなたに感謝しています。そしてあなたを尊敬しています。

ソウルでの生活が、あなたにとって、あなたの人生にとって必ず意義深いものになることを、私は確信しています。

最後に、お願いを一つだけ、書いておきます。

女性に対して、もっと自由であって下さい。周一さんの、これは真面目なところですし、美点と言っていいところだとは思っていますが、あなたは、女性に対しても、堅苦しくなりがちです。お父さんのお話を聞いたとき、もしかしたら、お父さんのことがあって、あなたはことさら女性に対して潔癖になろうとしているのかも知れない、と私なりに納得したのですが、あなたはもともと女性にもてる人です。女性にもてでしまうことを、嫌悪する必要なんてないと思う。もっと自由であって下さい。これはお願いです。

もう、そろそろ二時です。真夜中ですが、雨は、まだすごい勢いで降っています。夜中までこんなふうに集中して手紙を書いたことなんて、長い間なかったような気がします。

思い出がたくさんこめられているこの部屋で、最後の日に、こうしてあなたにお手紙を書くことができたことを、幸せに思います。

おからだを大切にしてくださいね。

ご活躍を心から祈っています。

さようなら。


お忙しいと思います。この手紙を負担に思わないでくださいね。御返事は要りません。

……英子から来た手紙の最後には、こんな追伸も書かれていた。

読み続けると、それ自体が、自分に自分の精神的な力を試してくるような手紙だった。今すぐにでも日本に行き、英子に直接会って話をしたい、という衝動に何度も駆られた。近くにいながら、あれほど近くにいながら、何も知りえず、何も理解していなかった、という呵責にも似た思いをなだめるのには、時間がかかった。英子を、その生な姿ではなく、文字によってようやく身近に感じ得たという皮肉にも、私はうなだれるしかないような、言いようのない苦しさを感じていた。

何故、観念は、人間の具体的な生や、なまな生を、引き受けられないのだろう。許せないのだろう。

具体的で、なまなましい生のありようからこうして離れてこそ、引き受けられ、寛容にもなれるということは、どういうことなのだろう。こうして、文字として伝わってきた英子だから、自分は英子を切実に感じ取れ、いとおしくも思い、会いたいとすら思うのではないか。……この今の、英子に対する思いも、観念や知の次元でのいとおしさ、こだわり、なのではないのか。

——あなたは、あなたのことだらけの中で生きている……。

英子のくぐもった声が聞こえてくるようだった。自分は、こんな時でも、考えることを止めることができない。なまな生を観念は何故許せないのか。具体的なあの日々の中で、何故自分は、英子も、また自分をも、許せずにいたのか。そう問わずにはいられないでいる。

この心の地平にも、自分は行き着いていない、と英子に感じていたものは、もしかしたら、そういう自分のある種の限界に気づいていた無意識から来る、羨望にも近い感情だったのではないか。

返事を書かなければ、と思った。

自分のそういう限界が、英子を傷つけていた以上、英子の新たな生活に対する決意を祝福し、励ます返事を誠実に書くべきだ。尊敬の気持ちは、それでしか、伝えられない。

時は、人を作る。

人は、時の中で、生のさまざまな相貌に向き合い、過去を体験し、記憶を通して観念化された生を生きなおす。生きなおすことで、作っていく。作らねばいられず、観念化せずには作り得ないことを知っている。

生とぶつかり合い、生を嫌悪するのが観念であるにもかかわらず、人は、観念に依らなくては、今を、作りだすことができないのだ。この矛盾は、生の意味に通じている。生の根、とも言い換えていい。

いつから人は、このことに気づきはじめたのだろう。

生の根拠が観念という一種の敵とともに共存し、その敵なくしては、生の意味も確かさも確認できないという皮肉に気づいた人間は、一体、何を感じただろう。震えがくるほどの実感とともに、一体、何を考えただろう。

しばらくの間、「根の光芒」は、英子に書かなければならない手紙の返事をめぐって、うなされるような不安の時間が続いた。

返事は書けなかった。自分のどんな言葉も、誠実、というフィルターにかければこぼれ落ち、残っていくものはないような気がしてならないのだった。朝の儀式は、自分の詩への思いに支えられていたのだったが、その意義すらが、私に懐疑の感情を煽った。

在るように、書けばいい。今在る自分のまま、思いを素直に書き綴ってみたらいい。

……私はそう言い聞かせた。

しかし、そういう自己鼓舞の言葉ですら、誠実さにかけ、虚ろに響いてならなかった。観念に倚りかかることを、いつの間にか覚え込んでしまった自分は、人の生を、その具体性の中で味わい、捉えきることはできなかった。もしかしたら、それは自分自身の生についても当てはまるかも知れない。自分の生についても、もしかしたら、同様の過ちを犯しているかも知れないのだ。

在るがままの姿、在るがままの自分、そういう言葉に、まるで酩酊するように酔いしれていたことを思い出す。それすらが不誠実だったのではないかと、苦々しい思いの中で、昔の自分を思い返す。

何よりも、在るがままを嫌悪していたのは、自分だった。生を、その姿そのものとして捉えきれず、また、捉えられるとも信じられずにいたのが、他ならない自分だったのだ。「在日韓国人」として、あるいは、あの父の子として、自分を見極めたく母国に来たという、生き方の上での選択も、自分の生の観念化、言い換えれば、こう在り、こう在りたいという生に対する一種のフィクション化から生み出されたものだと言うしかない。在るがままでありきることは、そう意志すること自体が、観念化の呪縛を引き受けるということなのだ。

であれば、生に対する真の誠実さとは何だろう。

真に誠実である思考とは、行為とは何だろう。

人間の生の根において、すでに観念は不可欠な矛盾の一部を成している。いや、それは単なる一部では終わらない。生の全体、あるいは、生そのものの裏側に、不透明で膨大な輪郭を匂わせながら、観念は生の根に絡みついている。人間を在るがままではいさせない観念によってしか、過去も捉えられず、未来をも志向できない人間にとって、果して今日まで一度として在るがままだったことなどあったのだろうか。フィクション化、観念化されなかった瞬間などあったのだろうか。

——精神という緻密な誘惑。

ある朝、「根の光芒」に、そんな言葉が立ち現れた。まるで許しを乞うように無意識の中に背を丸め、うなだれ続けてきた自分を、言葉自体が見届けてくれたかのように、ようやく立ち現れたのだった。

しかし、私は苦笑した。

有り難いが、英子にこの言葉をそのまま返事として出すわけにはいかない。……気障な男だ。結局言葉だけに捕らわれている淋しい男だ……。明け方の薄暗い天井を見つめながら、私は溜め息をついた。

代わる言葉は、それでも見つからなかった。どんなに気障に聞こえようとも、この言葉以上に自分の思いを代弁できる言葉は探し出せそうになかった。私に母国に来ることを決意させ、今日までとにかく生きることに駆り立てて来たのは、この思いだと言い切りたかった。

精神という緻密な誘惑から、私は逃れられない。

今こそ思うが、自分が「在日韓国人」であることでぶつかってきたさまざまな苦しみも、緻密で入り組んだ精神という誘惑から引き出された一つの現れだったような気がする。そうでしかなかったとさえ思える。……英子、君といた頃は、まだそれが自分でも自覚できなかったのだ。私が「在日韓国人」という属性に囚われていたように君には感じられたかも知れないが、それは、私自身が自分の思いをもっと本質的なところで把握できなかったからなのだ……。

書きたい衝動に何度か駆られ、返事の文面を脳裏に刻むように、私は言葉を果てしなく反芻した。気障だ、淋しい男だ、と吐き捨てながら、その日、私は思いきって起き上がり、「朝の樹」を開いた。だが、右側のページに、

――精神の

と書いたあと、次が書けなくなってしまった。

――ちみつ……。

漢字が浮かばないのだ。どう思い出そうとしても、ちみつ、を漢字で書けないのだ。みつ、は密だと分かった。だが、ちみつのちの字が書けない。思い出せない。

チミル、치밀、チミル、치밀……、とハングル文字と韓国語の読みはすぐに浮かんでくる。

私は唖然とした。括弧で二文字分の空白を開け、

――な誘惑。

ととりあえず続けた。ゆうわくは、すんなりと、誘惑、と書けた。それでも不安だった。誘惑、という漢字ももしかしたら間違っているかも知れない、という不安に駆られて数回書き直した。

私は、身体を不意に摑みこまれて別な世界に放り出されてしまったような、動揺と眩暈を覚えていた。そして、ようやく辞書を開き、緻密、と漢字を確認し、括弧の中の空白に二文字を書き込んだ。

ハングルが身につくうちに漢字をよく忘れるようになり、そのことで思わず歯ぎしりしたくなるような苛立ちを体験したのは、一度や二度ではなかった。緻密、はかなり難しい漢字だった。忘れてしまってもしかたがないかも知れなかった。けれども、その日のショックは、他の日に味わってきたショックとは違っていた。

自分の今を語ってみたい。それを他の誰でもない英子に伝えたい。そう考え尽くしてようやく思いついた言葉が、すんなりと書けなかったのだ。

微妙な感情のうねりとして始まった韓国語とのせめぎあいは、英子からの手紙を受け取り、その返事を書かなければならない、という出来事に出合ったことで、うねりのさらに深い断面を私に意識させることになった。漢字が書けなくなった、という事実も、精神が

突きつけてきた一つの緻密な誘惑として、私を揺さぶらずにはおかなかった。謎が、新たな謎を呼び込んで来たと言ってもいい。

一つの出来事に秘められた意味は、奥深い。そして簡単には解きあかせないくらいに、意味は交錯している。英子への返事を書くということから始まったその出来事は、内面でのさまざまな自問自答も含めて、いまだに私の心の中では尾を引いている。

その出来事は、一面においては韓国語と自分とのせめぎあいがどれほど深刻なものであったかをよく示しているが、問題の根を手繰り寄せて行けば、そのことだけでは語りきれないことが歴然としてくる。

それは、私という男、即ち、イム・スイルという男の性格そのものが、言語という問題と絡み合ったところで現れた出来事と言ってもよかった。

私はつくづくと思う。

そもそも言語の問題であれ、詩の問題であれ、男女の問題であれ、また「在日韓国人」、あるいは他のどんな立場の問題であれ、個人の性格やその個人の特有な志向性を無視して語れるものなど、果してあるのだろうか。

すべての現象は個人的である、ともちろんこう断定するには勇気がいる。

私たちは、私たちを取り巻くあらゆる現象や事物を、一定程度抽象化する思考過程を経なければ、体験を体験として自分のものにはできない。フィクション化、観念化の宿命は生の瞬間瞬間に取りついている。その上、個は集団という背景を絶えずかかえた存在でもある。個を含めた集団が持つ傾向性ということも確かに否定しにくい事実としてあることも、私たちは知っている。

だが、それでも、ある出来事から抽出される問題性の一面や、一つの意味を語り始めたとたんに、置き去りにしてしまった他の意味の大きさ、貴重さにはっとし、後味の悪い思いのまま口を閉ざしていくというのは、私だけに限った経験ではないように思う。

英子への返事は、今日まで書けていない。

多分、その焦りや後ろめたさが追い打ちをかけ、そして加奈との出合いも拍車をかけていたはずだ。

朝の儀式を始めて約一年目に、私は『ルサンチマンX氏へ』という詩を書き始めた。遅々としながらも、「朝の樹」や「昼の樹」のページに、ソウルに来て初めて詩と呼べそうな言葉たちが、少しずつ書き綴られていったのだった。

いつになるかはまだ見通しもはっきりとはしていないが、この詩を書ききることで、英子への返事としようと私は思っていた。同時に、ソウルで出合い、私に詩を書き続けることの勇気を与えてくれた加奈のためにも、この詩は必ず完成させたかった。

『ルサンチマンX氏へ』は、想像以上に長い作品になりそうだった。出来ばえはどうであれ、長編詩というものを書けるようになったこと自体に、私自身が驚いてもいた。この詩がいつも傍らにあったから、今日まで朝の儀式を続けて来られたのだと思う。この詩が支えになってくれていたから、挫折もせずに留学生活を続けて来られたのだとも思う。

自分にとって思い返すのもつらく、心苦しい思い出としか言えなかった英子との日々も、以前より冷静に、そして果敢に捉え返せるようになった。やはりそれなりに運命的な出合いだったのだ。

英子と出合わなければ、ソウルにいる今日の私はいなかった。英子と出合い、英子との関係を続ける中で自分を剝き出しにし、ああいう自己分析や自問自答をして来なければ、今日の選択はなかった。そしてまた、詩をこれほど切実なものとして捉えることもなかったはずだ。英子が、今日の私の基礎とも言っていいあれらの日々を支えてくれたのだ。

私は、窓辺に立っている。

眼下の町並みを覆いつくしながら、朝靄が白濁した空から流れ続けている。じっと見ていると、空一面に広がった厚い雲の塊りが、かすかに身体をじらすように動いている。それが白濁した空に、波状の濃淡を滲みださせている。

もうかなりの間、雨が降っていなかった。昨夜、ヘヨンの家で見たテレビのニュースでも、全国に異常乾燥注意報が出ていると、アナウンサーが話していた。きっと今日も雨は降らずに、昼近くにはからりと晴れ上がっていくだろう。

眼下に続く丘一面に建ち並んだ民家の間のあちこちから、人の動きやその気配が、さまざまな音を放ち始めている。遠くに響く轟音が、丘の斜面をはい上がり、ほぼ頂上に近い私の部屋まで打ち寄せて来る。

外ばかりではない。この下宿の中でも、朝は始まっている。ドアの向こうでは、階下から漂い始めた朝食の匂いとともに、同居している者たちの足音や声が、少しずつ聞こえ始める。

——七時三十五分。

私は振り返りながら、机の上の時計を見る。

今朝も、昨日の朝とほぼ同じように六時を少し回って起きた。六時から八時までが一区切りで、八時からは次の区切りに入る。翌日の「朝の樹」を書くために習慣のようにそんなことを思い、また外を見やる。

手にしていた「昼の樹」が、床に落ちる。それを拾いながら、いつの間にかバッハが終わっていたことに気づく。床に座り込み、カセットを裏返す。「昼の樹」をまた開いてみようかどうかと迷ったが、義しさ、と口の中で呟き、そのまま窓の下の壁に背をもたれさせる。

それにしても、と思う。

この言葉が突きつけてくる力と、意味の奥深さはどうだろう。自分で思いついておきながら、言葉そのものに気圧されている。思いをかければかけるほど、言葉はかえって遠のいてしまいそうだ。

気を取り直すように、バッハを口ずさむ。少しひんやりとした風が吹き込んで来る。しかし、立ち上がって窓を閉めようとは思わない。音の中に、詩の中にうずくまっているような、どこかぼうっとしたそんな時間が心地いい。

そのうちに、昨日の記憶が断片的に浮かんで来る。

焼身自殺をした学生の死体。

雲の向こうに鈍く滲んだ光線の輪。

父の声。

ユンミ、ヘヨン、ヘヨンオンマ、ミンジョン、……女たちの顔。ミンジョンの耳、耳の形。

記憶は、そのうちに突然、幼いある日の明け方の光景を映し出す。小学校五年生の時のことだ。

昨日も、十五年以上も経っているというのに、当時見ていた夢とほとんどそっくりな夢を見た。最近になって、よくこんなことが起こる。ふとした瞬間に、遠い過去の記憶が蘇るのだ。それも自分でも忘れ、思い返すこともしなかった記憶だ。記憶一つ一つの意味深さに気づくようになったのも最近のことだった。

韓国から帰って来た父親を迎えての団欒《だんらん》は、母親の不機嫌な表情と言葉遣いとで、無残に壊れていった。かなり久しぶりに父が帰って来た時のことだったと思う。母が一体どんな言葉を吐き、それが父親とのやりとりの中で、どういうふうに父を怒らせることになってしまったのか、経過については、はっきりとは覚えていない。

当時、両親はほとんど別居同然の生活を続けていた。父は家に帰って来ると、またすぐに韓国に行ってしまった。長くて数週間、でなければ数日して出掛けて行ってしまう時もあった。多分、父にしてみれば、韓国にある家の方が、帰って行く家だったのだろう。

父は、韓国の南の方にある海南と麗水という所で海産物の缶詰工場を経営していた。海南には、父の最初の妻に当たる人が、私の異母きょうだいに当たる三人の姉たちと住んでいた。

だが、当時すでに、父は今一緒に暮らしている女性とソウルで家庭を持ち始めていた。ミンスッとチョンスッという私にとっては異母きょうだいの妹たちも生まれていた。もちろんそれはかなり後で分かったことで、母も知らなかったはずだ。けれども当時の母の苛立ちを思い返すと、母は父の生活のほとんどを知っていたのかも知れないという気がしてくる。

去年、私は兄だと名乗って来た男に初めて会った。父はすでに、海南とソウル、そして東京の私たちとの家庭以外にも、もう一つの家庭を持っていた。母には分かっていたのかも知れない。

喧嘩ばかりだった。父が帰って来れば必ず繰り返される両親の喧嘩は、いつも凄まじいものだった。

私は弟と一緒に、よく風呂場に逃げ込んだ。両親の喧嘩が始まると、私は泣きじゃくる弟を抱えて、まるで条件反射で覚え込んだように風呂場に逃げ込むのだった。無力ではあっても二人を止めに入ろうという子供らしい衝動は湧いてこなかった。もしかして何度かそうしてみたのかも分からないが、記憶には残っていない。

ある明け方、私は空の浴槽の中で目を醒ました。浴槽の背に肩を押しつけてうずくまっていた自分の膝に、頭を埋めて眠りこんでいる弟の寝息に起こされたのだ。辺りは静まり返っていた。浴槽の中だからよけいに弟の寝息が響き、間延びした余韻が震えて聞こえた。私はそっと弟を離し、立ち上がった。そして風呂場の窓に手を掛け、わずかに開けて外を見た。

朝焼けが、空の裾からはるか上方にかけて、それこそ空一面に、目に痛いほどの鮮やかさで広がっていた。

朱色に輝く朝焼けの、その美しさに私は気を失うような感動を覚えた。光の力に胸を締めつけられていた。雲の間から流れ続ける光線の波は、漂う煙を思わせるように柔らかだった。なのに、朝焼けは眩しく、鋭く目を刺し、少しの身動きも許さないような強烈さで私を釘付けにした。

死という言葉も概念も知らなかったはずなのに、私はあの日、あの日の明け方、あの朝焼けを見つめながら、死を感じていた。死という言葉でしか言い表し得ない何かを実感していた。

あの日に突き刺さったその何かを抱えて、今日まで生きてきたような気がする。その何かは不気味で空恐ろしい実感でありながら、自分によく似合い、見合っているものだった。すでに知っていたような懐かしさも感じた。

義しさ、という言葉と、あの実感はどこかで通じている。そう思えてならない。古い記憶が意識の底に潜み続けていたのだ。それが腐食し、変容し、十五年以上も経ったこの頃になって、こういう一つの言葉として立ち現れてきたのかも知れない。

この頃になって、それも私がソウルに来て、朝の儀式を始めるようになってから、古い記憶がよく浮かんでくるようになった。今朝のように「根の光芒」に意外な言葉が立ち現れたり、遠い過去の記憶が不意を突くような勢いでよぎったり、夢に出てくるようになったのは、私が『ルサンチマンX氏へ』を書き始めたことと無関係ではないはずだ。

記憶は、私自身の現在と呼応し合いながら、新たな鮮やかさと鋭さとで浮かび上がる。

過去の光景そのものの意味と、それらの光景を今思い出すようになったということの意味は、義しさ、という言葉の意味とともに解いていかなければならないことなのかも知れない。

——砂粒の倦怠を
跳ね上がる水が笑う
輝く朝焼けの麗しさを
…………

あの朝焼けの美しさと私の感動を中断させてしまったのは、浴槽の中で寝返りを打った弟の大きな寝息だった。私は弟を起こすために、いたずらで水道の蛇口を開けた……。

——小さな弟の寝息が食む
そう続けてみようか……。

私は苦笑する。

そしてはっとし、我に返った思いの中で「昼の樹」を持ち直す。こうして次々と思い浮かぶさまざまな考えや、考えに引き出されて思いついた短い詩句を、すべて書き留めておくことはできない。「昼の樹」を手に持っているのにもかかわらず、文字となって記録されないことの方が、圧倒的に多い。

現に、今思いついた数行の詩句も忘れかかっている。十分前に何を考えていたか、窓辺に立って外を見ていた時には何を考えていたか、もう忘れかけている。

これが明日の朝になったならどうだろう。今過ごしているこの時間のことを、自分はどこまで覚えているだろう。そして、「朝の樹」にはどう書くだろう。


こんな時がそうだった。

朝の儀式を続けていることの充実感とは裏腹に、全く相反した感情として、どうしようもない空ろな無力感を覚える時があった。

それは単に、忘れ去られてしまう瞬間があまりにも多いということから来る無力感ではなかった。忘れ去られる瞬間の量ではない。瞬間の、その只中に重層している意味の膨大さだった。瞬間に秘められた意味も摑みきれずにいることへの苛立ちと言ってもよかった。

空ろな思いに捕らわれだすと、必ず私は自分に八つ当たりをするように、こう問い始める。

——立ち現れる過去の記憶も含めて、すべての光景には意味と価値がある、というのは果して本当なのか。いくらそう信じていたとしても、どの光景を真に光景と感じ、どの光景に思いを集中させて行くかは、あくまでも恣意的なことではないのか。その恣意性の中にどれだけ必然性を見出していけるか、ということも、やはり恣意的なことではないのか。

私は答えられない。

気が済むまで自分に言わせ、言われるまま黙っているしかない。

——〈意識して生きる〉などという命題は、欺瞞だ。お前は幼稚だから天からの啓示と信じてこの命題を信奉しているようだが、命題そのものの中に、すでに矛盾があることに気づいていないのだ。一体、誰が「意識」するのだ。「生きる」のだ。私？　……この私だって？　冗談ではない。「私」などどこにいるのだ。いいかい。もしお前がこだわっている光景など、この世界を作り上げている夾雑物の一つに過ぎないとしたならどうなる。もしそうだとしたなら、光景に対するこだわりなど、迷信や幻想と少しも変わらない類の思い込みになりはててしまうのではないか。

——そんなふうに考えてはいけない……。

私は不機嫌な自分に向かって力なく反論する。しかし、すぐに遮られてしまう。

——果してある光景が単なる夾雑物であるのか、それともこだわる価値や意味が秘められたものであるかは、どう区別しうるというのだ。瞬間の観念化によって、過去という時間の堆積が作り出され、現在の観念化が、今、生きていることの体験の前提となり、その今が、途方もないような光景の意味と向かい合っている。それはそうだ。だが、よく考えてみるといい。瞬間を観念化するという思考における行為は、即ち、瞬間を意味化するということなのだ。もともと決まったものとしての意味があるわけではないのだ。

――………。

――だから、お前が普段考えている観念化の呪縛という人間の生に取りついた宿命は、「私」だと信じているこの「私」というものでさえが、どれほどはっきりしないものか、どれほど実体としてあやふやなものなのかをかえってお前自身に突きつけているとも言っていいのだ。究極的には、一体誰が、一体何が、何者が、意味を意味と認めていくのか。観念化ですらが恣意的なものであるとするなら、一体誰が、瞬間を体験する主体だと言えるのか。

――でも、「私」は「私」を信頼するしかない。信頼しなければ、まるで糸の切れた凧同然だ。「私」も、「私」によるフィクションだとしても……。

反論にもなってはいなかった。ようやくという感じで言葉を返していく自分の語調は、いつも力なかった。やるせないほどの虚脱感が、背筋とすれすれのところに取りついて、手を伸ばしては不意に襲いかかって来るような、そんな思いによく陥った。

儀式など止めろ。

胸の奥に響き続ける自分の声は執拗だった。

いやだ。君はただ私の足を引っ張ろうとしているだけだ。僕はまだ若い。幼い。光景が夾雑物なのか意味あるものなのかを、まだ見極める能力がないというだけの話なのだ。集中力が足りないということだけかも知れないのだ。

成り損ないの神にでもなりたいのか。

…………。

お前みたいなナルシストがいるから、世界はいつもこんなに愚かなんだ。絶えず神話を作りだし、絶えず何らかの偶像を作っている。神話や偶像を否定しても、今度は否定する神話に酔い始める。意味に倚りかかってばかりいて、その上なにしろ意味にかかわる自分を信じている。お手上げだよ。呆れて口もきけない。

…………。

こみ上げてきた憂鬱な感情を押し止めようと、私はカセットテープのボリュウムをあげる。

しばらくは何も考えまい。こういう苛立ちなど、一度や二度のことではなかったではないか。これからもきっと果てしなく続いていくのだ。乗り越えなければいけない。そう言い聞かせながら静かに息を整えていく。

次第に、何も見えなくなる。

私という光景の中に私が映し出され、チェロの音が、ある飽和を暗示していく。徐々に近づき、不意に突進し、わずかに嗄れた太く低い音色が、ある飽和に向かって反復を繰り返しつつ登りつめて行く。

この今を体験しているのは私だった。

そう信じようと信じまいと、この今、この音とともにあるのは、私だった。

音の根と、言葉の根が、混じり合う時に出合いたい……。生の根に行き着く行程が、今のこの瞬間に隠されているのなら教えてほしい。生の根から滲み出る光が、今の、この光景のどこかに潜み、私の息が届くのをもし待っているのだとしたら、気づくきっかけだけでも教えてほしい。

そう呟いているうちに、はっとした。

義しさ、という言葉の意味とその実感をすぐにでも摑めそうな瞬間が、波のように寄せては引いて行った。

誰かがドアを叩いた。

私は、私だけでいた時間を破られ、むっとしながら顔を上げた。

――スイルさん、お早うございます。

テナムの声だった。

思わず、手にしていた「昼の樹」を胸に抱いた。立ち上がり、机の引き出しを開けた。「朝の樹」がきちんとしまわれていることを確認し、「昼の樹」をその上に重ねた。引き出しを閉めながら、

——お早う。

と、同じ日本語で答え、ドアを開けた。

キム・テナムという。漢字では、金泰男と書いた。にきびが両頬や額一面に広がり、顔が赤く腫れ上がって見えるほどだった。痛々しいくらいのそんなテナムの顔を間近に見るなり、妙な予感に襲われた。ドアの向こうに広がった板の間に目をやり、その向こうに並んだ二つのドアの、右側のドアが開いたままなのを見て取ると、

——インギル、大丈夫か。

と聞きながら、私は身体を乗り出した。

——スイルさん、奴、おかしいんです。ちょっと来てみてください。

テナムに向かってすぐに頷き、分かった、と言いながら、振り返って机の上の時計を見た。そして、テナムと一緒に板の間を歩き出した。

七時五十八分　テナムが私の部屋のドアを叩く

儀式の司祭者とメフィストフェレスが、また例の如く言い合い、バッハのおかげでようやく折り合いをつけてたところだった
すでに、他者からなる光景の渦中にいる自分を思う
明日の「根の光芒」にはどんな言葉、どんな映像が現れてくるだろう　明日の「朝の樹」に書き入れる今日が、この今の中に予告されている

明日の朝、自分は「朝の樹」にこうしてこの時間のことを、こういうふうに書くだろうか。
事細かには書き得ない。それは絶対に書き得ない。だから、「朝の樹」の左側のページの日記は、敢えて前日のことを簡略に書き記すようにしているのだ。翌日になっても、記憶が少しも薄れず、違わずに残っていることなどない。そうあったことも一度としてなかった。現に、

――…………

氷の天
賜れた困惑が
溶けた隙間から流れ出す
…………

と、インギルの部屋に向かいながら、わずかな時間の間に、どういう連想をしたからなのか、『ルサンチマンX氏へ』の冒頭に近い部分を思い出している。続けて、今朝思い浮かんだ数行の詩句を反芻し、義しさを意志し……、という一行の前に、氷の天のイメージと、無に関連するイメージを展開させなければならないのではないか、と考えている。

インギルのことで湧き上がってきたインギルに付きまとうイメージと、テナムの顔や声、瞬時によぎっていった窓の外の光景、消える気配を見せ始めた朝靄のたなびき、目醒めてからの時間の流れの中で体験してきた瞬間の堆積……、それらがすべて今という瞬間に作用し交錯して、詩の冒頭部分を思い出すことになったのだ。

明日の朝、ここまで克明に「朝の樹」に書き込むことなどできないだろう。思い返すことすらできないはずだ。相当な集中力で気にとめていない限り、義しさ、という言葉を使う前に、無、氷の天、それらのイメージを展開させなければならない、と今思いついたアイデアは忘れ去られてしまうだろうし、これっきりどこかに消えて、もう二度と思い出すことはないかも知れない。そして、今こう考えていることすらも、明日の朝になれば忘れているかも知れないのだ。

書き留められず、記録し、残すことのできない、無数の瞬間の一つとして、今というこの瞬間も過ぎ去ろうとしている。こうして多くの思念、多くの言葉が消え去って行く。どこに行き、どう果ててしまうのだろう。

私におけるさっきまでの今も、一体どこに行ってしまったのだろう。

この今をこうして確かに体験している私は、どういう意味で、私であるのだろう。

開け放たれたドアの前に立って、布団をかぶったままのインギルを見やった。私は横にいるテナムに目と手で合図した。テナムは急いで部屋に入り、部屋の窓を開けた。アルコールの匂いとインギルという二十歳になったばかりの男の持つ体臭が混じり合って、異臭と言うしかないいやに湿気た匂いが鼻を突いた。

——酒を飲むのはいいけれど、こいつ、無茶なんですよ。

テナムはいかにも臭い、というように顔をしかめながら鼻を手でつまんだ。布団を頭からかぶったインギルは、そのうちに布団の端を摑み、私たちに背を向けて身体を丸め込んだ。

インギルの枕元に屈み込み、聞こえよがしにテナムが喋り始めた。

——スイルさんの言うことなら、こいつ聞くみたいなんだけれど、結局また、こんなふうになってしまうんです。夜中じゅう何を言っているのか、ぶつぶつ独り言ばかり言って、気味が悪いったらないんです。しくしく泣いているかと思うと、急に叫び声は上げるし、気になってこっちはろくに勉強もできませんよ。心配して、どうしたんだって聞いてもドアも開けてくれないし。……とにかくずっとこの調子なんです。

くぐもった奇妙な呻き声が聞こえた。うるさいとでも言っているのか、まるで駄々をこねている子供のように、インギルは布団の端を引っ張りながら背中を揺すぶった。

——スイルさん、今度こそはっきり言ってやってくださいよ。一体何をしにソウルまで来て勉強しているのか。学校には行かないし、部屋で酒ばかり飲んで、一体何を考えているんだろう。さっき、こいつがトイレから戻ったところで、僕、強引に部屋に入ったんです。そうでもしないと、僕だと絶対にドアを開けてはくれませんからね。このままだと、こいつおかしくなっちまう。

四畳半あるかないかの狭いインギルの部屋は、敷きっぱなしの布団とあちこちに脱ぎ捨てられた服、酒瓶、本、洗面用具などが散らばって足の踏み場がないくらい雑然としていた。すでに長い間その前に座ったことなどないのが一見して分かるほど、窓の下に置かれた文机の上も雑然とし、溜まった埃が目についた。

インギルの部屋の窓からは、隣接した家の壁しか見えない。

丘を見下ろせる私の部屋に移ったならば、少しは気分も変わってくるかも知れない。そう思いながら、布団にくるまったインギルを見やる。

一階と二階に五つの下宿部屋があり、階下の台所の奥に主人のハルモニ（おばあさん）が住んでいる居間があった。二階の三つの部屋に私とキム・テナム、そして今布団をかぶっているチョン・インギルの三人の在日韓国人留学生が住み、階下の二部屋には、Ｓホテルの客室課に勤めているイ・サングと、二週間ほど前に肝炎にかかって日本に戻って行った国文科のパク・インソギが住んでいた。

ミスター李と私たちが呼んでいるイ・サング以外の四人は日本生まれの韓国人で、ミスター李が引っ越して来るまでは彼の部屋には金某という、私は面識がなかったが、やはり日本生まれの韓国人留学生が住んでいたということだった。

——一週間、いや、十日、もっとなるかも知れませんね。こんな状態をいつまで続けるつもりだろう。おい、インギル、こんなことをしていたら、からだがやられてしまうぞ。いい加減にしろ。

テナムは屈み込んだまま、耳を布団ごと押さえつけているインギルに向かって言った。何か言ってやって下さい、といわんばかりに、テナムは私を見上げた。私もテナムと一緒にインギルの枕元に屈み込んだ。焼酎の空き瓶を手で払いのけると、敷き布団の下にもまだ空き瓶が隠れているのが見えた。

——インギル、顔を見せろよ。返事をしろよ。

私は言ったが、無理やり布団をめくるのはためらわれた。テナムも同じことを考えているようだった。

インギルの身体には、小さい頃に熱湯をかぶってできたという火傷の跡が、右肩から二の腕にかけてと胸に広がっていた。皮膚が引きつり、その火傷の跡が妙にぬめっとして見えるのも不気味だったが、胸のちょうど真ん中に縦に十センチほど、赤みを帯びて盛り上がった心臓の手術の跡もあり、身体全体の細さや色の白さの対比と、それに加えインギル独特の一種のはかなさを感じさせる表情とで、火傷やその手術の跡は、正視できない痛々しさと気味悪さを覚えさせるのだった。

——インギル、起きて朝飯でも食べたらどうだい。ハルモニにクンムル（スープ）があるかどうか聞いて来てやるよ。何か食べた方がいい。

私が言うと、インギルは布団の中から、また呻くような声を上げ、よけいに身体を丸め込んだ。男としてはあまりにも小さな身体だった。布団の膨らみで、細く小さな身体つきがかえって強調され、目についた。放っておいてくれといわんばかりに寝返りを打ったが、しなだれかかって来たいのを我慢している甘えのようなものが、丸い背中の線から伝わった。

同情だけではなく、いくら気味の悪さを覚えさせるといっても、インギルは、その一方でどこか放っておけないような、黙ってはいられないような、そんな思いを起こさせた。

テナムは私を見て一人で頷き、部屋から出て行った。

——僕、ハルモニに聞いて来ます。水ももらって来ます。

私は低く、うん、と言い、板の間を歩いていくテナムの後ろ姿を見送った。

三人の中では私が一番年上だった。インギルと私との間にあって、テナムはインギルにとっては先輩であり、私に対しては後輩という立場を使い分けていた。

テナムは日本で大学を終え、私立の語学研究所に通って韓国語を学んだあと、K大学の歴史学科の修士課程に入っていた。この下宿には去年の秋に越してきた。

彼の部屋にはそれまで彼の従兄弟に当たるキム・ソンジンが住んでいた。ソンジンは、高校を卒業してすぐに私が通っていた予備課程の学校に通い、E大学に入ったのだが、三年生になったところで中退した。一旦日本に戻ってからアメリカに留学するのだと言っていたが、テナムに聞くと、そのまま日本に留まって焼肉店をしている家の仕事を手伝っているということだった。

ソンジンの声が思い出される。あいつはいい声をしていた。特に笑う時の声が印象的だった。テナムが階段を下りていって誰もいなくなった板の間を見つめながら思う。

私はインギルの肩の辺りに手を置く。

秒を刻む時計の音に気づく。

置き時計が、壁際に脱ぎ捨てられた革ジャンパーの下に隠れているのが目に入る。

インギルを見つめていた時間
どういう言葉を投げかけてみたらいいのか分からない　私はインギルを真に励ます言葉を持っていない　誰もインギルを助けられないはずだ　冷酷なようだ

が、どうしようもないことなのだ
　立ち上がり、窓の外を見る。

　インギルが私の部屋に移れば、きっとよい気分転換になるだろう。私の部屋の窓から、遠くに連なっている低い山脈の稜線が息づく朝日の輝きや、あの夕焼けの美しさを味わったなら、きっとインギルの中に新たな力が生まれて来るだろう。しかし、それ以後のことはインギル自身にかかっている。インギル自身が立ち上がれるように、私は祈っているしかないのだ。

　あの父のアパートに自分が引っ越すことになったのは、やはり単に偶然とは思えないものが感じられてならない。今日までの経過を思えば、私が引っ越していくことになるように、何かそう状況が動いているように思えてならないのだ。そしてインギルもこういうふうになってしまった。私が父のアパートに移ることが、偶然にもインギルを助けるきっかけになるかも知れなくなっている。

　一応父の四番目になる奥さんのことを、私はまだ一度も何かの呼び名で呼んだことがなかった。アパートには何度か行って食事をしたが、呼ばずにいても困ったことはなかったし、不便も感じなかった。しかし、これから一緒に暮らしていくことになれば、彼女をとにかく何らかの呼び名で呼ばなくてはならないだろう。

——呼び名か。

私は複雑な思いで溜め息をつく。

昨夜読んだ弟からの手紙を思い出す。にいさんは、にいさんは、と、四枚の便箋に書かれた手紙の中で、弟は私にそう呼びかけていた。文面から伝わるその抑揚は、決して温かいものではなかった。便箋の中から、にいさんは、という文字ばかりが目についたほど、呼び名には力が込められ、敢えて言えば、憎しみに近い感情が滲み出ていた。

窓から見える隣の家のベランダに、キムチや醬油を入れている黒々とした甕がいくつか並んでいた。空から靄が消え始め、強い朝の光線が並んだ甕に当たっていた。

インギルの姿を見下ろした。

弟の顔が何度もよぎった。私は無意識のうちに首を振り、耳に蘇る、にいさんは、という弟の声を押し消した。

血とは何だろう。血に絡みつく呼び名とは何だろう……。

一週間ほど前のことだった。

インギルが私の部屋にやって来た。そして私はある話を聞かされた。

インギルの父親は、インギルが物心もつかないうちに、かなりの額の借金を作った挙げ句、母親と自分を捨てるようにして家を出て行き、それきり行方は分からないままだと言った。母親は日本人で、貧しい二人きりの母子家庭に育った。高校を出た後はエンジニアとして東京の郊外にある工場に勤めていたが、自分の身体の中に韓国人の血が混じって流れているというこだわりは消えず、父親は韓国にいるかも知れない、という母から聞いた話を支えにして、韓国語を習いたく、ソウルに来たということだった。

——韓国にいると、僕はどこに行ったたってチョン・インギルでいられる。オモニが日本人であっても、チョン・インギルと誰もが呼んでくれます。韓国語が喋れないことで皮肉は言われても、そんなこと、僕にとってはつらいことでも何でもないんです。一つの名前で呼ばれることがうれしいんです。

この下宿に来たばかりの頃、インギルは私にそう言った。

三ヵ月だけ韓国語を習い、田舎を旅行して日本に戻るつもりだったが、授業中に出てきたある単語に衝撃を受け、それきり学校には行きたくなくなったのだ、と言った。一ヵ月もしないうちに、チョン・インギルという名の響きはインギルを苦しめ始めた。

——スイルさん、僕、チョッポ（族譜）という言葉を知らなかったんです。ポンガン（本貫）という言葉も知らなかった。授業中、グループに別れてそれぞれ会話しながら、自分のチョッポやポンガンについて話せ、と先生に言われたんですが、僕は何のことか分からなかった。韓国人であれば、皆持っているし、血の証しのようなものです、と言うけれど、一体何のことなのか分からないので恥ずかしくてしかたがなかった。チョン・インギルと自分が名乗っている以上、そんなことも知らなかったのか、と思われるのも嫌で、僕はずっと黙っていました。言葉の意味を知らなかっただけではないんです。僕は、父親がどこの出身なのか、ポンガンがどこなのか、そのこと自体も知らなかったんです。母親からは、釜山の近くらしいということくらいは聞いていたんですが、母親すらもはっきりとは知りません。

インギルが布団の中で寝返りを打つのを、窓辺から見下ろしながら、一週間ほど前に交わした会話を思い起こしていく。文机にある小さなやかんを取り上げてみると、中は空っぽだった。そばにあるガラスのコップはまだらに白濁していた。

――僕は、何故韓国にやって来たんだろう。僕はチョッポもポンガンもない混血です。僕は、韓国人ではなかったんです。

インギルはしばらくの間、私の前で声を上げて泣き続けた。

小さく細い身体でも、声は太くしっかりとしていた。その釣り合いの意外さも、インギルのどことなく不気味で不安定な印象を作りだしているような気がした。

――スイルさんは、自分のポンガンは分かっているんでしょう。当然ですよね。チョッポはどうなんですか。……そうだ。スイルさんはアボジがソウルに住んでいたんですよね。アボジに聞けばいいことなんですよね。

私は少しの間、口ごもってしまったが、

な。

――そんなに知りたいものかな。ポンガンとかチョッポとか、そんなに大切なものかな。

インギルの表情の動きを見ながら、そう言った。持っている人には、こういう苦しみは分からないんですよ、とでも言いたげなインギルに向かって、それ以上言葉を続ける気持ちはなかった。

何故、自分は、このインギルという男にひかれるのだろう。

部屋の中に立ち込めている異臭といい、コップの汚さや散らかり放題の様子といい、一見すれば、義務を怠って部屋から出ずに惰眠し、酒ばかり飲んでいるだらしのない学生の生活、という印象には違いなかった。それはソウルだけではなく、東京でも、多分世界中のどこにでも見かけることができるはずの光景であり、決してインギルという学生にだけ特徴的な光景なのではなかった。

関心を寄せずにいてもよいものだった。知らん顔をし、困ったものだ、と言い捨てて自分の部屋に戻ってしまうこともできた。他の人間であれば、そうしたかも知れない。そうする人間も必ずいるに違いない。

韓国人を父親に持った彼も、言わば「在日韓国人」の一人だった。たとえ母親が日本人であったとしても、その属性が父親の血をめぐって通じているからひかれるのだろうか。

男同士であり、インギルよりも年上の自分が、先輩としての一種の義務や責任を感じているからだろうか。またそれとも、火傷や手術の跡、それに加えて、男であれば劣等感を抱かずにはいられない小さく細い身体や、童顔でもどことなく陰鬱な表情など、インギルが背負ったハンディを憐れみ、同情しているからだろうか。

すべてが、ひかれている理由かも知れなかった。同時に、それらのすべてを合わせても言い足りない何かがあるからこそ、ひかれているのだとも言えた。

さまざまな、実にさまざまな在日韓国人に出合ってきた。その一人ひとりが個性的で、独特な魅力を持ち、特殊で複雑な事情を抱えて生きていた。大学の時以来、日本では出合う機会がほとんどと言っていいほどなかったせいか、「在日韓国人」というのは実際にこんなに沢山いたのだ、という驚きの方が、初めの頃の正直な印象だった。

特殊であり、それぞれが独特で多様でありながら、日本に生まれ育った韓国人は、「在日韓国人」という名称で括られていく。

自分という存在が一つの名称で括られて行くことに、生理的とも言っていい拒否感を覚えたにしても、人間は、集合名詞に括られる宿命から誰一人逃れきった者はいない。そのことを、私はソウルに来てから一層痛感するようになった。

出合った者を一括して「在日韓国人」というふうに呼び、それで何かが了解しうるなどというのは思い込みに過ぎないのではないかと考えざるを得ないほど、「在日韓国人」は多様であり、それぞれが特殊だった。一人ひとりがその名称からはみ出、こぼれ落ちるのではないかと思うほどだった。

けれども、それほど多様な「在日韓国人」の二世や、時折出合う三世たちでも、言葉で巧くは言い当てられないかも知れないが、ある共通した傾向を持っていることに気づくまでに、それほど時間はかからなかった。

日本で出合っていたなら、これほど痛切に感じなかったことかも知れない。私もそうだが、母国という場所に来て、知らない間に一めくりずつ外皮がめくられて行くような体験をそれぞれがしているのだと思う。日本では表面に現れることがなかった部分が、ある傾向を読み取ることができるくらいにあらわになっていくのだろう。

それを、「在日韓国人症候群」と私なりに捉えていた。

在日韓国人症候群の要になる共通事項は、家だった。それも、不安定で、不幸で、ややこしい事情ばかりが取りついた家だった。何故、皆、家というものから離れて生きていくことができないのだろう。出合ったどの在日韓国人も、話し始めれば途端に家族構成の複雑さ、世代の確執、家族内部における母国観の差異と歪み……、もちろん中身は多様でありながらそのほとんどが、共通する悩みを背負っているといってもいいほどだった。

生の根は、現実としての家にあるのではないはずだ。人間という存在の意味にかかわる生の根は、個別の家を越えたところに、続いているのに違いない。しかし、それでも人間はすぐ近くの足許にある根としての家にその生き方や性格、性向を規定されていく。

今、こうしてインギルを見ていても、インギル個人の苦しみの中に大きく比重を占め、彼に付きまとっている家、というものの底知れなさを思わずにはいられない。

概念としての家は、確かに古いものかも知れない。家という概念自体が崩壊してしまったのではないか、という議論があることも知っている。それを批判的に捉えようと、肯定的に把握しようと、概念自体がすでに語り尽くされているような、今更何を、と思わず一蹴してしまいがちなそんな古さを感じてしまうのは否めない。

しかし、家とは、古い問題であると同時に新しい。

「在日韓国人」にとって、家は母国である韓国にも、そして日本にもない。少なくとも家を家と語りうる家はない。自分が何者なのかを絶えず問い続け、たとえ、答えを掴みかけたとしても実体として、生活として、確固とした根拠を見いだし得ないとしたなら、そういう者たちが作りだす家というものも、また似たように動揺や振幅の多いものにならざるを得ないだろう。

少なくとも、民族へのこだわりが「在日韓国人」に付きまとう限り、一人ひとりの「在日韓国人」にあってはこれからも、家の問題は特殊で多様でありながら一つの共通性として現れ、付きまとっていくのではないか、と思う。

真に個人である、ということ
人は、どこまで個人的であり得るのか
インギルにはそのことを考え、実践していく条件が揃っている　選ばれた存在
でもある　羨ましいとさえ思う
それに気づけるかどうかで条件は意味を持つ　力となる

階段を駆け上がって来るテナムの足音が聞こえてくる。見ると、テナムが食事をのせた盆を持ち、小さなやかんを片手の指に引っかけて板の間に現れた。

どうですか、というふうに顎をしゃくり、インギルの様子を窺いながら、目配せをする。私は首を振る。

——おい、インギル。食事を持って来てやったぞ。スイルさんも心配しているんだ。いい加減に起きろよ。

テナムは文机の上を適当に片付け、盆とやかんを置いた。そして、布団の上から、インギルをつつき、名前を何度も呼んだ。インギルは低く呻くだけで何も答えず、名前を呼ばれるたびに布団を強く摑み、耳を押さえた。

光が弾けて行くような瞬間を、私は味わった。ある思いが胸の奥を貫いて行った。

もしかしたら、インギルは、名前を呼ばれるのを、いや自分の名前自体を嫌悪しているのかも知れない。韓国名であろうが日本名であろうが、名前の音、名前の音にこもった記憶、出自を含めた過去と現在の自分に思い至らずにはいられない響き……、インギルは生を受け、名前を持たされたこと自体に嫌悪を覚えているかも知れない。

名前……か。

私は窓辺に立ち尽くしたまま、足がすくんで来るような光景の意味深さに、息をのんでいた。

二　ならべて

声を、お送りします。

スイルさんに、私の声の手紙を、心をこめてお送りします。

聞こえていますね。大丈夫ですね。

何度か録音の調子を確かめてみたのに、慣れないせいか、とっても不安。でも聞きなおしてばかりいたら先に進まないので、このまま、この声の手紙を続けます。

れんぎょうの花はもう満開でしょうか。

お天気はいかがですか。ソウルの春は、空模様がとってもわがままだから、ぽかぽか暖かな日でも油断できません。朝晩の底冷えするような寒さが、思い出されます。風邪など引いていないでしょうね。

東京は、このところ、雨ばかり降っています。じとじとしていて、晴れた日が滅多にありません。今朝は、ようやくお日さまが見えたのに、午後になってから、突然の雷雨。さっきまですごい音で雷が鳴っていました。

でも、私は元気です。

まあ、いろいろとややこしいことはあるけれど、それでも全体的には病気もしていないし、元気です。

スイルさん、とうとう約束の半年が経ちましたね。この半年間をどう過ごされましたか。

東京に着いた頃は、半年後なんて、遠い向こうのことのように感じられて、半年後に連絡し合うという約束が他人事みたいに思えたものですが、いざ、こちらでの生活が始まってみると、毎日は慌ただしくばたばたと忙しいというのに、一日、一日はひどく長くて、半年後の四月なんて本当にやって来るのかしら、と思うほど、時間が長く感じられました。

今、この声の手紙を録音しながら、今までのことを振り返ってみると、一体、自分は何をしてきたんだろう、何か、呆気なかったたくらいだったな、と自分にとってのこの半年間というものを、もっと複雑な思いの中で感じ始めています。

何度も手紙を書こうと思いました。そして何度も、いえ、それどころか数えきれないほど、電話を掛けようと思いました。でも、約束したのだから駄目だ。もし電話を掛けてもスイルさんは怒らないだろうけれど、それが問題なのではない。気が緩んでしまうことが一番の問題。駄目だ、駄目だ。加奈、何を考えているんだ。情けないぞ……。そう自分に言い聞かせて衝動を押さえてきました。

でも、本当のところは、連絡したいという衝動だけで、実際に手紙を書いたり、電話でじかに話したりなんてできなかったように思います。

スイルさんに対してだけではなく、無事に日本に戻って元気に暮らしている、とお手紙を出さなければならない他の方々に対しても、私はずっと不義理をしています。ソウルから日本に戻ってきて、半年が経つというのに、簡単なご挨拶や、礼状すらも出していません。

でも、この声の手紙をスイルさんに出してしまえば、他の手紙も書けそうな気がする。簡単な、数行の文章ですら書けないの。事務的にでもあっさり書いてしまえばいいのに、それができずに、大げさなようだけれど、苦しい思いをしてきました。

………。

去年の暮れのことですが、私のたった一人の兄が亡くなりました。交通事故です。私が日本に戻ってきて、一ト月くらいしか経っていない時でした。兄には二回だけ会ったのでしたが、お正月のお休みには一緒に映画に行く約束をしていました。

このことも、あとでまた話すことになると思いますが、たった二回だけだったけれど、昔の兄からは想像もつかないような、あんなにやさしく穏やかな兄に出合うとは思ってもいませんでした。私がソウルに行ってから会うこともなくなってしまったまる三年の間に、兄は別人のようになっていたのです。本当は、兄に会うのが怖かった。憂鬱で、気乗りがしませんでした。でも、叔母が、私が日本に戻ってきたことを兄に連絡してくれたのです。

その兄が亡くなりました。全く、突然のことでした。

ソウルでお世話になった方々に、お礼の葉書一枚も書けなかったのは、兄の死や、その後に起こった生活のさまざまな変化で、慌ただしかったということもありました。

でも、スイルさんにはとにかく連絡したかった。結局は我慢したし、それでよかったのだと今は思っているけれど、今日までよく一人で頑張ったなあ、と思う反面、冷静にこの半年間を振り返ると、ちょっとぞっとするような気持ちも湧いてきます。

…………。

つい昨日のことでした。

声の手紙を出そうと、思いつきました。

夕方、叔母のお店のお掃除をしている時のことでした。

そうそう、このことも報告しなくてはいけません。何から報告していったらよいのか、スイルさんにお知らせしなければならないことがありすぎて、頭が混乱してきそうなくらいです。

私は今、叔母がやっている小料理屋さんを手伝っています。もう三ヵ月近く経ちます。それまで叔母のお店を手伝っていた友美さんという人が、田舎に帰ることになってお店を辞めることになったので、あとの人が決まるまで私が手伝うことになったのです。

友美さんは、日本人でした。そして、亡くなった兄の恋人でもありました。友美さんを叔母に紹介したのは私でした。もう、五年以上は前のことになるかしら。友美さんは、小さな劇団で芝居の勉強をしていて、一応は女優さんでした。私が通っていたダンススクールでのお友達が、友美さんと知り合いだったのです。その友達から紹介を受けて、よくお茶を飲んだり、一緒に芝居や踊りを見に行ったりしていました。そのうちに、友美さんが、アルバイトの口を探している、ということを聞いて、叔母に紹介することになったのです。

兄とは叔母のお店で知り合い、友美さんのほうが、初めは兄に片思いをしていたようでした。いつの間にか、劇団を辞め、友美さんは劇団を辞めた頃にはもう、真剣に兄との結婚を考えていたように思います。兄もきっと友美さんが好きだったのに違いありません。兄が言ったから友美さんは劇団を辞めたのでしょうし、結婚する相手として、兄も辞めて欲しかったのです。

けれども、もう何年もお付き合いが続いていたというのに兄とは、まだはっきりと結婚の約束はしていなかったらしい。叔母に聞いたら、兄のほうが約束を引き延ばしていたようなのです。叔母がいくら兄を説得しても、兄は、友美さんは日本人だから結婚できない、と言っていたというんですが、だったらお付き合いを止めたらいいのに、そんな煮え切らない兄の態度を、叔母は何度も叱ったり、忠告したりもしていたそうです。友美さんはそれでも兄のことを、ひたすら待ち続けていたということでした。

兄が亡くなってしまったことを、この世の中で一番悲しみ、自分のことのように辛かったのは友美さんではなかったかと思います。

母は、もちろん長男をなくしたのだから悲しかったには違いないけれど、いくら悲しくても悲しみ以上に複雑な気持ちだったのではないか、と思うのです。父も義理の父だし、兄が自分に対してどういう態度を取ってきたかを忘れることなんてできないはず。それにどんなふうに兄が母につらく当たってきたかを知っているから、義理の父も、複雑な気持ちだったはずです。

すごい不良青年だったの、兄は。母が再婚してからおかしくなってしまったとも言えます。

ソウルでこのことについては話したことがあったでしょう。私は兄が嫌いでした。嫌いというより兄が怖くもあった。苦手で、不愉快で、兄についてはよい思い出がありません。小さい頃は本当に仲がよかったの。私にとって兄が兄らしかったのは、小さな頃の兄と、たった二回だけだったけれど、ソウルから戻ってきて会った兄の姿です。

友美さんは、どこか韓国女性を思わせるような人でした。

彼女がまだ劇団にいた頃、友美さんはチャンゴ（太鼓）を習っていました。彼女が実際に叩くのを何度も聞いたけれど、とっても上手で驚きました。それもただ上手なのではなくて、パワーと言うのかしら。パワーと言ってしまうとかえって軽い感じになってしまうわ。そうではなくて、恨《ハン》、即ち、韓国の、特に韓国の女の心がこもっている、と言ったらいいのか、言葉ではちょっと言い表しにくいような力を感じました。

あれは一つの奇跡ね。

もちろん、チャンゴの専門家に言わせれば、技術的には稚拙かも知れない。レパートリーも少ないかも知れない。でも、あれだけの迫力があれば、韓国人の半端なアーチストよりも、すごい境地に行けるだろうとは、思ったわ。

ひょっとして、この人は韓国人なのではないかしら、日本人だと言っているけれど、もしかして本当は、韓国人の血を引いているのではないかしら。そう思って、友美さんに直接聞いたこともあったの。彼女は笑って、首を振りました。

自分は富士山の麓にある小さな田舎町に生まれたのよ。甲斐絹《かいき》という布を織っている町でね。町のいたるところで機を織る音が聞こえていたわ。町から見えるのは、富士山と、それから富士山に連なっている山々、……。私ね、東京に出てくるまでは、キムチも食べたことはなかったのよ。自分でも、こういうふうに韓国の楽器や韓国の音や、それに韓国的ないろいろなものにひかれていくのが不思議な気がするの。

友美さんは、そう言いました。

いつか、ソウルに行って、本格的にチャンゴを習ったり、パンソリ、ほら、太い声で歌い込む浪花節のような歌、あれも本格的に習ってみたいって、言っていたわ。

初めて紹介された時から、なんだか初めて会った気がしなかった。すでにどこかで会ったことがあるような、懐かしい感じがしてならなかった。少し色黒でね、女性にしては体つきががっしりしているほうだったわ。決して愛想はいいとは言えなかったけれど、でも、けじめがあって、情が深くて、笑ったりすると、底抜けな笑い方をするの。だから、何となく想像がつくでしょう。ハングクオンマ（韓国のお母さん）の感じなの。

兄もきっと、友美さんにそういう印象を抱いていたと思うわ。友美さんは、兄にはとってもやさしかった。いつもはあんなにはきはきしている友美さんが、兄がお店に来るととっても女らしくなっていたって、叔母は言っていたわ。

私に、韓国に行って、韓国の古典舞踊を習ってみるべきだって、最初に勧めてくれたのは、友美さんだった。友美さんを、私は自分の本当のお姉さんのように慕っていたし、それに信用していた。

兄は友美さんによって変わって行ったのだと思う。兄が結婚という結論に行き着くのは時間の問題だったに違いないわ。現に、私がソウルから戻って来てから初めて会った時、兄は何となく、友美さんのことをもうすぐはっきりさせるつもりだ、みたいなことを仄めかしていたもの。

兄にとって、友美さんとの結婚を決意するということは、単に日本人との結婚とかいうそういう問題以上の大きな意味を持っていたと、私は思っているの。兄は、思えば、可哀相な人だった。自分の苦しみの原因を、いつも自分以外の人間に被せて、八つ当たりばかりして生きてきたのではないか、という気がするの。

母のことをあれだけ憎んでいたのも、実際は自分に対する苛立ちだったような気がする。あの頃の兄は、本当に怖かった。

私のことを、いつも馬鹿、呼ばわりして、私も兄によくぶたれた。兄はいつも怒ってばかりいた。

兄は、母も、母が再婚した義理の父も、そして私たちの本当の父も、誰も許せなかった。もちろん兄の気持ちは分からないでもないのだけれど、でも、なんか、くどくてしつこかった。物心ついたかつかないかくらいの小さな頃のことだったら、分からないことはないけれど、大人になったのなら、大人らしく、それなりに事情を理解してあげる、くらいのことはできそうなのに、……あれは何だったのかなあ。恨み、かしら。でも、単なる恨み、とは思えない。

兄は私のことも許せないって言っていたわ。私に向かって兄が言ってきた言葉ってすごかった。私、母に同情していたし、母とも義理の父ともことさらいがみ合うことなく適当に付き合ってきた、というつもりなのだけれど、兄はそういう私がいやでならなかったのね。私が実際はどんな思いでいるか、とかどういうことを考えているのかを、聞こうとも話し合ってみようとも思わないで、ただ私を汚らしく罵るの。

私が、私たちの本当のお父さんに会ったり、お父さんからお小遣いも貰っている、と知ってからは、ぷっつり、連絡もしてこなくなった。

怖かった。今、思い出しても怖くなる。

ソウルに行く少し前のことなのだけれど、兄は叔母のお店に飲みに行って、私がソウルに行くことを友美さんか、叔母に聞いたんだわ。その夜、私のアパートに兄から電話が掛かって来たの。二十分後に、角の煙草屋の前に出ていろ、と言うから、兄の言う通りに煙草屋さんの前に立っていた。

二十分経っても、兄は現れなかった。十二時を過ぎていたし、お酒をかなり飲んでいるようだったから、もしかして、どこかで事故でも起こしたのではないかしらって、心配になって、叔母の店に電話したら、もうとっくにお店を出たって言うの。駅からは遠いし、普段でも九時か十時を過ぎれば人通りもほとんどまばらで、車もあまり通らない道だったから、私、心細かったけれど、待っていた。

あれは、夢の中の出来事のようだった。

待ち続けていたものだから、そのうちに、兄を待っていること自体を忘れてしまっていたのね。煙草の自動販売機の明かりが妙に眩しく見えて、販売機の中に並んでいる煙草のラベルを時間潰しをするみたいに端から読んでいたの。そして、煙草が吸いたいなあ、せっかく止めたけれど、また吸いはじめようかなあ、……私、そんなことをぼんやり考えながら販売機と向かい合って立っていた。

ぞっとするの。今、思い出してもぞっとする。

私、もしかしたら、気づいていたんだわ。私をいつも見つめている私という意識が、その時も私を見つめていて、私は私に知らせて貰ったみたいに、すでに、販売機の前に立っている私を、遠くから兄が車のフロントガラスを通して見ていることを、知っていたような気がする。

うまく説明ができないの。私、よくこういうことがある。

兄になっていたのよ。自分が兄になって、兄として自分自身を見ていたの。私は確かに私自身であるのだけれど、その同じ意識の一方で、遠くから、私が私を見ている……。

左手のほうで、ぴかっと光が輝いた。それと同時に、急に轟音が迫ってきた。驚いて振り向くと、車の二つのライトが私に向かってすごいスピードで突進してきたわ。

轢かれる、……ううん、そうではなくて、煙草の販売機ごと、自分はぐしゃぐしゃに潰されてしまう。とっさにそう思った。兄だと分かっていながら、兄ではないと頭で必死に打ち消している自分がいたわ。殺されはしないと思いながら、本当に殺されてしまうかも知れない、と思っている自分がいた。

キー、という音、あの急ブレーキの音は忘れられない。気づいたら、私、販売機の横に身体を擦り寄せてうずくまっていた。下から見上げると、ハンドルを握っている兄の顔が、ライトの明かりで変に白く浮き立って見えた。

一段高くなっている歩道にまで車を乗り上げて、しつこく、しつこく、販売機すれすれの所まで、迫ってきた。

………。

あの日の兄の気持ちが、私には分かるような気がする。こうして時間が経ってみると、よけいに身につまされるような気もしてくる。

兄の八つ当たり人生の相手として、私は苛めるには手頃だし、私にはいつも兄貴だっていうことを振りかざしていられた。それなのに、その私が、ろくに相談もしないでソウルに行ってしまおうとしている。……あれは、脅迫でも、脅しでもなくて、兄の哀願、……それがもし、言い過ぎだとしたら、兄の絶叫だったのだと思う。私が、いなくなったあと、私の代わりとなったのが友美さんだった。でも、それでようやく、兄は、親離れをするきっかけを摑んでいったのではないかしら。

スイルさんには、家の事情はあまり詳しく話さなかったし、兄のことについても、同じ両親の血を分けたたった一人の兄だけれど、ただ苦手で、好きなほうではないとだけ話していただけだった。告白めいたことって、私、話しだしたとたんに偽善というのかしら、嘘がどこかに混じって行くような気がして、もともといやなの。それに、よくないことって言わないほうがいいものね。私は私。ソウルに行ってまで、兄のことをひきずっているみたいだから、話題にしたくはなかった。でもね。その兄が死んで、それこそぞっとするような気持ちの連続だった。身につまされてね。苦しかった……。

ソウルに行ったおかげだと思う。ソウルに行ったから、私は兄のことを昔より分かるようになれた気がする。もし、あのまま日本にいたら、兄の全体像なんて摑めなかっただろうし、摑むきっかけもないままで終わっていたかも知れない。私も、同じ在日だったわけだから、同じ穴のむじなみたいに表面的な理解や、かかわりや、感情で判断して、それっきりだったかも知れない。

兄について考えていくことは、自分について考えていくことだ、と気づいたの。

そんな当たり前のことに、どうして気づかずにいたんだろう。もっとどうして温かく、やさしく接して、兄をなだめたり愚痴を聞いてあげたりしてあげられなかったんだろう。何度もそう考えて後悔しました。

昔、私は自分としては友美さんを信頼して、お姉さんのように慕ってもいたのに、それと全く相反する気持ちで、あんな兄を好きになるくらいだから、友美さんももしかしたら相当な変わり者なのではないかしら。意外に大したことなんてない人かも知れない。そんなことを考えたこともあったの。

それどころではないわ。友美さんて、韓国的なものにひかれたり、チャンゴにしてもそうだけれど、ただ好きという以上の情熱を持っている。兄のことにしても、兄が韓国人だからあんなに好きなんじゃあないのかしら。ちょうど兄はハンサムだし、みてくれもまあまあだしって、私、本気になって友美さんのことをそんなふうに内心、思っていたりしたの。

恥ずかしいわ。思い出すたびに自分の生意気さや考えの無さというのかしら、幼さが、穴があれば入ってしまいたいほど恥ずかしい。

でも、兄はいなくなってしまった。私の兄、というだけではなく、李研一、イ・ヨニルという一人の人間にとって、友美さんとの出会いを含めた新しい出発が、始まろうとしていたのに、兄は逝ってしまった。

スイルさん、

雨の音、聞こえますか。ざあざあ降りではないけれど、さっきまでの雷の音がすごかったから、何だかいやに、雨の音が淋しく聞こえています。

この声の手紙を思い立ったのは、昨日の夕方のことだったと言いましたね。昨日も一日中、か細い雨が降り続いていました。半年後に手紙なり何なりで連絡を取り合うというスイルさんとの約束の、この四月に入ってから、雨ばかり降っています。

焦っていました。

もう、連絡ができる、手紙を書いてもいいのだ、と思い、兄のことも含めて、この間に起こったさまざまなことを思い浮かべながら、報告しなければならないことを整理しておこう、何から書き出したらいいかしら、……と先月くらいから毎日のように考えていました。

片一方で変に気持ちははやっているの。でも、もう一方では、全く逆に、書くこと自体を考えると、何かとっても憂鬱な気持ちになっていくのが不思議でした。

今、こうして、雨の音を聞きながら自分の声を録音しているわけだけれど、今日という日がようやくではあってもやってきたんだなあって、感慨深いような、ほっとしているというのかしら、しみじみとしたものを感じています。

大げさな言い方になるかも知れないけれど、闘い、だった。

この声の手紙、という方法に至りつくまでが、時間的な意味ではなく、長くて起伏の大きな坂道を登るような闘いだった。

変よね。雨が気にならないの。

かえって、雨が好きになった。こうして、雨の音を聞いていても、少しも不安にならない。スイルさん、加奈の大変化が、確かに始まり出しているんです。雨に、感謝もしている。雨が、私に、声の手紙を思いつかせてくれたのですから。

昔から、私は雨が苦手でした。

スイルさんにもこのことは言ったでしょう。でもね。実はただの苦手ではなかった。雨の日は大混乱。雨の日の私は、苦手どころの話ではありません。

いつだったか、ほら、梨花大前のキャラバンコーヒーショップで待ち合わせた時、私、一時間半、いいえ、二時間近くだったわね、遅れて行ったことがあったでしょう。もう、時効だと思うから打ち明けます。道が混んでいたから、とか何とか理由を言ったけれど、本当は雨がいやで部屋から出られなかったの。平気な日は、それこそ土砂降りでも約束があれば、約束のことだけを考えて雨でも外に出ていくのに、だめな日は何もできません。雨の日の外出は、苦行みたいなものです。

あるお友だちは、雨の日がとっても好きで、家にいるのがいたたまれないくらいに気持ちが高揚してきて、うずうずしながら外出の口実をことさら作るって言っていたけれど、私は正反対。外にも出たくないし、誰にも会いたくない。

日照りもいやだけれど、雨もいや。わがままよね。実際に食べ物を作ったり、雨のおかげを知らないで暮らしているから、こんなわがままを言っていられるのだと思うけれど、それでも雨って……だめなの。雨の日は大混乱になってしまう。

その私が、雨空を大混乱なしでじっと見つめるようになってきたというのは、だから大変な変化が自分のなかで起こりはじめている、ということなの。それだけではないわ。この間降り続いていた雨のおかげで、心のなかの闘いと言ったらいいかしら、起伏の多い坂道もどうにか登りきってきました。もちろん、今もまだ、坂道の途中ではあるけれど。

照れくさいけれど、スイルさん風に言ってみるわね。

雨の日は、思想を生みます。

昨日は特にそのことを実感した日だった。

何故、手紙が書けないのか。書きたくないのか。思いを人に伝えるってどういうことなのか。書く行為と踊る行為は何が違うのか。単に表現上の形態や媒体が違うだけなのか。自分は何故踊りを続けてきたのか。踊りが好きだったのか。自分にとって踊りとは何だったのか。……スイルさんとの約束の四月が迫ってくるようになって、手紙を書く、ということから始まったさまざまな疑問に、ずっと答えを見つけられずにいたの。

坂道は長かったわ。でこぼこだらけで、ややこしくて、難しかった。

毎日、雨を見て考えつづけていた。以前は私を情緒不安定にさせていた雨が、いつの間にか、私を励まし、それまで、啓示の前兆のような役目を何度もしてくれていた。

昨日は朝、目を覚ましてからかなりの時間、雨空を見ていた。直接ベランダに出て、雨の匂いを嗅ぐようにして立ち尽くしてもいた。そして、今日はかなり大詰めのところまで行けるなって、そう思った。大混乱どころか、私は静かでした。静かで、同時に何かが自分のなかから生み出されていくような、期待や、一種の満足感を感じていました。

叔母と住んでいるマンションは、お店から駅が一つ隣りで、歩けば二、三十分の所にあります。ここ何日間か、歩いてお店に行きました。雨の中を歩きたかったの。歩くことで傘にあたる雨を感じたり、肌寒い風に混じった雨の匂いを感じたかった。

昔よく、樹の葉の様子に見とれて、踊りのことを考えたことがあったのだけれど、自分が雨の日に、直接雨が降る様子を見て、踊りのことを考えるようになるとは思ってもいなかった。

雨について、私、たくさん考えた。

自然の姿を模倣することから踊りが発生した、というのは、いくつかある舞踊発生説の中の一つではあるのだけれど、踊りと雨は、もしかしたら他の自然現象よりも深い結びつきがあるのではないかしら、と考えは意外なことにまで広がって行きました。

このことについては改めて話します。この声の手紙を思いついた大切なきっかけだから、必ず話すことになるはずです。でも、今、雨のことを詳しく話していくと、順序がごちゃごちゃになって行きそうだから、雨についてのことはしばらく後回しにして、雨と出会うまでのことから話していきます。

日本に戻って来てから、かなりのあいだ、私はスイルさんの詩を読めずにいました。部屋の後片付けや何やらでゆっくりと時間がとれないまま兄が死に、気持ち的にも落ちつかなかったからでした。

ソウルから船便で送った荷物が届いたのもそんな渦中でしたから、身辺整理が済むまで本当に時間がかかりました。

そのあと、友美さんが田舎に帰ることになり、それで私が叔母のお店を手伝うようになったことは言いましたが、友美さんが来てくれるまでに昔、たまにアルバイトでお手伝いしたことはあったとは言え、生活のペースにしろ何にしろ、気遣いが多くて昼間もぐったりという感じの毎日が続いていました。

私の仕事は、お店のお掃除と買い物、夕方六時からお店が開いたら、カウンターでのこまごました用事とお運びです。買い物はたいてい叔母がするのですが、近くで済む簡単な買い物は私がします。

カウンターは七人座ればやっとで、あと四人くらいが向き合って座れるこあがりが奥のほうにある小さなお店ですが、忙しいときは目が回るほど。でも、ほとんどと言っていいほど常連のお客様たちしか来ないので、無理を言う人はいません。

困るのは小谷さんや小谷さんが連れてくる人たちくらいかしら。

スイルさん、覚えているでしょう。あの新聞記者の小谷さん。私、ソウルで会ったときに叔母がお店をしていることを言ってしまったの。……まさかあんなに感じが悪い人だとは思っていなかったから、うっかり口を滑らせてしまった。自分も、あの頃は日本に戻ったあとで叔母の店を手伝うことになるとは想像もしていなかったし……。小谷さん、まるで私が手伝いはじめたのを嗅ぎつけたみたいに、二日ほどして突然現れたの。

それ以来、呆れるほどよく来るようになってね。

スイルさん、今、ため息をついたんだけれど、聞こえました？

人そのものは悪い人ではないと思う。でも、考え方とか態度とかが、基本的に軽薄なのね。韓国、韓国、あるいは朝鮮、朝鮮、……話すことはそんな話題ばっかり。私や叔母の前でそういう話題をしたらきっと受けたり、尊敬されたりするに違いないって一人で思い込んでいるんだわ。

自分はいかにも日韓問題の専門家だ、と言わんばかりなの。でも、話すことのいちいちを聞いていると、自分は良心的知識人、あるいは良心的ジャーナリストと思い込んでいるようだけれど、聞くに耐えないような傲慢が鼻についてくる。人の悪口は、言いたくないけれど、たまらない。

最初のうちは、日本っていう国の歴史が生み出した、それも戦後、というものが生み出した日本人の一つのパターンというのか、一つの傾向なんだ、と私なりに分析していたけれど、小谷さんというなまな一人の日本人と会って、それも韓国ではなく日本で会ってみて、分かってきたことがいろいろある。

たまたま日本や韓国が関係しているから特殊な人のことのように思えるけれどそうではないんだわ。問題の根は、やはり人間の心にかかわっていた。現れの上でたまたま日韓、韓日だっただけのことで、人間のもっと本質的なことにつながったことから、あの小谷さんのような人を捉えなければいけないと考えるようになってきたの。

叔母もあの人には段々辟易していったみたい。

思えば、淋しいことよね。ソウルに数年間暮らしてきて、適当に韓国語も喋れて、韓国に知り合いも多くて、朝鮮半島の政治問題やら韓国社会の風習や何やらをよく知っていることが、まるで唯一の自慢か誇りのように考えているんですもの。そういう自分の経歴を、心のどこかでひたすら大変なものだと思い込んでいるんですもの。本当に、人としては悪い人ではないと思うけれど、……こちらの方が、淋しくなってくる。

一応、小谷論とでもしておこうかしら。小谷論は一人の人間を通して見た日本人論とも言えるし、小谷論を支えている背景のことを考えると、在日韓国人論にもなっていく。だから自分にとっても大切な問題だし、この声の手紙に至った経過の説明をするためにも、欠かせないことだから、このことについてはあとでまとめて私の考えを言うつもりです。

日課的にも慣れない生活が始まった上に、毎日、夕方お店に行ってからは夜の十二時までほとんど立ちっぱなし、その上、小谷さんやそのお友だちみたいな人が来たり、そうでなくてもつまらないことを言ってきたり、酔っぱらってだらしのないお客さんなんかもいたりするので、気落ちしたり怒ったり、そんな感じで落ちつかないまま、ただばたばたとした毎日を送っていました。

スイルさんにいただいた大学ノートの詩集を、たまに手に取って見ても、一日の日課自体が不規則で、集中して読むことなんてできず、流し読みするのはかえって失礼だと思ったから、そのまま本棚に挟んでいたんです。

それくらい忙しかったし、また、それくらい生活に慣れることができずにいました。

そして、そこには、自分は日本にいるんだ、日本に戻ってきたんだ。という思いも大きく作用していた。

ソウルをどれくらい懐かしく思い出したか知れません。未練と言ってもいいと思う。ソウルにいる時は、年がら年中という感じで逃げだしたいとか、もう韓国はいやだとか、愚痴ばかり言っていたにもかかわらず、何か無性に懐かしくてね。踊りのことについても、やり残したことがまだまだたくさんあったことを知っているのは自分自身だったから、よけいつらかった。

自分は、母国に対して真面目だったのか。……そう思って、反省や後悔をたくさんしました。思い出すだけでも冷や汗が出てきたり、自分の態度や当時の考え方に目を背けたいような、ほら、スイルさん、韓国のオモニたちのする仕草があるでしょう。つらかったりおこったりしたときに胸を両手で叩く、あの格好を思わずしたくなるような、そんな気持ちになりました。

自分は真面目だったか……。

一言でいって、この思いだけでした。

自分は母国の踊りをどこまで摑むことができたのか。自分の呼吸として消化することができたのか。その努力において、自分は果して真面目だったと言い切ることができるのか。

身体中の節々から、そういう声が聞こえました。自分に問いかける自分の声が、身体を貫きました。

………。

この半年間の、ほぼ毎日が、自分とのにらめっこだった。落ちつき始め、ようやく考えを整理できたり、いえ、整理するきっかけを摑み始められるようになったのがつい数週間くらい前のことだった。

雨のおかげでした。雨に感謝しています。

スイルさんの詩集をゆっくりとした気持ちで開いたのも、だから少し前のこと。本当にごめんなさい。私には難しかったけれど、すてきな詩集だと思います。

『棗』という題の詩が特に私には身に沁みました。なつめ、テッチュナム……、ソウルの私の部屋から見えた下宿の庭のテッチュナムを思い出したわ。そしたら最後に、加奈の部屋に遊びに行った日に、って日付のあとに括弧して書いてあったでしょう。それを読んで嬉しくなりました。そしてソウルでの日々を懐かしく思い出しました。

スイルさん、ありがとう。

でも、それにしても、声の手紙という方法を考えだしたのはよかったのだけれど、台本無しの即席即興の方法だから、話が行ったり来たりして、うまく進まない感じがします。許してくださいね。でも、これしか方法がない、とか、連絡する方法が他に見つからないからしかたがなかったんだ、とか、そういう消極的な発想で、声の手紙を思いついたのではないんです。

今の私が、今の肉声で語る、というところに意義があるの。あとで声の手紙の意味についてはゆっくり説明することになると思うけれど、どんな文学も、芸術も、人間の肉声や踊りには負けます。私はあくまでも、声という踊りを、今、踊っているんです。声という踊りで、自分の気持ちやこの間に考えたことを伝えたいと思っているの。

スイルさん、踊りはエライのよ。

冗談ではなく、踊りが勝ちです。

…………。

こうしていると、今も鮮明に友美さんと別れた日のことが思い出されます。

別人のようにやせ細った友美さんの顔は、前よりも黒ずんでいて、目元や口許の皺が痛々しいほどだった。

兄を感じることができる同じ場所にいつづけたい、という気持ちも強く働いていたと思う。でも、忘れられないことがつらくもあったんでしょうね。忙しいのにやめたら申し訳ないってずっと言っていたらしいけれど、叔母は、友美さんの苦しい気持ちが分かっていたんだわ。あとで事情を聞いたら、叔母のほうが友美さんを気づかって田舎に帰るように仕向けたらしいの。友美さんが、お店をやめるとはっきり言いだす前に、叔母が私に、近いうちに友美さんの代わりにお店を手伝ってもらわなければならなくなるから、他のアルバイトは始めないように、と言いました。

実際、兄が死んでから、友美さんは病人のようだった。あのままいたら、拒食症で憔悴しきって、本当の病人になっていたかも知れない。

友美さんは、富士山の麓にあるという田舎に帰って行きました。

加奈ちゃん、いつか遊びにきてね。加奈ちゃんが来たら、いろんな所へ連れていってあげるわ。富士山の湧き水も飲ませてあげる。とってもおいしいのよ。そして、私の友だちを紹介するわ。溶岩質の土を素材にしてすてきで面白い陶器を作っているお友だちもいるし、絵や彫刻をしているお友だちもいるの。日本舞踊の師範だけれど自分の踊りを作っている人もいれば、プロ級のボーカリストもいる。家庭の主婦で、決して具体的にアートの仕事をしている訳ではないけれど、生き方や生きる心構えがアーチストというしかないような女性がいるのよ。同級生なのだけれど、私、心から尊敬しているの。皆に加奈ちゃんを紹介したいわ。是非、いつか遊びに来てね。加奈ちゃん、約束よ。

友美さんは、そう言って田舎に帰っていきました。……今年の一月二十三日のことです。日にちも覚えています。

いつからとは、はっきり言えません。友美さんと交替するようにして叔母の店を手伝いはじめてまもなく、夜中にうなされたり、寝苦しいまま、朝、自分のうめき声で目が醒める、そんな日が続くようになりました。いやな目醒めはついこの間まで続いていました。ここ数日はよくなったのだけれど、頭痛がすごいの。……あの頭痛って説明がつかない。それもふいに襲ってくるから、お店の手伝いをしていて忙しい時など、吐き気がするほど苦しいのに、休むわけにもいかなくて、頭痛がひいていくまで死ぬような思いをしました。

突然、波が押し寄せて来るようにこめかみの奥が急に強張りだして、両耳の裏側も頭痛が始まる信号みたいにきゅうんと張り詰めてくる。そのうちにまた次の波がやって来て後頭部から頭の、特に両側が、蛇腹を開いたり閉じたりするように痛くなる。露骨な言い方だけれど、中の脳が動くという感じなの。その痛みったらない。

薬を飲むことも考えたけれど、何しろ突然痛くなるものだから処置のしようがないという感じ。その上、ある時は数秒で消えて行ったり、長くても四、五分、あるいは十分くらいかな、正確に時間を計ったわけではないけれど、そうやって痛みはとにかく消えていきます。だから、薬を飲んでもしかたがないんです。

頭痛のことは叔母には言っていなかった。でも、夜中のうなされようや明け方の呻き声は、隣りの部屋に寝ているから、叔母も随分心配しています。

お店では、いくらお客様に勧められても一滴もお酒は飲まないし、飲んではいけないと叔母に言われているから決して口にはしないけれど、部屋に帰ってから、叔母が寝入ったあとにかなりの量のお酒を飲んで寝ることが、しばらく続きました。それでさんざん叔母に叱られ、だからというわけではなくても、深酒をして寝るのはやめました。お酒を飲んで眠ると、目醒めがもっと苦しく、自分の呻き声があんまり悲惨に聞こえて、よけいにつらいからでした。

…………。

スイルさん、今、少しの間、テープを止めて、休みました。

踊りで言えば、控室に戻って息を整えた、というところかしら。

うなされながら見ていた夢の話をするのが怖かった、ということもありました。あれは悪夢というしかないものだったけれど、どう伝えたらいいのかという段になると、混乱してくるの。黒装束の男が三人、……多分男だったと思う。肩の感じが確かに男だった。三人が近づいて来るの。そして何かを喋っているのが聞こえる。私の知らない言葉だった。長い語韻でね。喋っているのは確かなのだけれど、何を言っているのかは聞き取れなかった。ただ、もう私は終わりだ。この男たちが来た以上、もう私は死ぬんだ……。そうはっきりと眠りの中で考えているの。

頭をね、自分の頭をぶつけ始める。

私が自分で自分の頭を、何かにぶつけている。

血だらけの頭を抱え込むようにしてうずくまっている。割れた頭が見える時もある。そういう自分の姿が次に現れてくる。呻き声、……自分の呻き声、三人の黒装束の男たちは消えている。

本当に、寝るのが、眠りにつくこと自体が、怖かった。

………。

何故、こんな夢を見るんだろう。

もしかしたら、悪夢だと思い込んでいるからいけないのではないかしら。きっと何かの暗示なのだわ。夢をよいほうに考えなければいけないんだわ。いやな夢には違いないけれど、考えようによれば、今の苦しみをとにかく苦しみ抜いてみなさい、ということなのかも知れない。自分の頭を割ってしまうくらい、悩み抜きなさい、ということなのかも知れない。そう何度も考えた。

兄が死んだあと、ソウルに電話したい衝動に駆られた。スイルさんに電話をしたかった。こういう突発事があった時は、約束を守れなくてもいいのではないかしら。そう思った。


死、ということ。

兄が残して行ったさまざまな思い出。

声の記憶。

血縁、ということ。

人の抱えた定め、ということ。

定めは、人の顔に宿っている。

人の顔って、顔そのものが顔なのではなく、息が顔を作っている。そのことに気づいた。……私ね。兄の死体を見ながら、実はそんなことを考えていた。兄が死んだあとも、その死に顔が絶えずちらついていたのだけれど、悲しみとか肉親を失ったつらさとか、そんな感情に浸ること以前に、私は、踊りのことばかり考えていた。

死を踊ることができる。

死をテーマにした踊りということではなく、死自体を、生きている身体を通して踊ることはできる、必ずできる……。

ショックだったわ。あの感じって、すごかった。

そういうことを、まさか兄の死を通して考えることになるとは思っていなかった。それに考えた内容も内容だけれど、目の前に横たわった兄の死体を見ながらそういうことを思いつき、まるで観察するように兄の死体に見入っていた自分の姿自体も、ショックだった。

スイルさんと、話がしたかった。

もちろん呵責もあった。兄の死を、死の事実の重さ以上に、自分の踊りに引き寄せて考えている自分自身のことを、スイルさんに告白したかった。

芸術って何だろう。こんなにも人を残酷にしてしまうものなのだろうか。自分は兄の死を、心の底から悲しんでなんかいない。……それは言い過ぎかも知れないけれど、ただ気が転倒していて、悲しみの実感が湧かないというだけのことかも知れないけれど、でも現に、自分は兄の死体を、妹としてという立場ではないところで見ていた。そして感じていた。

………。

ある時、はっとしたの。

夢に出てくる黒装束の三人は、もしかしたら三神なのではないかしら……。

もしそうだとしたら、心理的にも解けてきそうな気がする。

電話を掛けたい、話したいって、何度も衝動に駆られ、毎日、ううん、毎時毎時という感じでスイルさんのことを思っているから、そのたびに気持ちのどこかでスイルさんのほくろのことを思い出していたのではないかしら。それに加えてソウルを懐かしく振り返ることが多かったから、そういう心理的なことが重なって、連想が連想を引き出していくみたいにそのうちに檀君ハラボジたち三神が、夢に現れて来たのかも知れない……。

でも、であれば、どうしてあんなに怖いんだろう。息もできないくらいに、まるで私を追い詰めるみたいに迫ってくるんだろう。

きっとそうだわ。違いないわ。私は叱られているんだ。三神は、きっと怒っているんだ。……私が真面目ではなかったからだ。母国に対して真面目ではなかった私の態度を、怒っているんだ。もっと虚心に勉強すべきだったのに、私はいつも生意気で批判的だった。心の中で思っていたことであるにしろ、そういう私の内面も、三神は、皆知っていたんだ。

素直に学ぶということに、自分はどこまで努力しようとしたのか。ひるまずに、努力したと果して、言い切ることができるのか。

自分に嘘はついていなかったか。

外面ばかり、母国の文化やあらゆる生活のありようを愛している振りをしていたのではなかったのか。

心の底から韓国の芸能や芸術を尊敬しようとしなかった、自分の態度を三神は怒っているんだ。確かに、自分にとってはそのこと自体が大変な葛藤だった。愛しているし、尊敬しているから、目の当たりにした韓国の踊りや音楽の世界にその分失望したし、その揺らぎやぶれが、逆説的だけれど、私にお稽古を続けさせる原動力になっていた。

でも、それでも、私の努力は足りなかった。忍耐力に欠けていた。

三神は怒っているんだ。怒りに来ているんだ。


うなされる夜は続いていました。

そうやっていろいろと自分なりに考え、自分を責めました。後悔することがあまりにも多すぎて、苦しかった。

もう一度、数年前の自分に帰ることができたらどんなにいいだろう。そうしたら、今度は、もう少し素直な気持ちになって、母国を捉えることができると思う。文化の深い部分、……スイルさんがよく言っていたように文化のシャドウの部分にまで自分の理解力を突き詰めていけるような気がする。虚心に学ぶことができる気がする。

…………。

わかった。そうなんだわ。

三神は、私に、そのことを思い知らせるために現れてくれたんだ。

次の努力のために、何よりも自分の態度を振り返って反省しなさい、ということを夢は暗示しているのかも知れない。夢をよい意味で受け取らなければいけないんだわ。

そう考えた。……そう考えるように自分に言い聞かせた。

でも、長くは続かなかった。ほんのわずかな間は、それで少しは気持ちも落ちつくのだけれど、だめだった。

妄想状態って、すごいものね。どんな考えも自分で自分を追い込めることにしかならないのね。いい方に考えようといくら思っても、夢のことにとらわれていること自体がそのうちに怖くなってくる。夢の解釈をしていること自体が、今度はまた妄想のきっかけになって行くのね。冷静に分析しようとしてみても、そのことでかえって落ち込んで行く。何から何まで悪い解釈になっていく。

思い出してもひどかった。

ああいう時って、どんな気分転換をしても、誰に会ってもだめなのね。

自分を励ましたり、気落ちしないようにいくら考え直そうとしても、結局は行き場も出口もなく、どう身動きしたらいいのか、そのきっかけすら頭から否定されたような、解釈自体が悪夢というしかない時間の連続だった。

その張本人は自分。他の誰でもなく、この自分が、自分の心が夢の張本人で、主人公で、実際に夢を見る人間でもあるのだから、私という存在がかかった悪夢なわけ。だから昼も夜もなかった。目を覚ましている昼間のほうが、かえって妄想がひどいくらいだった。

何をしていても没頭できず、その上、例の頭痛でしょう。気持ちが晴れる暇もなかった。誰にあっても、何をしても気分転換なんてできやしない。それでいて心の芯からまいっているから、ひとりっきりでいることもつらいの。

…………。

私の話し相手は、気づいたら雨だった。

雨の音や、煙がかった雨空や、ベランダにできた小さな水たまり、そこに落ちる雨の雫、サッシ窓に伝っていく流れと線、……雨が唯一の、私のトンポウ（同胞）だった。

…………。

日本に戻ったら、バレエを始めようという計画がありました。そのことはスイルさんにも言ったと思います。

もちろん、バレリーナになりたいなんて思っているわけではないのよ。こんな年だし、私の体型もバレエには向いていないことはよく知っている。そういうことではなくて、韓国舞踊に新たに出会うために、バレエをしてみたい、ううん、してみなければいけないと思った。

今、舞踊について専門的な話は避けたいと思うのだけれど、私は、自分の身体の中に流れている血が、直接、身体の節々から私に問いかけ訴えかけてきた実感、いえ、直観を信じている。

一応、十年近くそれなりに、韓国舞踊をしてみたから、よけいはっきりと、バレエを一からやってみなければいけないと思った。

血へのこだわりをもっと客観化させてみたいと言ったらいいかしら。韓国舞踊に対して自分自身がいつもひっかかってしまうある感情を、超えてみたいの。超えなくてはいけないとさえ思っているの。

韓国の、それも伝統舞踊の世界は、スイルさんが言っていたように、民族文化のまさにシャドウの部分だと言っていい。文化のあらゆる面に渡って共通する民族性と言ったらいいかしら、そういう特性がすべて集約されている。

多分どの民族、どの集団の踊りにしてもそうだという気がする。舞踊の世界にその民族や集団の生活の基層を形作っている要素がほとんど、そうねえ、すべてと言っていいくらい表現されているのではないかしら。

私、分からなくなってきてしまったの。

これはソウルでスイルさんとも何度も話し合ったことだけれど、果して、アートとしての踊りとは何だろう。自分は韓国舞踊を学んできたし、学ぶというより、やむにやまれぬという感じで続けてきた。でも、これは、アートなんだろうか、という疑問がいつも取りついて離れなかった。

伝承芸能としての踊りを無心にただ続けていくことが、アートだとは思えないの。でも伝統的な、それこそシャドウの部分に対する理解や把握がないところで創造も生まれはしないと思っていた。

ソウルに行って直接目にした舞踊の世界の実態というのかしら、実情は、私にそのことを確信させせました。

このことの大きな鍵はね、意外に身近な、いえ、身近どころか、身体そのものの中に隠されていた。アートとしての踊りを、もうそろそろ考え詰めなければならない、そういう時期がようやくやってきたって私は思っている。

アート、即ち、創造という世界は、私に伝統ということの意味を考えさせせました。

もちろん、そこには自分が日本で生まれ育ったという立場も強く働いていると思う。伝統に対するこだわりにおいては、もしかしたら本国で生まれ育った韓国人には分かりにくいくらいの思い込みがあるはずです。でも、もう一方では、本国の人たちには思いもつかないような判断力があるのだとも信じている。

灯台もと暗し、ということかしら。外側から来た人間だから気づくことができる。けれども、灯台そのものにはどうあってもなれない……。でも、だけれども、やはり灯台もと暗しで、灯台のすばらしさ、明かりの加減、明かりを求める思いは誰よりも強い。

かなり付会させてしまった言い方かも知れないけれど、伝統、という概念を考える時、私は自分の立場、そういう位置をきちんと念頭に入れておかなければいけないと思っているの。でなければ、一種の冒瀆を犯してしまうことになりかねないから。

民族感情ってやっかいね。

手に負えないくらいやっかいだわ。

こういう感情を含めた、私たちの身体に、伝統とか創造の意味を問う鍵が隠されている。アートとしての踊りというものを考えていく場合、多分すごい秘密がこの身体の中に埋まっているように思う。だから、問題は、単に伝承にこだわったままでいるところでは解けない。

……スイルさん、十年って、一つの区切りなのかも知れないわね。ようやくこのことに気づいて、気づいたことを自分の問題として考えられるようになった。

バレエだと思った。ここまで来たのならバレエだって、直観した。血へのこだわりは、決して皮相的なところでは突き詰められない。新たに母国を捉えていったり、伝統という概念、創造という概念を自分なりに摑んでいくためにも、バレエを、とにかく基本の5ポジションから、5ポジションに表されたバレエの思想から洗いざらい勉強しなければいけない、と思った。


けれども、私はまだ何も始めていない。

身体がなまらないように、ジョギングをしたり、近くの公園でストレッチをしたりしていたけれど、それも最初のうちだけ。

いいバレエのレッスン場はないかしら、と探しはじめようとした矢先に、兄のことがあった。その上、息をつく間もなく叔母の店を手伝うことになって、それも毎日のことだから立ちっぱなしや気遣いで、疲れがとれない。慣れればきっと生活のリズムができていくでしょうけれど、まだ日課が自分のものになりきっていない。……それにあの頭痛と、いやな目醒め。

気持ちは焦るのに、何もやれていない。何もやり始められずにいる。

計画していたことが、思ったように実行できていないからつらいのではなく、だんだん無気力になって、何もしたくなくなっていることがつらい。このまま自分はどうなって行くんだろう、そう思って何度となくぞっとした。

………。

三神は、きっと怒っている。そうに決まっている。

確かに自分は正しいかも知れない。伝統、創造、アートとしての舞踊、……考えていること、狙っていることは、確かに正しくて正当なものかも知れない。けれども、そういう正しさが一体何だと言うのだろう。芸術を考えていることはいいとしても、心のどこかで芸術ではないもの、芸術をしていない人間を自分勝手に品定めして蔑んでいたのではなかったか。言い訳は許さない。そうだったし、今もそうだ。

真面目ではなかった。

少しも真面目ではなかった。

母国に対しても、今日まで出会った多くの人や、多くの同胞に対しても、真面目ではなかった。

兄に対しても真面目ではなかった。

………。

正直ではあったかも知れない。自分は愚かなくらい、その時々の感情に正直ではあったかも知れない。けれども、思いや感情に正直であることと、真面目であることは違う。心構えとして、生きるということに向き合う意志のあり方として、違っている。

スイルさん、いやな目醒めの原因は、自分の中にすべてありました。そのことを夢や自分の呻き声で、思い知らされました。

原因を辿っていけば、醜くて、やたら傲慢で、みっともないくらい人間を知らず、知らないから平気で人を傷つけ、追及し、裁こうとまでしていた自分の姿が浮かび上がる。懺悔……、懺悔と一応言うしかないかも知れない。今もし、懺悔を始めれば、このテープが何本も必要になってくるに違いありません。


立ち直りたいと思っているのです。

芯からそう思っています。

叔母は、夜中に何度も起きて、私を介抱してくれました。打ち明けてみようかしら。叔母に心のもやもやをとにかく話してみようかしら。叔母しか身近に私を知っている人はいないし、兄のことだって家の事情が絡んでいるから、叔母にしか話せない。

でも、何度かそう思ったけれど、やめました。

三　いつき

舗装はされているといっても、でこぼことした地肌にそのままコンクリートを塗り込んでいった凹凸の激しい道が、建ち並ぶ民家の間に迷路のように続いている。子供たちが、声を上げながら私の両側を走り抜け、道にもつまずくこともなく、かなりの早さで駆け降りて行く。

穏やかな風が吹いていた。

空にはまだ一面に雲が広がっていたが、左上方に見える太陽のまわりには黄金色の光りが雲に滲み、わずかな隙間さえあれば強い光線がこぼれ出そうに輝いていた。暑くもなく、決して寒くもなく、穏やかな春の風と雲に抑えられた明るさが心地よい日だった。

インギルを誘って外に出る気持ちでいたのだが、外に出るのはいやだ、と頑なほど拒否するので、一人で下宿を出てきた。あいつも外に出てくればこんなにいい風を味わうことができたのに、と思いながら、心の片方では一人でこうして散歩ができることにほっとしてもいた。

誰だったろう。

どんな言葉だったろう。

同情を嫌悪する、と言いきった詩人がいた。同情心こそが、真理を見つめる目を曇らせる敵だ、と言いきった詩人がいた。具体的な言い回しは忘れてしまったが、こうしてインギルのことを通して考えてみると、同情心とは、人に対してだけではなく、自分自身に対しても当てはまる感情であることに気づく。

その詩人はきっと、同情心であれ何であれ、ある感情に捕らわれやすい自分自身を自戒していたのかも知れない。


迷路のように入り組んだでこぼこな道を、私はほとんど知り尽くしていた。風景としても散歩をする道としても、適当とは言いにくい場所だった。しかし、他のどんな場所よりも私は愛着を感じ、ひかれていた。狭い道をはさんで丘の斜面にはいつくばるようにして建ち並んでいる家々は、ほとんどが屋根の低い粗末な作りで、貧しげだった。

このトンネ（地域）には私を引きつけずにはおかない妙な活気があった。同時にどこかけだるくもあり、一種頽廃的とも言っていい開き直りも感じられた。

道にたむろして遊んでいる子供たちの姿を見るのが好きだった。その顔触れをほとんど覚えるほどになっていた。名前は知らない。話しかけたこともあまりない。けれども子供たちの方も私の顔を覚えたらしく、初めの頃よりも合わす視線に親しみが感じられるようになった。

こういう地域を、タルトンネと言う。

タルは月。トンネは地域、あるいは町。タルトンネは月の町だ。しかし、月の町というそのロマンチックな響きとは裏腹に、名前に込められた意味は現実的で生々しい。水の便も悪く、交通の便も悪い丘の頂きに密集した都市に住む貧民たち。

高台にあるからタルが、即ち月がよく見える。そこにしか住めない者たちが道を作り、家を建て、一つのトンネが出来上がった。タルトンネは、月がよく見えるそういう不便な丘の頂きにしか住めない者たちが集まった地域という意味が込められている。

私が初めて下宿を訪れてみた日、すでに二年前のことだが、遠くからこの丘の頂きを見た時は、スペインかどこかの外国を写した写真の光景に似ていると思い、小躍りするような興奮を覚えたことを記憶している。タルトンネと呼ばれていることは、その時はまだ知らなかった。近づくにつれ、下宿を探して密集した家並みの間を歩くにつれ、遠くから見た光景とは全く違った光景の連続に、私は打たれていた。何度も足がすくむ思いをした。

下宿の二階の隅にある私の部屋からは、月がくっきりとよく見えた。下宿に来たばかりの頃は、まだこういう地域がタルトンネと呼ばれていることは知らないまま、私は部屋の窓から見える夜空に浮かんだ月の美しさに驚かされた。

もちろん、スモッグの濃いソウルの空だから、濁った夜空から月も星もよく見えない日も多かったが、月がくっきりと浮かび上がった日の夜空の光景は、例えようもないほどの魅力で私を釘付けにしたのだった。

詩が書けなくなったことへの不安を抱えていた頃のことでもあった。母国へ来たことの意味も含めて、自分にとっての韓国語と、詩を書いてきた自分にとっての日本語とが、せめぎあい始めていた時期でもあった。

いつの間にか、私は月をスケッチするようになった。月に引きつけられ、夜になると窓辺に立ち、月を捜した。レポート用紙に月の形を描き込み、その周りに雲が漂っている時は、雲の形も描き込んだ。そして月を描いたレポート用紙を、「夜の樹」とした。

最近はおっくうがったり、夜ゆっくり自分のへやにいることが少なくなったこともあって、「夜の樹」は滅多に書かなくなってしまったが、月の美しさ、月の光りのなまめかしさ、不気味なくらいの粘り強さに気づかされたのは、この下宿に暮らし始めてからのことであり、生まれて初めてのことと言ってよかった。

月のスケッチの余白に、思いついた言葉を書き留め、日付と時間も書き入れて、そのレポート用紙を翌日の「朝の樹」にクリップで留めた。

——タルトンネ……。

初めてその呼び名を教えられたのは、「夜の樹」を書き始めてしばらくしてからのことだった。その名前の音と響きは、一瞬私の息を止めた。

あれは二年前の新入生歓迎会のことだった。

カン・ウンベクという工学部に通っている学生が、私の下宿のことを聞き、丘の上のこういうトンネだと私が答えているうちに、カン・ウンベクは、スイルさんはまだ知らなかったのですね、と言いながら、タルトンネという呼び名を教えてくれたのだった。呼び名にまつわる皮肉な意味合いを教えられながら、私はやはり息が止まるような思いに浸っていた。

タルトンネの存在やその呼び名が示している意味を、ただ政治的、社会的、経済的に捉えることは容易なことかも知れない。カン・ウンベクの話を総合すれば、要するにタルトンネは、持たざる者たち、不遇であり、不遇であることを強いられた都市貧民が暮らす地域だ。韓国社会の貧富の差と社会矛盾を象徴した場所、と図式的に説明することも可能だった。

しかし、私が受けた衝撃は、そういう図式的な説明を、敢えて拒むようなものだった。すでに私は月をスケッチし、月に魅せられながら、「夜の樹」を書き始めていた。月をめぐって今日まで書かれて来た過去の詩人たちの詩をすべて読んでみたい。だが、この地域から見える月については、私が書くのだ。私だけにしか書くことができない作品を、いつか書き上げてみるのだ……。

月が、このトンネから見える月が、詩が書けなくなった自分を鼓舞してくれてもいたのだった。

偶然だった。まさか、タルトンネと呼ばれているところとは知らなかった。その呼び名の響きは、だが簡単に偶然と言いきってしまうには、その意味とともに私にとってはあまりにも皮肉であり、そして哀しかった。

――貧しさ。

一時期、私は「朝の樹」に、この言葉を巡っての断想を書き連ねていたことがある。

私が育った東京の北新宿辺りや、近くの中野区にも、長屋作りのような古い汚いアパートが建ち並んでいるところは沢山あった。人気のない苔むした石塀に囲まれた廃屋が、そんなアパートの間にひょっこりと建っていたりもした。小さな頃はそういう廃屋をお化け屋敷と呼び、弟や友達とかくれんぼをしたりして遊んだ。

いやに強烈な印象で、今もその情景が脳裏に残っているのだが、汚れきった窓ガラスが並んだ木造のアパートの二階に、ふと鮮やかなアロハシャツが干してあるのを目にしたことがある。その光景は、驚きばかりでなく、今から思えば小さな私の胸を突くような淫らさという言葉にも近い、一種秘密めいた何かを覚えさせた。

けれども、タルトンネの貧しさは、そういう東京の安長屋のような、暗くはあっても整然とし、汚くはあってもどこか慎ましい、そういう貧しさではなかった。

単に貧しげだという言葉では言い表せないのだ。

無秩序で、無計画で、大雑把でおおっぴらで、そして騒々しく、明るく、それでいてどこかけだるく、哀しげだった。急斜な丘の斜面にはいつくばるようにして家々は建てられ、人もそうやって生きていた。任意に建てられた家の後に道ができ、その道をコンクリートで塗り固め、道に段を作ってはまた上方に家が建てられて行く。多分そんなふうにしてタルトンネは出来上がって行ったように思う。

散歩をしながら、丘をひとめぐりし、足を伸ばしては他のタルトンネも歩いてみた。

貧しさ、あるいは貧困、形容する言葉はそれだけではないはずだ。都市貧民……？　冗談ではない。そんな言葉ではくくりきれない。形容し始めた途端にはみ出し始めるこの底抜けの無秩序さ、せつなさ、どうしようもないくらいの倦怠感。

続く光景が
遠近法に暴行されている
切り取られた光景も
遠近法で息絶え絶えだ

『ルサンチマンX氏へ』に、私は書き込んだ。

当時の私は、引き裂かれていた。

私はタルトンネが、好きだった。月の美しさや町から伝わってくる匂いが、好きだった。

だが、タルトンネには、意味がつきまとっていた。私にはどうあっても手が出せないような厳然とした意味が付きまとっていた。そうなのだ。明らかに貧しく、そして明らかに、持たざる者たちが生きている場所なのだ。

私はただ愛していた。

意味を知らずにいたときも、意味を知らされたあとにあっても、私はタルトンネを、愛していた。

その思いを、私は誰にも言えなかった。言うことで、自分の思いが意味の一部に繰り込まれ、意味という遠い場所に連れていかれるのが怖くてしかたがなかった。意味という遠近法を、私は憎んだ。これは暴行ではないだろうか、と私は絶えず叫んでいた。

大だらいにキムパプ（海苔巻すし）を入れ、頭の上にその大だらいをのせて、黙々と歩いていたアジュモニ（おばちゃん）たち。大だらいの中は、キムパプであったり、トク（もち）でもあったりしたが、相当な重さであることは見るだけで分かった。それをアジユモニたちは難なく頭の上にのせ、バランスをよくとって、でこぼこで急斜な坂道を、別にふらつきもせずに歩いていく。

そういう光景を何度も見て、公園や人の多い道路端に座り込み、キムパブやトクを売っているアジュモニたちは、こういうトンネから長い道のりをああして頭の上に大だらいをのせて、売りに出ていくのだということを知らされた。

道にたむろして遊んでいる子供たちは、どの顔も皆、いやに大人びていた。顔の作りのどこの部分がどうだから、というわけではなく、表情全体がどことなく大人びているのだ。両手をズボンのポケットに入れて歩いている男の子たちの姿は堂々としたものであり、単にこまっしゃくれた、だとか生意気などという形容を越えた感じがする。

韓国語で、罵倒語のことをヨクという。

一種のスラングだが、一般には使われず、男性同士が喧嘩した時など、このヨクが連発される。罵り合う言葉が豊富で、表現が多様であるというのも、文化のある性格を測り知る要素に違いない。日本語には、馬鹿野郎、とか、畜生、程度の言葉しかないが、韓国語においてはヨクは数えきれず、場の雰囲気いかんでは、親しさを表す言葉にもなり、抱腹絶倒のジョークにも変わり得る。

そのヨクを、子供たちがやり取りし、互いに投げつけ合っているのを見た時も、私は思わず立ち止まった。

遊び合っているうちに、どちらかが約束を破ったか、違反でもしたのだろう。初めは、道にしゃがみ合ったままだったのが、次第に立ち上がり、一人が一人を追い込んでいく格好になった。だが、そばで遊んでいる他の子供たちは二人の様子を見ながらも、石を積み重ねたり、道に絵を描いたりしている仕草を止めない。本気で喧嘩をしているのではないことは、当人たちもそばにいる他の子供たちにも了解済みのことなのだった。それを分からずに、ヨクやその口調の激しさに驚いて立ち止まった私は、かえって子供たちに笑い飛ばされる存在だったのかも知れなかった。

下宿からはかなり離れたところだったが、入り組んだ坂道の途中に雑貨屋があり、店先に丸いテーブルと椅子が置かれていた。

私はよく夕暮れに立ち寄ると缶ビールを一本買い、椅子に座ってビールを飲みながら、坂道の光景に見入った。

トンネの匂いも独特なものだった。

夕暮れは特に、食事の支度をする匂いがあちこちから立ちのぼり、味噌とニンニクと、そしてこのトンネの匂いとしか言いようのない土壁や戸口から漂う人の匂いにむせ返った。

足がすくみ、息が止められた、と思うような瞬間があった。

一見したなら、何でもない光景かも知れなかった。子供たちが遊び、狭い道を駆けめぐり、アジュモニたちは買い物袋を下げながら坂道を上がって来る。仕事のない男たちは道にしつらえた縁台に座り込んで、将棋をしている。トンネの何気ない光景であり、そんな光景ならばこのトンネでなくてもソウルの他の街角でも見ることができた。

一体、何が私を引きつけるのだろう。

はっとさせられ、感情の深い部分が動かされるのだろう。

私は、確かにあの頃、気が弱っていた。ソウルに来たばかりということもあったと思う。あらゆることに、やたらに敏感になっていたことは事実だ。父と会い、父の四番目の妻に当たる女性と二人の異母姉妹に会った。その生活をみせつけられながら、私は何から何まで一から始めるという思いで気負ってもいた。

いつも胸の奥が、何かで締めつけられるように痛かった。感傷的というのにも近かったかも知れない。

下宿の部屋の窓から見える夕焼けにも、感動を覚えた。夜になれば、月の表面に浮かんだ黒い影が、ほうっと口を丸く開けながら微笑んでいる女の顔に形作っているのに気づいて、目が痛くなるほど月を見つめ続けた。それを私はスケッチした。そんなことは日本にあっては考えられないことだった。

足がすくむような、すくんだ足元からぐらぐらと揺れだし、瞬時にその光景、その空気の目に見えない細かな粒子の一つとして消えて行くような、そんな瞬間に私は何度も襲われた。

今を知った、と言えば近いかも知れない。

この光景は、今、私に何を語ろうとしているのだろう。この光景に出くわしてしまった必然性は何なのだろう。何を読み取れ、何を感じ取れと言っているのだろう。そう思い、釘付けになったように、さまざまな光景に見入った。それこそ何気ない、何の意味もないような光景なのに、自分でも分からない力に突き上げられ、身体が揺すぶられて来るのだった。

連綿と続いてきた現在の私に至りつくまでの時間と、今、私が私を私として体験している この時、この瞬間が、一つのある光景の中に燃えあがる。眼前に広がった光景は私に、私が私であることを知るきっかけを与え、その確かさを問う。

世界は頼りなかった。

いや、世界そのものが頼りないのではなく、世界と対している自分が、呆れるほど頼りなく、そして無知だった。

私が味わった今、は時間で計れる今、ではなかった。何分、何秒、と数字で表して示すことができる今、ではなかった。だから、瞬間という言い方も厳密に言えば違うのだ。涙を流したこともある。

意味という遠近法は逆転し、時の前後関係は、今の中に燃焼して消えていき、今の中においてはただそう在りたい、そう在ってもいいという可能性を仄めかしながら自在に色を放ち、線を描いていた。

ある詩人は、その瞬間の日時まで記録していたっけ……。

——一八八一年八月のある日の正午、シ《（ママ）》っている。

自分にとって問題は、それ以前と言ってもいいものだった。

もちろん、独立し、客観的に把握できる時間などなく、時間も空間も、それを感じ、測定する人間の主観、いや主観と言いきることすらできないそう在る人間の意識そのものに投影された観念ではないのか、という考え方も私は知っている。時をあたかも人間とは離れたところの、自律的で独自な概念として考えるつもりはないが、それにしても、現に息をし、時を体験しているこの今の私は確かにいて、昨日の続きとして今日を生きているのだ。この事実とこの実感、そしてこの体験はあまりにも確かなのだ。

連鎖する問いは、すべてこの私という存在に向けられた問いなのだった。

私は今、私がこの私で在ることを体験している。だが、明らかに体験はしていても、ではこの私とは何であり、誰であるか、という問いは少しもはっきりしていない。問い自体が自分を体験していると感じた先からまといついて来るのだ。

瞬間とは何か、時とは一体何か、という疑問は、私という存在に対する疑問であることは確かだが、その二つの疑問は、私がいなくては発せられることもないものなのだ。疑問自体が私がいなくては体験できず、私が私として体験されてこそ疑問として成立するのだから、時への問いと、私という存在への問いは、一触即発の危うい関係を秘めた想像以上にきわどい問いというしかないのだった。

瞬間は、永遠だ。……そうかも知れない。けれどもこの命題は、時間は私だ。とするさっきの命題よりも一層感覚に訴えてくるものがある。訴えてくるものが強烈だからこそ、心のどこかで敢えて拒否したい気持ちが湧いてくる。

時間は、時の寝返りだ。

そう思う。時の重層した流れの間に現れた隙間、と言ってもいい。

タルトンネを散歩したり、雑貨屋の店先のテーブルに座って缶ビールを飲みながら、私はさまざまなことを考えて来た。夜、部屋の窓辺に立ち尽くして月を見ながら、よく物思いに耽った。

意味という遠近法にむしばまれていない光景の、真の意味と出合いたかった。だが、光景は、結局、何も語りかけては来なかった。私は立ち往生したまま、湧き起こる内側からの力に揺すぶられながら、ただ呆としているだけだった。私はその度に、自分の無力を知らされ、自分の非力に思い至っていく。

自分が、これほど明らかに自分で在りながら、光景の渦中にいる必然性や意味を摑みきれないという苛立ちは、つらいものだった。舞い戻る場所もなく、進んで行く場所もない、そんな気がしてくるのだった。

もしかしたら、私が私である、自分がこの自分である、という体験自体に虚偽が隠されているのではないのだろうか。無心に、今のこの私はこの私だ、と思いこんでいること自体に、大きな誤謬が隠されているのではないのだろうか。

いやに敏感に、光景というものを捉え、またいやに真剣に、私は時、ということ、あるいは瞬間と瞬間を生きている自分、ということを考えた。ソウルに来てから露骨に光景にこだわるようになった自分に気づき、私自身が途方に暮れていた。

朝の儀式は、始めるべくして始められたのだった。

時への疑問は、当然のように記憶というものへの疑問を引き出した。記憶とは何だろう。記憶するという行為は、一体人間にとってどういう意味を持っているのだろう。私たちは、日々を確かに生きている。なのに、生きた瞬間の意義は殆どと言っていいほど捉えがたく、測り知れない。もちろん自分が生まれてから、ついさっきに至るまでの時間を生きてきたからこそ、この今の自分は在る。けれどもこの今は、過去のあれらの日々を作り上げてきたあれらの今に、ただすんなりと連なってあるものなのか。そう言いきって平気にそのまま、この今を生きていいのか。あの今、あれらの今は一体どこへ行ってしまったのか。

しばらくの間、「朝の樹」も「昼の樹」も、そして「夜の樹」にも、自分、時、光景、という言葉ばかりが繰り返される文章を、私はやみくもに書き連ねて行った。結局は、それらはみな、今書いている『ルサンチマンX氏へ』――

わたしは朝鮮人

壊れていく家庭

私は在日朝鮮人二世である。現在二〇歳だが、今日までの私の歩みを語ろうとする時、自分が、朝鮮人、李良枝を名乗るようになった過程を語るというかたちでこの手記をすすめていかざるを得ない。なぜなら、私が朝鮮人であることを意識しだしたのは高三の時、すなわちつい二年ほど前のことであり、それ以前の私といえば、現在の自分のありようを夢想だにしなかったからである。

私は山梨県で、二人の兄のあとに長女として生まれた。父は一七歳の時に朝鮮から日本に渡ってきて母と結婚し、裸一貫からようやく並の生活を築きあげつつあったころだった。しかし、私が生まれるほんの少し前までは、唯一の寝ぐらが駅のベンチだったというほど、その生活は貧乏きわまるものだったという。田舎であり、親類縁者もいないところで、どこの馬の骨ともわからぬ朝鮮人夫婦が、何の差別も迫害も受けずに過ごせるわけがなかった。父の腕の傷はいまでも父自身、思わず顔をゆがめるほど、私が想像するに余りある何かを鮮明に物語っている。

父母はそれ以来、日本の文化・生活に少しでも迎合し、日本人からの信頼を得ることがこの日本の地で生きていくためには不可欠だと考えて、つとめて日本式の生活になじみ、また子どもたちへも日本人としての教育をほどこしていった。そして私が九歳の時、父母は日本に帰化していくのだが、私はその行為自体を取り上げてうんぬんし、両親を責めることはできない。当時九歳だった私は、不本意にも自動的に帰化してしまったわけだが、だからといって私が朝鮮人であるということにはまったく変わりはないと思っている。父母がこの日本において、私の知らぬ重い歴史を背負ってきたことを考えれば、「帰化」という不自然な状態を強要し、私のような在日朝鮮人二世を生み出してきたのは、ほかならぬこの日本だと考えるからである。

「帰化」などしなくても在日朝鮮人の権利は当然保護されなければならないはずだ。それは近代の朝日の歴史、そして在日朝鮮人の形成史を見れば、どのような弁解をも許さないことは一目瞭然である。しかし、にもかかわらず「帰化」という事実の中に身をおかざるを得ない私、結局その私が最終的に問われることは、以後私がどのような視点で事実を理解し、社会的に自分自身をどのように位置づけ、さらにそれらを発展させて、いかに実践的・創造的に生きていくのか、ということに帰結するのだと思う。

さて、五歳のころの私はレンゲ畑の中を駆けまわっていた。すぐ下の妹が生まれて、兄たちと妹の子守りをしながら一日中とびまわり、家に帰ると野いちごがザルいっぱいに取ってあって、それらを分け合いながらまたレンゲ畑へ、という毎日であった。そしてもうそのころから、何でも一人でやりだすという性格だったようだ。

保育園に行き始めると、私は定期券を持って一人で遠くの保育園に通った。母が行き帰りを心配しても少しもこわがる様子はなかったという。五歳になって、そこからさほど離れてはいないところに引っ越したが、今度は銭湯に一人で行き始め、洗面器に浴用の道具を入れて、帰りにはちゃっかりジュースを飲んでくるというありさまだった。

幼稚園の時、父に教えられて漢字の簡単なものぐらいは読み書きできるようになっていたせいでもあろうか、小学校に入学した私は、学校の勉強がおもしろくなく、少しも成績がよくなかった。しかし、活発で明朗という性格は、いつも私を目立った存在にしていた。先生にすぐ用事を頼まれるのはいつも私であり、私の周囲にはいつも誰かが集まっていた。

小学校五年の時、私は演劇をつくって先生に大いにほめられたことがある。いま思えば苦笑するばかりだが、自分で脚本を書き、主題歌までもつくって大まじめでやっていた。クラスの女の子を放課後集めて、自分が監督となって大いばりだった。そして、授業の時間をもらって公演したのだが、クラスのまとまりがたいへんよくなったと先生にほめられ、私はリーダーとしてますますみんなに認められるようになった。

しかし、家では憂うつであった。両親の不仲は久しく、じりじりとくすぶりつづけていた。それは私が小学校五年、ちょうどいちばん下の妹が生まれた時、一時静まったかのように見えたのだが、相変わらず陰湿な空気が家中をとりまいていた。けんかなら思いきりやりあって、その後さっぱりとしてほしいのだ。何度も何度も離婚の話が出て、そのたびに親族会議が開かれるのだが、子どもたちのこと、その他さまざまなことが障害になって、何の解決もなされないまま妥協を繰り返していたのだった。

以前から、父は東京に仕事場を持ち、週に二日ほど家に帰ってきていたが、それは子どもに会いに来るというだけで、別居同然の状態であった。とにかく中途半端なのである。そういった中にあっても、毎週日曜日には車で一家遠出をするという生活であった。もちろん、両親は子どもたちの前では何とか平静を装った。しかし、にじみ出る暗さはおおうべくもなく、一つひとつの会話にそれははっきりと現われていた。子ども心に「別れてほしくない」というのは正直な心情ではあったが、いっそのこと父と母が顔を合わせなくなったらどんなにいいだろう、と私はいつも考えていた。

泣きあかす夜

私は人が黙っていることがたいへん恐ろしかった。何でもいいからとにかく笑ってくれていれば安心できるのである。まわりがちょっとでも気づまりになると、私がいけないことでも言ってしまったのではないか、何かおこらせてしまったのではないか、と本気で考えこんでしまう。私も含めて、人間は笑いたくない時には笑わないものだ、ということがわかり始めたのはつい最近のことである。暗い家庭環境にはぐくまれた私の当然の産物だと言えばそれまでなのだが、現在もそのような自分に悩む時、私は小・中学校時代のまったく陰と陽の生活を思い起こすのである。

私は、父と母の間にいる時、たえず身の置き場のない自分と、そしてたえず私を圧迫する何かを感じずにはおれなかった。そのくせ空気の重さ、父の沈黙が何とも言えぬほど悲しく、その上恐ろしいものであったから、まったくつまらない話をして始終道化ながら、その瞬間を通り越せば一人でホッと胸をなでおろすという具合だった。

父が久しぶりに帰ってくる。母は口もきかない。黙々と食事をして、その後テレビを見ている時、父は姿勢をテレビに向けながら、じっとこわい目で母をにらんでいることを、私は知っていた。心はひねくれ者のように上目づかいをしながら、「おとうさん、きょう学校でね……」と一生けんめい話しかけた。笑ってほしかった。何でもいいから口をきいてほしかったのだ。そうした気づかいも、している瞬間は何やら胸がいっぱいで、さほど苦痛ではなかったように思う。しかし、部屋に戻って一人きりになると、こみあげてくる嫌悪感はどうしようもなかった。ああ、このような気づかいには耐えられない、父母の罵言のあびせ合いはいつまでつづくのだろうと、朝まで眠れず泣きあかす夜があった。

中学に入ると、私の成績はたいていクラスのトップだった。〝できる子〟、活発で明朗な子、先生にすぐ用事を頼まれる子――の評価は小学校時代と変わりはなかった。しかし、私の小心さはますます首をもたげだし、些細なことを真剣に悩んでいた。それは教室外の廊下、または階段で先生に会った時、自分がどういう態度をとったらよいのか、といった、人が聞けばまったく失笑を買ってしまうようなことであった。階段などでふとふり返って、下から先生が上がってくるのを見つけると、私は立ちどまってもう歩くことができないのだ。順序として、後から来た者が下方にいるのはあたりまえのことである。しかし、先生の上方を歩いていることが、私にはまったく失礼千万に思え、まっ赤になって立ちすくんでしまうのだった。

廊下を歩いている時もそうだった。前から先生が来るのがわかると、近づいてくるまでどきどきしながら気づかぬふりをするか、下を向いて歩き、すれ違うときにやっと安心しておじぎをする、というのが常だった。先生がいることにすでに気づいていながら、普通に顔をあげて歩くことがまったく礼儀知らずに思えてしかたがなかったのである。

また、生徒間に人気のない先生が授業を終えて悲しそうな後ろ姿で教室を出ていくのに胸がつまり、とりとめのない質問をしたり、話しかけたりした。私はけっして自分だけよい子を装うつもりで、そのようにふるまったわけではなかった。ただそうせずにはいられなかっただけなのだが、その気持ちをわかってくれる友人は一人もいなかった。私の方も、頓着なく平然としていられる友だちの感覚がよくわからなかった。しかし、そういう友だちを、私は強いと思った。私はまるできげんをうかがうように友だちに話しかけ、いつも陽気にふるまうのだった。

このころから読み始めた太宰治は、そのような不安定な心境が反映したためか、文体にすいこまれるように、私はとりこになっていった。中一の初めのころであったから、約一年かけて太宰治の全集の大部分を読んでしまったことになる。

しかし、ようやく私も自分の中の何かを切り捨てられるようになっていった。性格がまったく変わったわけではなかったが、そのころになると、人が感じていることが少しずつわかるようになり、最低限自分の感じ方を固持しながら、人の感じている感じ方を許せるようになっていったのである。いや、人間関係というものはそういった前提の上に成り立っているということに気づいた、と言った方が当たっているのかもしれない。とにかくそんな煩悶の中で、私は中三を迎えていた。

文学に救いを求めて

太宰治にはじまって、私は次々に本を読みだしていた。トルストイ、ドストエフスキー、モーパッサン。詩人ではたとえばホイットマンを読み、そこにうたわれた開拓者たちの勇敢さに感動しながら、片方では中原中也の浪漫主義にため息をついていた。それは、さまざまな本を片っ端から読んでいったにすぎなかったが、学校や家でのうっとうしさから逃れるには最上の手段であった。未知の言葉にふれると、それらをノートに書きとめ、心をうたれた文章にふれると、また書きとめるというふうにして、それらがまるであたかも自分がつくり出した言葉でもあるかのように錯覚し、胸がいっぱいになるのだった。しかし、勉強もやった。中学卒業のまぎわにやった統一テストでは、地区で一番をとったりもして、高校には難なく入ることができた。

私の入った高校は、普通高校とはいってもその地域性が影響して、学校全体をあげて受験にとりくむ、という学校ではなかった。特別なことは何もない学校。私は漠然と大学進学を考えながら読書に夢中になっていた。

高一の時、こんなことがあった。その年の芥川賞は古井由吉の「杳子」であったが、その作家のことを現代国語の先生にいい作家だと話していたら、その一週間後に芥川賞の発表があり、先生も知らなかった作家を、私がすでに認めていたというので、大得意になってしまったことがある。しかしすぐまた、評論家先生よろしく、知ったような顔をして話していた自分が恥ずかしくなり、興ざめた気分になってしまった。

そして、その年の秋ころであった。両親の不仲は予想通りとどまることなく、とうとう離婚訴訟が始まった。兄二人はすでに東京に出ていて父の近くに居住し、それぞれの生活を営んでいたから姉妹三人と母、女ばかり四人が山梨に取り残されたかたちで、家はまっ二つに分かれてしまった状態であった。母はうなだれ、私たちは泣くばかり、家中途方にくれていた。身内もいない田舎で、親身に相談にのってくれる人もなく、母はけっして表情に出す人ではなかったが、その苦悩は想像を絶するものがあった。毎日のように弁護士と会う。私は子どもとしての無力さを痛感し、だからこそ早く仲直りしてほしい、早く裁判なんてやめてほしい、という素直な気持ちで、大人顔負けに弁護士との打合わせにも加わった。そうせずにはいられなかった。

しかし、何かが狂っている。何かおかしい。結局、私たち子どもが泣けば両親が仲直りをするのだろうか……。じっさい会う大人たちはすべて私たちに泣くことを要求しているのだ。いったい子どもとは何なのだろう。今日まで事態をスムーズにいかせなかったのは、子どもである私たちがいたから、という事実がある。では、夫婦とは何なのだろう。二十数年間、二人でたどってきた歴史をお金をもって清算するということ、そして、同時に子どもも。いったいどういうことなのだろう。悲しい疑問ばかりであった。

そのような時に、父は私たちと会うために、学校が終わる時刻をみはからって校門で車に乗って待ち伏せていることがよくあった。まったくおかしな話だ。しかし、私はむげに父の行為を拒むことはできなかった。妹たちを迎えにいって、いっしょにドライブをしながら食事をした。母には秘密で、そういうことが一ヵ月に三回ほどあった。車に乗っている間、妹たちは父をあからさまにとがめながら、感きわまってよく泣き出し、私も「どうして私たちを生んだのか！」といわんばかりに、恨みつらみを泣きながら訴えた。家庭内の空気は絶望的であった。

「朝鮮人であること」との直面

私はよく学校を休みだした。何となく無気力で、また何となくむなしく、いったい何を考えていたのか、一日中ボケッとしながら部屋にこもっていた。二年生に進級した私は、私大進学系のクラスに入った。国立でも私立でも一流校をねらう場合、国立進学系に入らねばば受験水準にほど遠い学校であったから、大学進学を目標に張り合っていたライバルともバラバラになると、私はすっかり勉強もしなくなってしまった。

成績は落ちていく。学校はさぼる。私は決して優等生ではなくなっていた。箏曲部に入っていたが、好きな琴もなんとなく惰性でやっているような感じだった。ただだらだらと時間割り通りに事を終え、つまらぬおしゃべりに興じて、緊張感などまったくなかった。三無主義にみながどっぷりつかってしまっているのだ。そこには腰を上げて立ち上がろうとする気力もなく、それに疑問すら感じる気配もなかった。そして私も、何か一生けんめいやっている人間をみると「赤面する」などと平気で悪口を言い、嘲笑のこもった目で彼らを見ていた。それはたとえば、生徒会活動をしている人であったり、また社研の人であったりというように、とにかくまじめに問題にぶつかっていこうとしている人間たちであった。

しかし私は、そんな自分の方がよほどみっともない存在なのだということには気づいていた。私のまわりには、映画や音楽の話に精通した一見不良っぽい友人が集まっていた。彼女らとつき合いながら、私はいやいや学校に行き、無為のうちに一日一日を過ごした。勉強を怠けているのだから成績が下がるのは当然なのに、成績が下がっていくことがとても恥ずかしかった。かといって、自分を更生しようという気も湧かず、まったく呆とした学校生活を送っていたのだった。

家に帰っても状態は少しも変わらず、暗いほら穴で何をするということもなく、ただ黙りこくって生きながらえている小動物たちを思わせる光景であった。私は素直ではなかった。大人たちのやりとりに嫌悪を感じながらも、さも苦しげにその会話に入り、さものろわしげに父を恨んだ。ほんとうに悲しいのは父であり、母であったろう。たとえ子どもだとはいえ、同じ苦しみを共有できるわけはない。子どものくせに冷めていた、といえばいえる。しかし、数十年間の人生をある一瞬で否定され、何のために今日まで生きてきたのか、という問いに否応なく直面させられていた父と母のそれぞれの淋しさを、底の知れた痛みで、子どもがいやすことなどできないと思っていた。

そのころ、私は友人によくこう言っていた。「私は詩人になれない」と。自分自身、そして自分をとりまいているものすべてが不純としか思えなかったのである。不良で、無気力で、素直さのない私。その上、私は〝不潔で野蛮な〟朝鮮人であった。

高一の夏、ＡＦＳというアメリカ留学生募集の試験を受けるさいに、私は戸籍謄本を見てはっきりと自分が朝鮮人であることを知った。いやそれ以前からわかっていたことではあったが、両親は朝鮮語を子どもたちの前でめったに使わなかったし、キムチも食べなかった。それに田舎であったことから、周囲がすべて日本人だったこともあって、私に〝朝鮮〟なるものを感じさせるものは何一つなかったといっていい。友人たちから、朝鮮人であることで蔑《さげす》まれた経験もなかった。両親はそれまでの生活体験から、子どもに同じ辛苦をなめさせまいと、日本人として私を育て、私もそれに疑問を感じなかった。事実私は、日本舞踊、生け花、お琴を習い、純粋に日舞の名取りを夢みていたのであった。たまに大阪の親戚の家に行くことはあった。しかし、そこから感じるものは〝文化が遅れている〟

とか〝汚ならしい〟とか〝野蛮だ〟という感情ばかりで、私の方からもその〝朝鮮〟なるものを拒否し、自分が朝鮮人であることを無意識のうちに否定していたのである。

しかし、私は明らかに朝鮮人であった。しじゅう隠そう隠そうとする意識と、違う違うと首を振っている自分が、心の奥底でうごめいていた。いま思えば、〝不純〟だと思える要素を、私は自分の手で掘り起こし、無理やり見つけ出していたような気もする。しかし、ともあれその時の私は、自分がみっともなくて、そして格好が悪くてしようがなかった。どうして生まれてきたのか、これからどうやって生きていったらよいのか、いやこれ以上厚顔無恥をさらして生きていくわけにはいかない、と思った。

自殺未遂――家出

二年の一学期も終わりに近づいたころであった。家中が外出をした日の夕方、私は「いこい」というタバコを買ってきて、その一本をぬきだし、紙をとり、その中の葉をオブラートに包んで一気に飲みこんでベッドに入った。少しも恐怖を感じなかった。しばらく横たわっているとさまざまなことが思い出され、何か静かな気持ちであった。しかしそのうちに、目まいと吐き気がはげしくなり、何がなんだかわからぬままに涙が出てしかたがなかった。そして私は、あの吐き気に敗けてしまったのだ。そばにあったごみ箱に、口に指ようを突っこんでゲェゲェと吐いた。苦しかった。頭の奥が金づちにでもたたかれているようにガンガンと痛く、目がまわって自分のまわりの様子、自分のいる場所さえもわからなかった。

朝、目をさますと私は床の上にころがっていたのだったが、頭の痛さと目まいのひどさにからだを起こすことができなかった。そして、生きている自分を自覚した時、私の頭を瞬時通り抜けていったあの安堵の混じった悲しさはいまも忘れることはできない。

外出もせず、ぼんやりしているうちに夏休みも過ぎ、二学期を迎えたが、しばらくは、タバコの葉を紙に包んでいつも制服のポケットに入れて歩くというふうに、死に対する感覚は神経を痲痺させるように容易に私から離れずにあった。

数ヵ月後、それは二年も三学期に入った時であったが、私は「学校をやめて働く」と母に言った。母は驚いて、あと一年、たった一年だけなのだからがまんしておくれ、と私を説き伏せようとしたのだが、その時の状態から何とか脱け出したいと思っていた私は、それ以外の方法が見つからず、主張を変えなかった。死ぬこともできず、かといって自分が恥ずかしくてしかたがなかった。学校に通いつづけることは苦痛以外の何ものでもなかった。しかし、反対する母の苦しみも手にとるようにわかり、両方からの圧迫感に、私は解決するすべが見つからず、とうとう家出をした。

貯金が三万円ほどだったろうか、そのお金をもって二月初旬の寒い日、ぼたん雪の降る中を、まだ明けきらない早朝に私は家を出た。京都に行った私は、きたない宿屋でただ悶々と思いをめぐらし、なんとかしなければ、なんとかしなければ、とそれだけを考えていた。

ちがう土地に行って自活したかった。自分を律するにはそれ以外ないと思うのだが、しかし母がかわいそうだった。ただでさえ噂好きな田舎で、醜聞に騒がれながら身内もなく、心細く生きているのだ、いったいどうしたらよいのだろう。学校をやめるわけにはいかない、しかし、心機一転してやり直したい――。私は転校を決意した。それはたしかに逃避にはちがいはなかった。しかし、人に何と言われてもかまわない。このみっともない自分に冷たい水をかけ、目をさまさせるにはこれしかないと思ったのだ。一〇日後、私は家に帰った。案の定、母は動転し、父は怒って口もきいてはくれなかった。しかし私の決心は変わらず、思いきって母に「転校したい」ときりだした。一〇日間も家出をして心配をかけた上に、今度は転校などと私はどんなに親不孝者であろうか。学校の担任の先生もいろいろな言葉で私を説き伏せようとするのだが、私は頑として思いを変えなかった。しかし、母は私をわかってくれた。苦しそうにうなずいてくれたのだ。

ちょうどそのころ、母の知人が知っている京都の修学旅行専門の旅館で、フロントの電話番に若い女の子を探している、という話がもちあがってきた。家出して泊まった場所がその近くであったことに驚いた。が、とにかく私は、わらをもつかむような気持ちでそこに行くことにした。編入試験の時期を逸した私は、そこで働いて次の年を待つことになったが、それはたいした問題ではなかった。母や妹たちと別れて暮らすのはつらく、家庭内の問題に今度は妹たちが直面することを考えると、私は逃げるようにして家を出る自分の情けなさを心からわびた。しかし私は、勇気をだして京都に向かった。

京都の旅館で働く

一年間私は働き通した。電話番といっても要するに雑用で、朝から晩まで皿洗い、蒲団敷き、何でもやった。私自身よくわからないのだが、私には〝ひとり〟ということに無関心なところがあるらしい。京都に行ってからよく人に「淋しくない?」と聞かれてとまどってしまった自分を覚えている。

しかし、じっさい淋しさなんて感じる暇のないほど私は気負っていたのだった。給料はスズメの涙ほどで、日曜日さえもなかったが、はじめのうちは何の不自由も感じなかった。ただ苦痛だったのは、周囲があまりにも大人ばかりだったことである。欺瞞が公然と日常の些事としてまかり通っているのを見た時、私はいいようのないいらだちと、その俗悪さに顔をそむけたくなるような暗い気持ちに陥った。

早く学校に行きたいと待ち望みながら一年が過ぎ、晴れて私は京都府立鴨沂高校の三年生となった。単身で田舎から出てきていたため、旅館の社長さんには並々ならぬご苦労をおかけした。それに対して私は労働でしか報いることができない。それに私は旅館の人たちにかわいがられていて、たとえ雑用ではあっても人出不足の折でもあり、準従業員としての暗黙の期待がかけられていることを感じていたから、学校が始まってからも私の仕事はつづいた。

学校から帰って四時半から夜一〇時まで、忙しい時は一二時をまわることもあった。仕事がすんでほてるからだで部屋に帰ると、しばしば私は、ここで何をしているのだろう、何で働かなければならないのだろうと、二度と口にすまいと誓った言葉をつぶやいて妙にむなしくなる時があった。しかし、いやだいやだと思ってはいても、私がいなければ他の誰かが私の分もよけいに働くことになると思えばつらかったし、皿洗いをする時は洗うお皿が減っていくのが楽しくて、ついわれを忘れてしまい、お膳をはこぶ時は山と積まれたお膳が調理場から消えていくのが楽しくて夢中になってしまうというふうに、私はもともと鈍で楽観的にできているんだなあ、と一人で笑ってしまった時もある。

学校はほんとうに楽しかった。からだがつらくて遅刻をした日もあったが、これほど行きたいという気持ちで学校に通った時がいままでに果たしてあっただろうか。それは、大人とつきあう時間から少しでものがれ、自分が学生として伸び伸びと勉強やおしゃべりをする時間をつくりたい、ということもあったが、それよりも何よりも学校自体が私にとってたいへん魅力ある、鮮烈なものとして映ったからであった。

鴨沂高校は非常に民主的な学校であった。制度上にはまだまだ問題点が残されているにちがいないのだが、制服がなく、上ばきをはく必要もなく、普通科・商業科がいっしょになったミックス・ホームルーム、生徒の自主性を考えた独自のカリキュラムがしかれていた。田舎の高校しか知らない私は、すべてに面くらってしまった。受験戦争の束縛もないそのリベラルな空気の中で、生徒は自由にものを言い、その内容も意識の高いものとして私には映った。

私は転校生として特別視されていては、学校に打ちとけることができないと思い、積極的に友人たちに話しかけていった。一学期に演劇コンクールがあり、全クラスが競い合うのだが、私のクラスは「三年寝太郎」を演じることに決まった。しかし練習をすすめるうちに、おばあさん役の女の子が突然、方言がむずかしいからやめる、と言いだした。そこで配役の割り当てをめぐって討論が始まったが、容易にまとまらない。私は思いきって手をあげた。結局、私がかわっておばあさん役を演じることになったのだが、私は嬉しかった。転校してきてほんのわずかな時間のうちにみなと仲良くなれたのだ。無事にコンクールもすみ、私のクラスは学年で一番だった。

祖国・朝鮮の再発見

ところで、この鴨沂高校に編入して一ヵ月もたたないころのことであった。私にとって思いがけぬ出来事が起こった。私は毎朝市電に乗って学校に通っていたが、その市電に、ある朝一〇人あまりの朝鮮高校の女生徒たちが乗ってきた。彼女らは民族衣装のチョゴリを着、大声で朝鮮語をしゃべっている。その言葉は耳のどこかずっと奥の方に残っていたおじいさんのしゃべっていた言葉であり、父母がけんかをした時に思わず出てしまった父の言葉、母の言葉であった。私はたじろいだ。彼女らは疑いなく朝鮮人なのである。しかし、恥ずかしくはないのであろうか。すぐに朝鮮人とわかるような民族衣装を着て、すぐに朝鮮人とわかるような朝鮮語をあんなに大きな声でしゃべって……。私は胸をずんと何かに打たれたような気がして、同時にまっ赤になってしまい、下車駅を知らせる「荒神口」の声を聞くと、逃げるようにして降りてしまった。

彼女らはどうしてあんなに勇ましいのだろう。平然としていられるのだろう、いやどうして朝鮮人であることがあんなに自然なのであろう――。一日中どきどきしながら、それらのことを考えていた。ところで、この私はどうだ。ただ隠せ、隠せと、そして朝鮮人であることを絶対認められぬものとして自分に言いきかせてきたこの私は、どうだ――。

無意識に、長いあいだ切り捨てようともがきつづけてきた問題が、意外な出来事に点火されて思わぬはやさで燃え広がっていく。衝撃であった。その日以来私は、一日たりとも朝鮮という言葉を思い起こさずには過ごせなくなった。日本史の先生に話を聞いて本を読み始めた。日本史は、中間・期末の考査に、生徒自身の選択でレポートと筆記試験のどちらかをとれたので、私は一年間を通じてのテーマを「朝鮮」にしぼってレポートを書くことにし、そのつど先生に批評をいただいた。読む本すべてがそうであったが、とくに『朝鮮人強制連行の記録』を読んだ時は、時間がたつのもわからず、気がついたら朝で、泣き出したいのをこらえながら学校に行ったことを覚えている。そして、その虐げられた事実を知れば知るほど、私は朝鮮を何か身近に感じ、父をそれまでとは違った別なところで身近に思うのだった。

本はいくらあっても足りなかった。時間も惜しかった。かといってこの旅館をやめたら食べてはいけないし、お世話になっていることを考えると給料の不満も言いだしにくかった。私は田舎からもって来た本を片っ端から売り始め、本棚がからになると本棚を売り、はては整理ダンスまで売るという状態になっていった。河原町三条にある古本屋さんにはいまでも私の本が置いてあるだろうか、なつかしく思う。本を売った次の朝は妙にさみしく、学校に行く途中にある喫茶店に入り、本を売ったお金でコーヒーを飲んで、学校が始まるまでボケッとしていた私だった。

日本史の先生と話をするのは、昼休みや仕事が始まるまでの放課後に限られていたので、よく手紙を書いた。一学期の私のレポートは、どうしても感情的なレベルを脱しえなかった。なぜなら、私の前に提示される日本と朝鮮の歴史は、まさに抑圧と被抑圧の歴史であり、非条理な帝国主義の侵略とそれに対する果敢な朝鮮民族の抵抗史、血史であった。不法な侵略戦争をもってこの日本は肥え太り、現在にいたってもまだその野心達成のために粉飾をこらして侵略しつづけている。私はただ、これらの事実に覚える憤りを、レポートに次々と書いていったのである。

しかし、朝鮮人が朝鮮人としての主体性をもつということは〝されてきた〟という被害者の立場のみにとらわれて皮相的に歴史を見、怨念のみを醸成するという思考・行為からはけっして生まれてはこない。私が朝鮮人であり、しかも在日する朝鮮人二世であるという客観的な状況をつくりだしたその原因と、この日本社会にあって以後私がどう生きて行くべきなのかという、自分の位置に対する認識とともに未来に向かう一つの方向性、あるいは展望を志向していくという態度によってのみ、歴史的事実は刻明に、また鮮明によみがえるのである。このことは現時点においても私の課題とする最大の問題であり、いつでも点検されねばならない問題であると思う。

その夏、私は京都に来て一年半ぶりにはじめての休みをもらった。そして田舎に帰り、久しぶりにくつろいだあと、その足で東京に出て高文研を訪ねた。『月刊・考える高校生』は政経の先生に教えていただいた新聞で、その中に書かれている高校生たちの真摯な姿勢や問題提起に私は何度か心を打たれていた。そして、そのあと八王子市の市役所を訪問し、『日本の中の朝鮮文化』に書かれてある武蔵野地域をまわってみたいのでパンフレットをください、と申し出ると、意外にも係の人が親切に車で一帯を案内してくださり、有意義な休みを過ごして京都に帰った。

京都に帰ると私は一大奮起して『日本帝国主義の朝鮮支配』（朴慶植）をノートを片手に読み始めた。そして九月一日を機に、五〇年前の関東大震災時における朝鮮人大虐殺に関してのレポートをその序文とし、二学期のレポートを「韓日強制併合」を中心に書きすすめていった。

二学期、政経の授業は一学期に引きつづき、差別問題を取り扱っていたが、その中で先生が、〝北鮮〟という言葉を使ったことがあった。明らかに朝鮮に対する蔑称である。この言葉を日本人が平然と使うことはたとえ無意識であろうとも朝鮮人に対する差別意識を日常的に温存している証左にほかならない。私は先生に一言「訂正してください」と言ったことがある。また日本史の先生にも「ただ事実の羅列ではなく、たとえば江華島侵略であれば、その侵略性・不法性をもっと説いてほしい」と言ったこともあった。

貪欲に生きぬく決意

知りたいことは次から次に、読みたい本も次から次へと出てくる。私はとうにあきらめていた大学進学を考え始めた。先生方もすすめてくださるのだが、私には大きな問題が妨げとなっていた。だいいち、大学に入るには旅館をやめなければならない。はたしてやめることができるのだろうか。私が労働で報いたと思ってはいても、旅館の方では私が卒業したら従業員として働くことを当然のこととして受けとっている。それに私自身、私がいなくなったら、そのために誰かに余計な負担がかかるであろうことを思うと心苦しかった。

状況は簡単に大学進学を許すものではなかった。このまま〝よい子〟として旅館に残るか、それとも恥知らず、恩知らず、と言われても大学をめざして東京に出て行くか、まさに私は分岐点に立たされていたのである。それにそのころ、父母の裁判は解決する見込みもなく、ますます混沌とした状態にあり、妹が父母の間にあって私のかわりにさまざまな心労を強いられていることを思うと、私が早く帰って父と和解しなければならない、という事情もあった。

二月の寒い日、私は再び高文研のドアをたたいた。事情を話しながら私は、自分の気持ちを整理していたようだ。そして高文研の人たちに励まされて京都に帰った。

卒業式をすませて、私は京都をひきはらった。気持ちよく旅館の人たちが送り出してくれるはずはなかった。私の恥知らずをおこっているにちがいない。しかし私も悲しかった。

東京に来て一年、あわただしい毎日であった。父との和解に始まり、京都時代にためられていた問題がどっと押しよせてきたようだった。そして、受験の準備をする一方、私はある雑誌の事務所を訪れ、そこで朝鮮語を教えてもらいながら、多くの同胞たちと知り合うことができた。今春、早稲田大学の社会科学部（二部）に入り、家庭教師その他のアルバイトで生計を立てる一方、同胞の学生たちと母国語や歴史を学びながら祖国の情勢にたえず目を向け、討論を重ねることによって意識を高めあおうとしている。自分のあり方を、朝鮮人としての生き方を模索していたあのころの延長線上に、たしかにいま、私はいるのである。

ある日の時点で朝鮮名を名乗ることは、それ自体が日本総体に向けての挑戦的行為であり、自分自身に向けてのそれでもある。しかしそれだけにはね返ってくるものも大きく、それはたいてい否定的なかたちをもって迫ってくるというのがじっさいである。そして、それを受けとめるのが、ほかならぬ自分自身だということは、どれほどの複雑な葛藤と紆余曲折を強いるものであろうか。だから、痛いところに触れられまいとして朝鮮人であることを隠しながら生きる者もあれば、真剣に考えれば考えるほど、その苦しさに淪落の道を行く者もあろう。私はそれらの生き方を非難しない。いや、できないのだ。なぜなら時折、なぜこうも朝鮮人ということにこだわらねばならないのかと、消沈してしまう自分がある。胸をはることが苦しい時がある。自分の歩いている方向があまりにも迷路のようで解答がないような、漠としたものを感じるからである。

しかし、そのように不安と混迷の中にあっても、私は、在日朝鮮人の抑圧状況が不本意に引き起こされているという事実を、自分の軟弱さをもって許し、助長させるわけにはいかないのだ。容易に生きることを許さぬ矛盾が日常にはびこっている事実を、黙過してはいけないと思うのだ。日本という日常性の中にどっぷりとくみこまれ、祖国の棄民・愚民化政策と、そして日本の管理・抑圧政策によって巧みにつくりあげられた同化政策は、在日朝鮮人の民族的自覚と未来への志向を抹殺し、人間本来に保障されるべき生活をも消しさろうとするところに、その明白な意図が存在することを知らなければならない。いったいこれが屈辱以外の何であろうか。

ひらひらとは決して生きまい。何かが見えてくるまで貪欲に生きてやろうと思うのだ。在日朝鮮人の一女性として——。

編集者への手紙

※ここへ収めた手紙は、李良枝の最初の「群像」担当編集者（のち同誌編集長）である天野敬子氏へ宛てた数々の手紙の中から、動向と心境があらわれているもの、及び『石の聲』へ言及しているものを編集部が選択し、掲載しました。すべて手書き、ルビや（）内の注記は本人によるものです。なお掲載にあたっては、明らかな誤字は訂正し、プライバシーに関する部分等は省略しました。（編集部）

※一九八二年十一月八日　二十七歳　「ナビ・タリョン」が「群像」八二年十一月号（十月発売）に掲載される。文中の「除籍謄本」は『李良枝全集』に収録、「花田先生」は批評家・花田清輝氏、「辻さん」は当時の「群像」編集長でのちの作家・辻章氏。文章末の「양지」は「良枝」。

前略

天野さま、お元気でしょうか。

お忙しいことでしょうね。

私は無事ソウルについて、以前いた下宿にお世話になり、踊りと伽倻琴の稽古を始めました。

あの夜、私、ご迷惑をかけたのでしょうね。朝起きたら身体中にあざをつくっていました。それでも部屋にたどりついていて、目が醒めるからにくらしいものです。ああ、きっと神さまがヤンジを助けてくださっているのだと急いで支度して成田に行き、九時の便に乗りました。涙がでてこまりました。すごく迷惑をかけていたらごめんなさい、ほんとに。

今、僧舞という踊りでプクという太鼓の稽古をしています。お坊さんがプクを叩いて煩悩をプク、解いていくという場面です。プクの音はすてきです。それに、伽倻琴併唱は沈清伝というパンソリの杵つきの歌の部分を習っていて、前々から歌ってみたいと思っていたものなので、踊りも歌も楽しく、毎日、叱られたり怒鳴られたり、私にはいい状態です。

今日、同封したのは、こちらに来て、夜、少しずつ書いたものです。予定していた「かずきめ」という作品は、今の私にはちょっとシンドイので思いついてこの「除籍謄本」を書き始めたという次第。

誤字があったら、ご勘弁下さい。

文章も大目にみてあげて下さい。

私はまだ小説の方法というものをよく知らないので、思いつきとカンでしか書くことができません。でも私のいいたいこと、やはり書いておきたく。稽古で充実しているはずなのに、こんなことをしている自分がわからなくなることもあって、まっどうでもいいけど、インゴウな性格だな、とため息をついているわけなのです。

昨夜、メッチュウ（ビールのこと）とソウジュ（焼酎）のカクテル、即ちソウメを飲んで気持ちよく誰にも迷惑かけずに眠りました。昨夜はいい子だった。ほんとに。それでも今、ちょっと頭が痛い。でもこのまま郵便局に行きます。汚い原稿のままでごめんなさい。仕事のあい間に読んでみて下さい。

シンコクなことを明るいことばで書いてみよう、と思いたって書いた、というのが動機です。

私、二十五、六日に日本に帰ります。

辻さん、天野さんにステキなお土産を考えてます。楽しみにしていて下さいね。

では、お身体にお気をつけて、今日はこの辺で。

辻編集長どのによろしくお伝え下さい。

十一月八日　　　　ヤンジ

追伸

「ナビ・タリョン」を書いたせいか、韓国――ウリナラ――の風景が素直に見られるのです。

前は、いちいち、演説したくなったり、心の中で怒鳴ったり、一体、どうしてそうなの、アヤマチはくりかえしてはいけません、と一所懸命いかってました。でも今度は違うのです。風景をすんなりと受け入れてる。「そうどっかあ、ほんまやねえ」という感じ。よくよく考えてみればウリナラに緊張しなくなったということかもしれませんし、誰かの言葉をかりれば、ウリナラに自分のひげ根を生やし始めた、ということかもしれません。

（ヤンジのひげは長いかな、短いかな）

辻どのが、こうおっしゃってました。

「ナビ・タリョン」を否定的媒介（体）として云々。

多分、花田先生の引用でしょうけど、否定的媒介というのは時間がかかる作業のようです。だって、私も、みんなも息をして、生きているんですから。それぞれが実に個性的な息づかいで――。

頭が痛いのでこの辺で失礼します。

양지

※一九八三年十月七日　二十八歳　「あにごぜ」が「群像」八三年十二月号（十一月発売）に掲載される。「和子」は「あにごぜ」の語り手の姉の名。

天野さん、お変わりありませんか？

ソウルは急に寒くなって、五度、六度という日が続いています。

私は元気。日本では想像もつかない日課をこなしています。予定していた延世大学の語学研究所はやはり入学を認めてもらえず（二週間近く遅くなっていたので）、ＬＡＴＴ学院というところに通っています。でもこちらの方でよかった。在日同胞は一人もいず、五人編成の私のクラスは、アイルランド、アメリカ、フィリッピン、シンガポールからやって来ている人たちで英語か韓国語以外はいっさい話すことがありません。

驚くべき（ちょっと大げさですが）日課です。

朝六時半起床。七時半から八時半まで英語のレッスン、十時から十一時半まで踊り、午後一時半から五時まで韓国語のレッスン、六時から七時すぎまで伽倻琴の稽古というふうです。

教授になる道も大変だ。この〈生活〉のためにお酒は飲んでいません。でも今日は金曜日、明日授業はないので飲みます。絶対に飲むつもりです。今、英語のレッスンが終わり、踊りの稽古に行く途中、喫茶店でこの手紙を書いています。

二十二日、土曜日に伽倻琴の大会に出場することになりました。知っている曲を弾くのでまだ少しは安心ですが、長い間、先生の前できちんと稽古してこなかったせいで、ぎこちなく、ダメです。ひどくダメだと思う。でもとにかくやってみようと思っています。

天野さん、実はお願いがあります。

「どうしても必要なんだ、でないと死んでしまうんだ」という和子の心境です。原稿料送って下さい。「あにごぜ」に対する思いはいろいろ複雑で、原稿料をいただく、ということ自体、嫌悪を感じるのですが、こう書くと、またいろいろ複雑な気持ちになるわけで、メビウスの環。何日も迷ったのです。迷った上でのお願いです。書くことがお金になるってどういうことなんだろう。私がいらないって言ってもいつかはくれるわけでしょ。いつかくれるものはもらわなくちゃどうするんだろう。和子だったら、ケンキンして下さい、と言うと思う。どうかしら、ケンキンしてもらえませんか。


来年三月末までのビザを取りました。パスポートのきりかえは四月までにすることになっているので、一度は帰らなければなりませんが、その時は一時帰国の申請書をお願いすることになると思います。勉強や稽古の都合をみて、ひょっとしたら、年が明けて帰ることになるかもしれません。

では今日はこの辺で。辻さんによろしく。

十月七日

李良枝

天野さまへ

※一九八四年八月二十八日　二十九歳　「福田氏」は講談社の書籍担当編集者、「さかちゃん」は実妹・李栄氏《イヨン》。「서울」はソウル、「「해녀」（海女）の題で出ていた単行本」は『かずきめ』韓国語版。文章末の「양지올림」は「良枝より」。

天野さん、お元気でしょうか。

無事到着しました。서울は着いた時からずっと雨です。今日、火曜日も雨……「影絵の向こう」も雨。

雨のせいかどうか、よくわからないけれど、서울でのでだしは、思ったより順調です。「刻」の翻訳は、こちらの二百字原稿用紙で五四四枚になったそうです。それで、〈文芸中央〉一挙掲載は無理なので、単行本に作ることになりました。一本だけではさみしいので「影絵」の発表を待つとのこと。〈文芸中央〉の編集長、副編集長、それから金澄子氏。一緒に話をしたのですが、大変評価して下さり、過去の三つの作品に比べて、〝格段〟にすばらしい作品だ、とほめて下さいました。翻訳者は、李文熙さんというこちらの大家らしく、ご本人も私にとにかく会って話をしてみたい、とおっしゃっているとのことです。

「部分、部分で刺激的なところは問題はありませんか？」と私。

「あくまでも文学として読まなければならないものです」と編集長。

「民族と国家をこえられるのは、高度なヒューマニズムと、コスモポリタニズムであって、서울はそういう問題意識を養うには、いい場所にいる。これからも열심히（がんばって）作品を書いて下さい」

等々。本当にうれしい言葉をたくさん聞きました。

天野さん。韓国を見くびっちゃあいけねえ、って大声で言いたい。さすが、私の母国だって感じ。以前に、わらじという酒場で話したことがあるけれど、実に、一部分の知識人は、「世界意識」の尖端にいるのです。……これは「刻」をほめてもらったからというだけではなくて、そう思う。

あとはどんな白眼視にあっても、平気です。私の原稿に最初にかかわってくれた、天野さんや辻さんのように、こちらで最初に翻訳を読み、かかわってくれた人たちが、こういうふうにかまえて下さっているのなら、私としては、こわいものなしです。だってね、日本の新聞の切りぬきをもっていって、

「みな、民族の問題だとかにくくろうとしてしまうんだ」

というようなことを、ちょっと不満げに言ってみたら、みんな通じるの。

「イレレベント・コメントが많다（多い）」

と、ぼそりという感じで言ったのに、

「そうでしょう、多分、民族性の問題を書いているのだと言っているのでしょう」

と、すぐに返ってくる。

うれしいから、すぐ国際電話をしようと思ったけれど、何事か、と、私の声を聞くまでの数秒間の、天野さんの不安を思って、電話はしませんでした。

「影絵の向こう」は、もう少ししてから読み直してみるつもりです。今、闘志がわいていますよ。

さて、報告を二、三。

私の一学期の成績は、B^-で、指導教授の話によれば、母国留学生の初めの学期でB^-をとったというのは、今日までで私が最初だとのことです。これからもいい前例を作っていってほしい、と教授から励まされました。(何事も、歴史始まって以来初めてのこと、といわれるのは気持ちがいいですね。天野さんも、群像始まって以来初の女性編集長。照れるわけでも自慢しているわけでもなく、気持ちがいいことだ、と素直に言います)

それから、こちらで「해녀」(海女)の題で出ていた単行本が、再版されて、今現在で一万七千部、印紙を今日も渡すことになっているので、今週中には二万部になるだろうと

いうことです。

五冊送りました。（サインは、冬休みに日本で。）一冊を金石範先生に。それから福田氏に。

양지は、お金持ちです。三ヶ月ぐらいは父の送金なしで暮していけます。親孝行がようやく三ヶ月だけできそうです。さかちゃんに威張って国際電話をしたら、「あっそう」の一言でした。「タカリ魔」の美名もなつかしい気がしました。

二学期は、木曜、土曜（それから日曜はもちろん）が授業がない日です。「影絵」はその三日をつかって仕上げるつもりです。

書いて……もちろん小説のことですが、小説を書いて本当によかったと思う。一学期は、それで、いろんなウリナラを見たけれど、二学期もそのおかげで、意外な、（意外なと思うこと自体失礼な気がしました）ウリナラに出会えたわけです。在日の現在が、どれだけ屈折したものであるか、まあ、このことはこれからますます身にしみてくることなのだろうけれど、〝土着〟に対するコンプレックスや相反した感情などもふくめて、決して〝おせっかい〟におちいらずに、よくまた考えてみたい、そんなことを思っています。そして、こういうこともみな、「時間の恩恵」。〈みにくいアヒルの子〉の結末は実は、このことにあったのでした……そうですよね。

今日はこの辺で。辻さんにくれぐれもよろしく。

八月二十八日　양지올림

※一九八四年十月三十日　二十九歳　この年の九月、ソウル大学で当局によるスパイ事件が発覚、真相解明を求めた複数の学生が除籍処分となり、抗議運動が起こる。十月には学生による試験ボイコットに発展、騒動の拡大を恐れた当局は学内に延べ数千人に及ぶ警察官を投入した。

天野さん、お変わりありませんか。

私は元気。서울は、冷たくて、かたい風が吹いています。

中間テストは終わりました。私は、学生たちと一緒に行動することに決め、試験拒否……で四日間、部屋にいて、原稿を見ていました。0点処置にする、というオドシがかかったり、三日目には、歴史的事件ともいえる校内警察投入もあったりで、拒否を決定した学生たちの中で分裂がおこり、何人かは試験を受けたようです。私はあくまで決定したことなので学校には行きませんでした。学生たちの主張に同調したのではなく、あくまで、普段、ノートをかしてくれたり韓国語を教えてくれる学生たちとの、今後三年間のつき合いを考えた上でとった行動でした。先生の間では、イヤンジとしたら軽はずみだったとか、付和雷同だとか、立場をもっと考えなさい、だとか、いろいろな意見があるようですが、私は何の後悔もしていません。もし私が試験場に入ることで他の学生に引火する役割をすることになったりでもしたら、もっと心が痛いはずで、試験を受けても受けなくても後味は悪い、と思ったのでした。

むずかしいことです。フタを開けてみなければわからない。私は結局受けなかったけれど、私が引火しなくても、途中で臆病になって受けた生徒がいるわけだし、それに、0点処置はオドシにすぎず、再試験、或いはレポート提出で中間テストにかえる、という学校側の発表があったりで……ま、とにかく、今回の私の行動はしばらく時間がたってから、その意味がとわれることになるでしょう。

(十人ぐらい試験場に学生がいたら、そういう科目は試験を受けようかな、とも思ったけれど、機会主義も後味がわるいから、やめました)

ところで、その四日間、そして今日に至るまで、私は原稿を見直していましたが、結論を先にいうと、今回の「影絵」は、十二月末、私が日本に戻る時までに、二稿目のだいたいを終えて、冬休みに日本で仕上げる、ということに決めました。

全く、今、二週間でも外に出なくていい、レポートも書かなくていい、という時間があればいいのに、と思っているところです。

今回の四日間の試験拒否、もともと決断力が弱い私が、あっさりと決定し得たとは、天野さんも思わないでしょう。大変な動揺で、暗くて、不安で、何ともいえない感じだった。こんな現実の中で、「影絵」なんて一体何だ、とさえ思いました。甘えんぼうの感傷だ、とまで考え、「刻」の百八十三枚みたいにやぶってしまいたくもなった。けれど、もう一方で、「影絵」の持つ、おだやかさ、だとか、静かな出だしの感じ、とかが、いとおしく、こんな現実で、こんなにもさわがしいから、私は、だからこそ「影絵」が好きだし、書きたい、いえ、書かなくてはいけないのだ、とも思っていました。

作品には、自信を持ちました。四日間の成果です。

今、やはり思うのですが、初稿ともいえる第二稿は、日本で仕上げたいと思う。完成原稿は直接天野さんや辻さんに会った上で、話したり、二人の顔を見たり声を聞いて書き上げ、直接指摘を受けたい、と思います。二ヶ月もたてば、こんどの私の行動の整理もできていることだし……。

近況報告は以上です。「刻」の刷出しは福田さんに送りました。金先生にも相談して下さい、と手紙に書きそえました。よろしく。

十月三十日　양지올림

※一九八五年十月二十八日　三十歳　「鳶色の午後」が「群像」八五年十一月号（十月発売）に掲載される。

天野さん、お元気でしょうか。

中間試験が、ようやく終わりました。天野さんは今一番忙しい時だと思いますが、この手紙が着くころは校了も終わっているでしょうね。

単なる近況報告です。久し振りに手紙を書くので、ちょっと変な気持ち。かたくならずに伝えたいな、と思っていることを書いてみます。

私としては、やはり「鳶色の午後」で、いったんお休みしようと思う。長いものを書こうと思う。まず伝えたいのはこのことです。最近つくづく思うのだけれど、三十歳そこらで〝作家〟といわれること（いわれていること）が、はずかしくてたまらない。たとえば、〝書く自分〟のことを書いている人の文章を読むと、生理反応として嘔吐感がこみあげてきます。これも武装の一種かと思ってもみるのですが、ダメです。他人事とわりきることもできない。〝作家〟のなにがエラいのか、何がこうもエラくさせているのか、人間的な実在の方はどうなっているんだろう、エラいから人間的実在は不問になるのかしら、等々、私にとっては以前から全く解決できないまま残っている疑問までがわきおこります。

漢文の勉強をしているうちに、中庸の〝莫見乎穏　莫顯乎微〟という言葉に出会いました。文学ってこういうことなんだ、と思いました。

もちろん、その時、その場、その環境でしか書けないものとして、生きることと文学作品は、直結せざるを得ないけれど、ヴァレリーも言ったように、真に文学的動機で書き続けることなど、絶対にできないし、ウソになる話なのだろうと思う。

〝作家〟と呼ばれることの気持よさは、私のようなチビには毒です。いい意味での負担感から責任感ということももちろん考えられるでしょうけれど、真の〝作家〟は、そんな呼称などないところで、自分をためし、修身の難しさを痛感し、理想をみがくものだろうと思います。

匿名にはもうなれないけれど、一年に必ず一つか二つを発表する、などという、コセコセした発想をまずやめていくのが匿名（今の私にとって）志向の一つの方法だと思っている。

今回の「鳶色の午後」は、「刻」の時以上にさかちゃんが反応してくれ、長文の手紙をくれ、あの二人の兄の同じ妹だということを確認できました。私にとってはすばらしいことです。このさかちゃんの手紙だけでもういい、と思っているし、あと何をどう言われても構わない。時間的には発表するのに遅くも早くもなかった。これでいいのです。

冬休みは、大学院生を中心にして毎週何回か集まりを持つことになっている漢文の勉強会と、それから踊りを中心にして、過ごそうと思っています。その間に済州島に行ったり調べ物をしたりして、ノートを作っていこうという予定です。この間の電話ではフランス、なんて口ばしったけれど、それは全くの未定。勉強がやはり第一です。本音として私は外国にあまり行きたいと思っていません。（ドスト翁みたいに、私も三十七、八で初めてノートルダムを見ることになるのかもしれない。）

天野さん、これからもよろしく。作品は滞っても、いろいろと相談にのって下さい。

私は元気です。大丈夫です。

また連絡します。

十月二十八日　李良枝

※一九八六年八月？　三十一歳　「中上氏」は作家・中上健次氏、「川村氏」は文芸評論家・川村湊氏、「ミンジャ（敏子）さん」はソウルの出版社・三神閣《サムシンカク》（後・三信閣）社長・李《イ》敏《ミン》子《ジャ》氏。韓国語版『来意《ネエウイ》』が同社より刊行。「水甕」は「青色の風」とタイトルを変え、「群像」八六年十二月号（十一月発売）に掲載される。

天野さん、

こちらで本が出ましたのでお送りします。

中上氏、川村氏、解説のことではお世話になりました。ミンジャ（敏子）さんからも、くれぐれもよろしく、とのことです。

川村氏にはミンジャさんが数冊送ったようです。

出て一週間ですが、評判はなかなかのようらしく、ラジオ、テレビ等々ですでに何度も紹介され、雑誌の類いからインタビューの依頼もいくつかあり、わたしとしてはマスコミには出たい気持ち全くないのですが、ミンジャさんの会社のためを思い、とにかく本中心の話題なら、とまず断りをして、しばらくまた、タレントっぽい生活をしそうな感じです。

でも昔とは違い、そういうことが少し平気になったというか、大してわたし自身はどきどきしたり不安になったりしていないというか……、大人になったのか、それともスレたのか、人とのあいさつ、人との対面、(長時間はどうかと思うけれど)平気になりました。

「水甕」——。

約百枚ほどにしぼる予定です。

登場人物をふやそうと思ったけれど、今の私には手にあまる仕事のようです。分を知って、分なりの問題提起をする——、決してちぢこまることではないと思っているのでとにかく、やりとげるつもりです。

八月三十一日に日本に行きます。九月一日に会って下さい。

ではまた。

ヤンジ

※一九八七年日付不明（二月か三月？）三十二歳？　エッセイ「巫俗伝統舞踊 멋（モッ）の息吹」が「アサヒグラフ」増刊（八七年四月一日号）に掲載される。

天野様
お元気ですか。

御宿に来て、何と4kg近く、太りました。空気もよく、食事がおいしく、それに母のところにいるということが全く無理ないこととして受け入れられる心の方にも理由がありそうです。このからだの重たさでは踊れません。書くしかないみたいです。

朝日グラフに渡した原稿のコピーをお送りします。これ一部しかないので保管しておいて下さい。

（今の作品、一応「碧落」としてありますが、題へのこだわりはなく、あとで考えなおす気持ちでいます。）

書きたい内容が、通じているので、読んでおいていただこう、と思いました。この原稿ではとり上げていませんが、あの日、二月一日に四番目に踊ったイプチュム、という踊りをおぼえていらっしゃいますか。後半部の跳舞のところでソゴという小さな太鼓を持って踊ったものです。豊年の祈りがこめられた踊りですが、あのイプチュムをヒントにして考えた作品を今、書こうとしているのです。サルプリ、僧舞ともども〈巫〉を基底にしている意味では、お送りする原稿の中で言っていることはイプチュムにもあてはまります。

この思いを作品にすることができるかどうか。

踊ることと書くことは、心の究極は同じと思えますが、構えは全く違うのですね。電話で話した日ぐらいから、ようやく構えができたみたい。出だしを書き直し始めていますから安心して下さい。

また連絡します。

양지

※一九八八年四月　三十三歳　この年、ソウル大学国語国文学科を卒業し、梨花女子大学舞踊学科大学院に研究生として通い始める。「群像」八六年十二月号（十一月発売）掲載の「青色の風」の後、「群像」八八年十一月号（十月発売）の「由熙《ユヒ》」まで、約二年間の〝小説空白期間〟。

天野さま

お手紙ありがとうございました。

梨花大舞踊科に通い始めて二ヶ月近くが経ち、この間《かん》、何度か連絡しようと思いたってはいたのですが、今日まで連絡できずじまいでした。ご無沙汰、お許し下さい。

週に五日間、午前中は稽古をし、授業は週に二回、梨花大での生活は今はこれ以上どう報告したらいいかわからないのですが、ソウル大に入った頃とはかなり違った感じのカルチャ・ショックにやられてしまいました。ショックの内容についても、今はうまく説明できないのですが、でも、全体としては元気です。ウリナラの文化は女性の文化だ、と漠然とですが感じ始めてきた私にとっては、女性ばかりの梨花大は、踊りとは離れたところでもなかなか興味のあるところです。この女性の文化、というのは、まただ説明の必要なことのようですが、このことについては、いつかお話ししたいと思います。

さて、天野さん。

お手紙をいただいて、いろいろと考えさせられました。そしてそれは、この間《かん》、天野さんに連絡できずにいた理由とも重なるような気がしますので、今日はちょっと勇気を出して、自分の思いを書いてみたいと思います。

天野さん、

もしかして、天野さんは誤解なさっているのではないかしら、とそんな気がしきりにしてなりません。

誤解の大きな原因は私の方にあるはずです。

何よりもいままで書いてきたものが「作品以前」の段階のものだったということで、私には、この誤解という言葉を口にすることすらためらわれるような思いも実はあります。

けれども、「小説（書くこと）のところに帰ってくる」とお手紙にはありましたが、今の私、いえソウル大に通い、日本よりもソウルでの生活を選んできた私が小説から遠ざかっている、遠ざかろうとしている、と思われているのだと思うと、少し辛くなります。

私にとっての舞踊を、小説から逃げているだとか、小説との距離という風に、もし天野さんが考えていらっしゃるのだとすれば、それは誤解です、と直截に言わなければならないような気がします。

このウリナラは、私にとって必要です。
ウリナラを私は手離すことができません。そして踊りはウリナラです。私、私、と連発するのは気がひけますが、私は私にもっとこだわるために、まだまだこの場所から離れることはできないのです。

作家という呼び名は私という存在の属性以上のもの、部分的で転職できる類いのものでは決してない、存在そのものの呼称として作家という呼び名を考えるとしたなら、私というこのからだ、この視線、仕草、すべてが作家の内容となるのではないでしょうか。だとしたなら、作家が示すどんな態度も行動も、作品に向かってのことだと言えるはずであろう、と思えてならないのです。

天野さん、
私は、小説から離れているように見える生活をしているからこそ、自分がよけいに小説に近づいている、とそんなことをよく考えます。よく感じます。

昨年は、作品に失敗していたせいで、天野さんがおっしゃっていた「モラトリアム」だとか、他のそれに似た類いの言葉が心にグサリ、という感じで、かなりおちこんでいました。

言われてもしかたがないような作品しか書けていなかったのですから、私には返す言葉がありませんでした。天野さんのおっしゃっていることがよくわかり、何よりも正しいことだったので、焦り、怯えもしながら、本意ではない言葉も吐いていたような気がします。けれども何かさっぱりとしない、何か思いがきちんと通じていない、と、どう言ったらよいのかわからないけれど、胸の奥に釈然としないものが残っていたのは事実でした。

天野さん、
待っていて下さい。

遅々としている日々に苛立っているのは他の誰でもない、この私自身です。
具体的な作品に向かってあまりにも遅々としていて、遠回りをしているような自分の生き方に呆れもしながら、けれども同時にその遅々とした日々の一瞬ごと、一こまごとに、自分の作家としてのあり方、感じ方、消化の仕方を試され、そんな自分を睨みつけているのも、やはり他の誰でもない、この私自身です。

作家にとってムダなことは何一つないんだ、と言った武田泰淳先生の言葉が身にしみます。この言葉に励まされ、この言葉の確かさに少しずつ気づき始めてもいます。

今の私は、舞踊科に通っている大学院研究生でありながら、そういう立場以上にこの泰淳先生の言葉を胸に刻んでいる作家としての自分の方がもっと大きい、と言ったら思いは伝わるでしょうか。天野さん、うまく表現できません。ますます誤解され、そればかりか、生意気だ、なんて思われでもしたらどうしよう、と心配です。

ただ一言、作品をいつか持っていきますから是非読んで下さい、待っていて下さいとだけ書けばよかったものを、と、この手紙自体を後悔するようなことがなければ、と思っています。


書きたかったことがもっと沢山あったはずなのですが、やはり作家は作品を通して語るのだ、という根本的なあり方に行きつくようです。

誤解という言葉が大げさだったようにも思えてきました。

書くことから遠ざかっている、とは思ってもいないし、ウリナラにいて、ウリナラのかぎとも言える舞踊をしていることが、決して書く人間としての視点をおざなりにしたものだ、とも考えられない私自身の（作家としての）力量は、やはり書いたものでしかあらわれないはずですから、天野さん、待っていて下さい。

心からお願いします。

夏休みに東京に行って連絡いたします。

天野さん、

お元気でいらして下さい。

今日はこの辺で。

乱文お許し下さい。

四月十九日

李良枝

※一九八八年十一月二十一日　三十三歳　「由熙」が「群像」八八年十一月号（十月発売）に掲載される。「時評のコピー」は「由熙」に関する新聞の文芸時評。

天野さん、
お元気でしょうか。

時評のコピー、すべて受けとりました。

ありがとうございます。

ソウルは、風はめっきりと冷たくなりましたが、よい天気が続いています。

先週十七日に大学院の試験の願書を提出し、十二月二日にある実技試験の準備をすすめている今日この頃です。

踊りは、金梅子《キムメジャ》教授が創作した「散調」という作品ですが、たとえ一分三十秒しか観てもらえないものとはいえ、私が慣れ、親しんできた息づかいや振りとは違うので、相当しんどい思いをしています。けれども、指導してくれる大学生がとてもやさしい子で、気をつかってくれているので、この学生のためにもしっかり踊ろう、とはりきっています。

古いもの、過去のもの、伝統、そういうものにやたらこだわるのは、ヒポコンデリに多い、といつかそんな記述を読んだ記憶がありますが、頭をからっぽにして、さまざまな踊りに接するということが、私にとっての大きな課題のようです。

頭もからっぽ、心もからっぽにして、自分自身の手で、自分の中の先入観やら〝正しさ〟に対する錯覚をうちくだき、あらゆる事柄に出会っていく……こんなことを言うと、踊りぐらいのことから何て大げさな、と笑われるかも知れませんが、真剣に考えているのです。人生の大問題だと思っているのです。

その、まるでお人形さんのようにかわいい大学院生との時間をすごしていて、ああ、こんなところにも世界はあったのだな、とはっとさせられる時がよくあります。つい少し前まで、踊りを大学でやっている、というそのことだけで、多分私は自分の中の〝正しさ〟によりかかり、その人そのものを見ようとする気持ちすら起こらなかったでしょう。〝正しさ〟信仰のために、梨花大に通っている自分自身の矛盾もいやで、やめる、やめない、の二つに一つ、のような発想から出ていくことができませんでした。

願書を出すまでも大変だったのです。

やはり、まだまだ若い、ということなのでしょう。

じっとしていれば、気づかないうちに、意外な世界が自分をふくめたある時間、ある空間の中にひそんでいたことに驚かされます。自分を放り出していれば、世界の方がやってくる、そんな感じにも似ています。

人は何を（たとえば感情、というものでもいい）どれだけ持っているか、ではなく、その中味をどれだけ知り、吟味できているか、そのことが大切なのだ、という人生問題を、梨花大の踊りを習う中で考えさせられているような感じです。

心をきたえる場所は本当に身近にあるものなのですね。

自分をとりまいている世界の大きさに感心しています。

また連絡します。

天野さん、

風邪には気をつけて。

十一月二十一日　ヤンジより

※一九八九年一月五日　三十三歳　「例の件」は「由熙」が第百回芥川賞候補作となったことを指す。これまで「ナビ・タリョン」（第八十八回）、「かずきめ」（第八十九回）、「刻」（第九十二回）が候補作となり、これが四度目。「渡辺さん」は単行本担当編集者。

天野さま。

新年明けましておめでとうございます。

今年もどうぞよろしくお願いいたします。


単行本のゲラを渡辺さんに送り、ほっと一息ついているところです。

装幀等の問題については、渡辺さんに、すべておまかせすることにしました。今回の冬休みは、講義が二月末まであるので、多分、日本に戻れないと思うのです。渡辺さんとの出会いも何かのご縁です。おまかせして大丈夫、と判断しました。


さて、例の件は、以前と全く違って、かなり冷静であり、落ち着いている様子なので、……と本人が言うのも変ですが、ある一つの世界（あるいは世間）のある現象という気がしているので、天野さん、ご安心下さい。

もちろん、いろいろな動揺はなくもありませんが、以前の場合の中味とは、明らかに違っています。

時間がたち、私も歳をとったということなのだろうと思います。

韓国語に나이값《ナイカプ》（直訳すると歳というねだん）という言葉がありますが、最近は、特にこの言葉が気に入り、しみじみと感じ入ったりしています。私は、基本的に、お年寄りが好きでしたが、きっとこのナイカプを、くんくん、とにおいを嗅ぐようにして感じとっていたのかも知れないな、とそんなことも思いました。

天野さん、

「由煕」を、自分の中の「由煕」を葬り去ったおかげで、何かぷっつりと、この国に対して感じていたこだわりの、目に見えない糸（糸よりも太いけれど）の一つが切れた感じ。

そして、こだわり自体もその色合い、その緊迫感を変えました。

キズはずっと深くなって、かえって、表面的な末梢的な痛みは感じなくなった、というのが本当のようです。

こうなるまで、時間が、思い出すとうんざりするような時間がかかったわけですが、キズが深くにかくれるようになったおかげで、自分をとりまいている世界の広さも、それを感じとれる自分側の余裕も少しずつ生まれてきたのではないかしら。そんな気もしています。

何だか、これから、という気がします。

私の留学生活は、これから始まるのではないかしら、……こんなことを言うと、天野さんがまたあの恐い目でにらむような気がしますが、……そう思っているのです。まだまだ若い、という感じ。ナイカプを積み上げていかなくてはなりません。


頭ではわかっているのです。

「現象」を「現象」のままとらえることがどんなに大切なことか、ということ。けれども、これが全く難しい、大問題なのです。

これが宗教というものの世界に近いのだ、ということ、ニーチェが言う「運命」という言葉の内実にも相通ずるということ、なんだか、わかりかけたとたんに後戻り、という繰り返しばかりしているのですが、……力がほしいな、と思います。これを考え続け、日常の中で実践し続けていく忍耐力が、多分、この力によって得られるのだろうと思っているのです。

天野さん、
もうすでにヤンジの性格、志向、わかって下さっていることと思いますが、敢えて、またお願いします。

時間を下さい。

長い目でヤンジを見守っていて下さい。


自分でも思うのです。

私は、何かに気づき、それを自分の、真に自分のものにするまでに、本当に時間がかかる人間です。気づくのは、昔、運動関係のお友だちたちからも言われていましたが、人より速い方かも知れない。でも結局、それは素朴な生理反応、私の霊的直観みたいなもので、世界にというのか、生きている自分をとりまく世界に開かれた（さらされた）このからだ自体としての、実践的な自分という存在が真につかみとったというものではない。


書くことは、自分にとって、本当にかけがえのない行為、せずにはいられない行為であることは、最近、特に「由煕」を書いてから、実感し始めました。

けれどもこの実感も、さまざまな自分の姿の中の一つ、そういう感じです。

さっきも書いた、ある力を得られるのなら（多分、書くことによってこそ、ということはわかっていますが）書くだけが云々という形で自分を規定したりしたくないのです。

私は、もっと自分の心を見つめ、自分のまわりのものを見つめなくてはなりません。やはり、まだまだ若い、とため息が出ます。

今、書いている作品は、だから時間がかかると思います。

集中したある一定の時間の中で仕上げる、という方法ではなく、実践的な生活を持続させる中で日課として書いていく、という、私にとっては初めての試みを果たしてみようと思っているのです。

森鷗外の生活だとか、いろいろ先人たちの生活を思い出し、連想し、今回はこの方法をやりきってみよう、と、えらい人たちのことを考えながら、自分を励ましてもいます。

予定としては五百枚。

課題は、「他者」をどう描ききれるか。そして、時間の流れの中で自分が一緒に動ききっていけるかどうか。

題は秘密にしておきます。

天野さん、

だから待っていて下さい。

この手紙を原稿用紙に書こうと思ったのも、書くことをふくめた実践的生活をちかう意味をこめようと思ったからです。

今年もまた、くれぐれもよろしく。

今日はこの辺で。

一月五日　ヤンジより

※一九九一年十一月四日　三十六歳「中島さん」は「群像」の担当編集者。

天野さん、
ご無沙汰しています。
先日は、「かずきめ」「刻」をおくっていただき、ありがとうございました。
私の方は、十月初めに中島さんに一、二、三章を渡してから、どういうわけか、一日十枚のペースがくずれ、（きっと気がゆるんだのでしょう）ようやく四章がうまくやれる感じというところになって、計画変更。一、二、三章を補うための章にしないと、登場人物の姿が浮き上がらない、ということに気づき、あたふたとしながら今、四章を書いています。
勉強、というのが当たっていると思います。この間《かん》、「ファウスト」を読み返したり、パラドクスの勉強をしたり、ある哲学者の文章を読んだり、と、三章までで出てきた問題をきちんと考えるために原稿以外のことに時間を使っていました。もうちょっと、きちんと準備しておくべきだった、と悔やまれもしますが、天野さん、しょうがないことですよね。（と今、自分をなぐさめています）
主人公林周一が詩を書いていることで、彼は絶えず、言葉というもの、の始まりを問います。

それに対して、加奈は踊りをしているので、言葉よりも、人間の営みは、行為やＡＣＴが先であり、芸術の母胎も、踊りにあると主張しようとします。

ところが、三章まで、そういうことをふくめて書いてきて、私なりに、（これは原稿を書き始める前まで、いえついこのあいだまで気づかなかったことなのです）ある発見をしました。

今はくわしく書けませんが、そのために、パラドクスの勉強を始めたら、難しくて、まいっちゃったけれど、数学をやっている知り合いもいないし、ラッセルの証明もちんぷんかんぷん……いいんだ、私は数学者になるわけではないのだから、と思ってなぐさめはしたのですが、もちろん小説と論理学や数学は分野が違うことなのだけれど、私が小説で言いたいことを数学者がすでに知って、解いていることだとしたら、これは一体どうなるんだろう、と思いました。

今、問題のカギは、集合論と、ライプニッツの不可弁別同一の原理。すなわち、あるもの（人間でもいい）とあるものが同一である（または集合の仲間になる）ことを保証する根拠はどこにあるのか、ということなのです。

この今の私とおとといの私、十年前の私と、二十年後の私の同一性と、そして、踊りが人間の営為の始まりとする加奈の主張、すなわちＡＣＴを始めた人間と、林周一が詩を書く自分をつきつめて信じようとするに至る、ＡＣＴを始める人間をすら生み出す存在（す

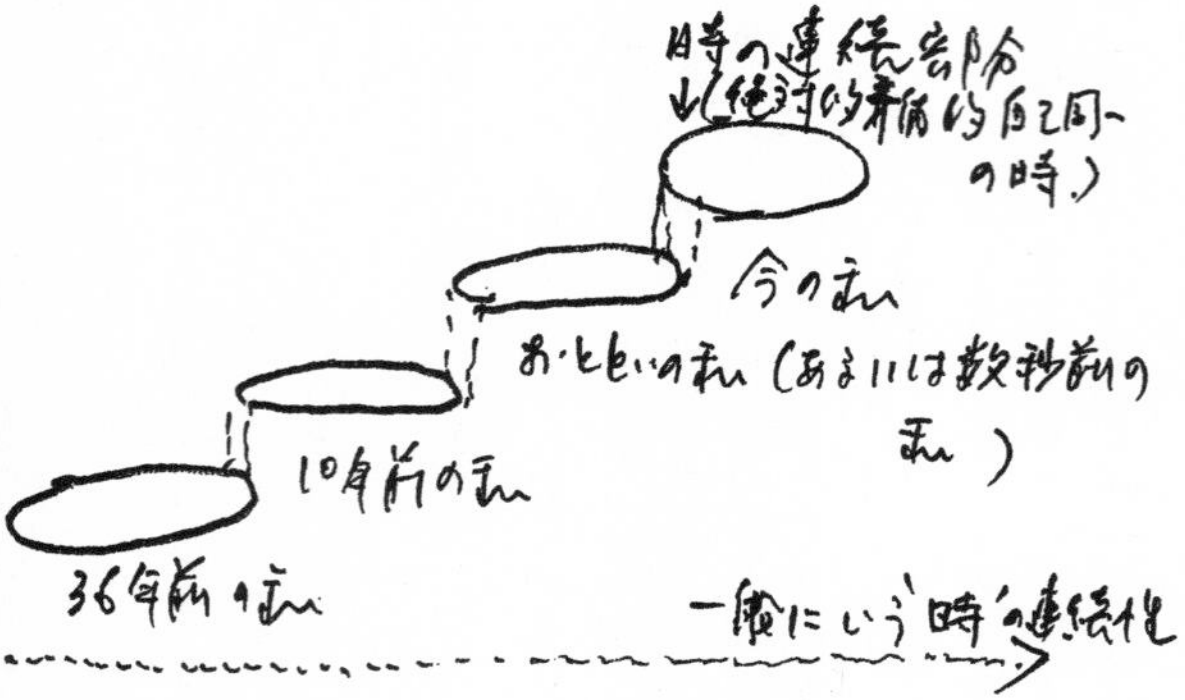

人体はすばらしい器です。

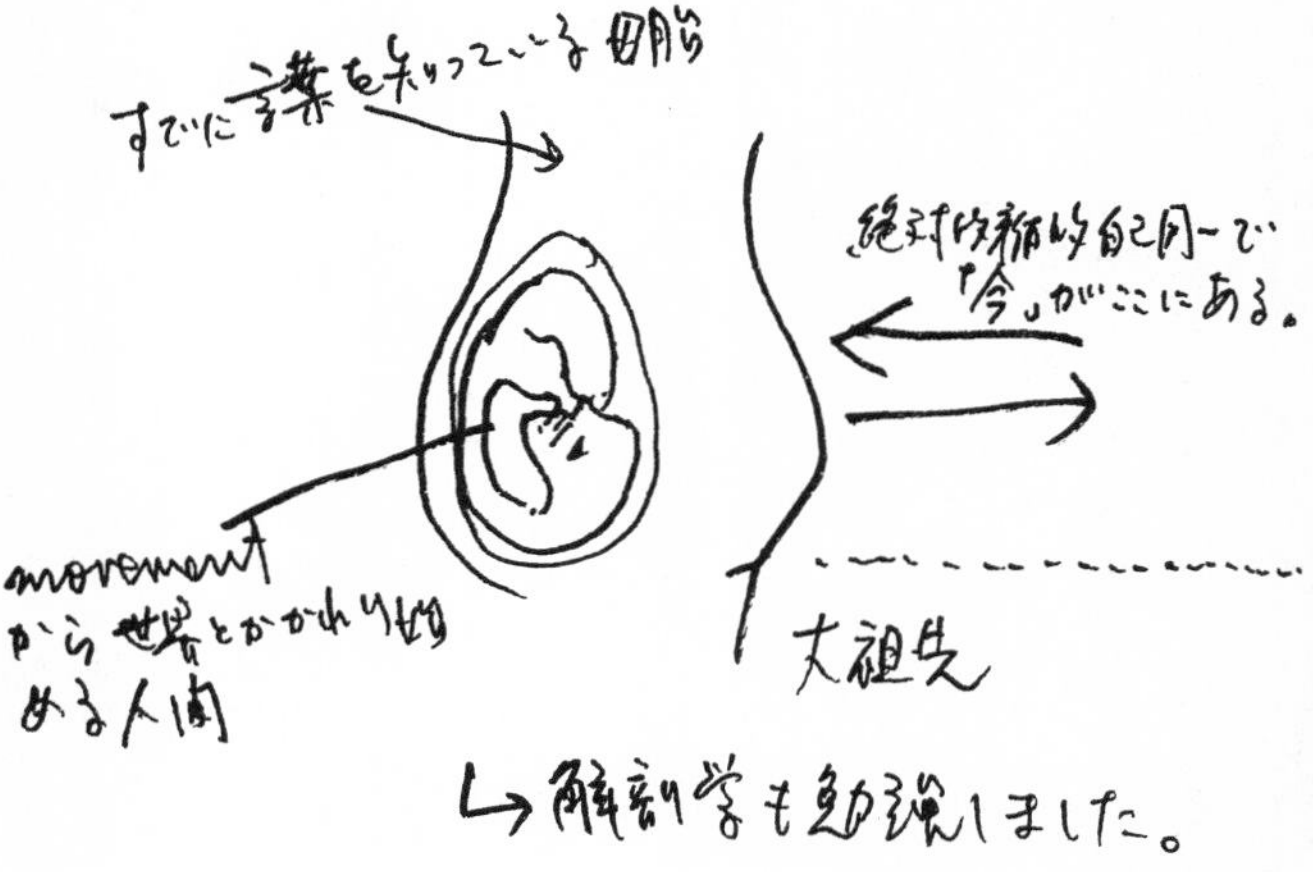
すでに言葉を知っている母胎
絶対矛盾的自己同一で「今」がここにある。
movement
から世界とかかわり始
める人間
大祖先
↳解剖学も勉強しました。

でに言葉、発話を可能とした存在）の対立。とその同一性。

ごめんなさい、天野さん、これは多分、原稿を読んでもらわないとわかってもらえないかも知れない。

五章になったら林周一が出てくるから、林周一にいろいろと考えさせたいのだけれど、四章はつらい。知っていることを書いているからだと思う。心のどこかで四章を甘くみているのです。この傲慢。こまったものですね。

自分で、その発見にどきどきしているのです。

数学者なら、とっくにわかっていることかも知れないけれど、それに、その発見を数式で解いているかも知れないいけれど。

天野さん。十月はおかしな月でした。大学の方でも、不幸な、そして大変な事件が続いていました。（心が痛むので、今は書けないけれど）

近況はざっとこんなところです。

中島さんは、ステキな青年だと思います。「まるで自分のことが書かれているみたいです」と一、二、三章を読んで言ってくれました。率直にいろいろな話をしました。彼と仲良く仕事をしていきたいと思います。

いつぞや、二日酔い状態で恥ずかしい電話をしてしまいましたが、忘れて下さいね。やたらと不安だったからです。大したことでもないことなのに、と反省しました。

では今日はこの辺で。
またご連絡します。
お元気を祈ります。

十一月四日

※一九九一年十一月二十一日　三十六歳

天野さん。
一、二、三章をお渡しします。
二章は創刊（第一稿）準備号以前の状態で四章の前提部分ですので、大目にみて下さい。

私の例の「哲学」的大発見は五章か七章で展開される予定です。

では、よろしく。

私は土曜日、十二時発の飛行機でソウルに発ちます。

以上です。

十一月二十一日　午前十時
ヤンジより

☆P.S.
土曜日までに読んで下さればうれしいです。

成田か箱崎でｔｅｌしてもいいです。

天野さん、いつもありがとう。愛しています。

追悼　李良枝

弔辞

金石範

양지、이양지야、귀로 듣지 못하고 입으로 말 못하는 그대에게 나 이제 큰 슬픔을 안으며 한마디 말을 보낸다。

양지《ヤンジ》、이양지《イヤンジ》よ、耳もて聞こえず、口もて語りえぬきみに、私はいま、大きな悲しみを抱いて、ひとことのことばを送る。

きみはいつか、先生《ソンセン》ニム、이양지って名前がいいでしょう、양지という音、響きがとても好きなんですといったことがあった。私は、そうだね、いい名前だよとうなずき、済州島のふるさとことばで、勿論、漢字の表記はないのだけれど、양지は、顔、人の顔のことなんだよといったら、きみは、ああそうですかと笑みを浮かべていい、陽のあたるところも、양지（陽地）なんですね……といっていたことを、はっきり思い出す。

きみ自身の好きな名、이양지、私はその名のきみを呼ぶ。

양지よ、親に先立って子が逝くほど親不孝はないのだぞ。しかも何というムチャクチャな消え方なんだ。どうして、このような現実が、すべてが一瞬に無に解体した現実が、わ

れわれの眼のまえに白々しく横たわるのか。いままさに大輪の花を咲かせ、そして大きな作家へと成長せんばかりのところに立った이양지。一人のすぐれた作家が簡単に生まれるのではない、その若い作家、이양지を、どこかへ引っさらって行ったのはだれなのか。

양지をこの地上に戻せといっても、もはや戻らない。きみは逝ってしまった。きみは見ない。感じない。語らない。私たちにとってきみは関係があるが、きみにとって私たちは関係がない。

死者は生でも死でもない。死者はわれわれ生きて地上にある者のなかに生きる。そして蘇える。きみはもうきみ自身を、われわれを感じることができない。きみはただ、われわれのなかで生きる。

きみ自身が好きだった이양지という名の美しき女性よ、きみ自身の存在はない。きみはまもなく土に還り、分子となり、地球とともに沈黙の存在を続ける。しかし이양지はわれわれのなかに生き続け、きみの遺した作品のなかに生き続ける。

われわれに大きな悲しみを残して消えてしまった양지よ、私はその悲しみを、きみもともに悲しむことのないことに、却って、心の安堵をおぼえているのだ。

きみは、無い。そして、きみの、わけの分からぬ死は、しかしわれわれに、生命の、生きることの尊さを示してくれる。

양지よ、きみには聞こえぬ別れの挨拶をする。

이《イ》양《ヤン》지《ジ》야《ヤ》、안《アン》녕《ニョン》히《ヒ》
잘《チャル》 가《カ》시《シ》라《ラ》（さようなら）

一九九二年五月二十四日

李良枝の思ひ出

高井有一

李良枝が死んだと聞かされたとき、私は真先に、あの小説はどうなつたのだらう、と思つた。ここ数年、彼女がそれに没頭してゐた筈の長篇の事である。

芥川賞を受けた「由熙」の単行本が出て間もない日の夜、私は池袋の小料理屋で李良枝に会つた。私の連合ひの中村輝子が彼女と長年親しい間柄だつた縁で、私も時折り一緒に酒を飲む機会があつたのである。

それまで三回も芥川賞の候補になりながら、なかなか選に入らないのに腹を立て、審査員に「ゲバルトかけてやる」と息巻いたなんて噂が流れたりしたものだが、その夜は、念願の賞を手にしたあとの昂揚と満足感とが、ありありと彼女の表情に出てゐた。

長く続いた父君との不和も解消し、新宿の近くに事務所を持つ父君は、紀伊国屋書店へ出掛けて行つて、「由熙」を六十冊注文し、後からお届けします、と店員が言ふのも聞かずに、自身で自転車に積んで持ち帰つたさうであつた。この話には、途中で自転車が引繰り返つて、腰を打つた父君は二、三日寝込んだ、と落ちが付くのだが、そんな事を愉しさうに喋つてゐた。

次の作品は何を考へてゐるのかと私が訊くと、今度は五百枚書く、と言つて、私の眼の前に小さな掌を一杯に拡げてみせた。区切りとなる作品を目指す気負ひは大きかつたのだらうと思ふ。

私はたまたま雑誌の合評で、李良枝の小説を三度論じる巡り合せとなつた。「ナビ・タリョン」と「かずきめ」と「由熙」であつた。取り分け「ナビ・タリョン」の印象が深い。その頃はまだ作者を知らなかつたが、新しくかつ鋭い才能を読み取つて、讃辞を呈した憶えがある。

「ナビ・タリョン」は作者の体験から得たモティーフが、すべてと言つていいくらゐ百六十余枚の中に詰め込まれてゐる。両親の離婚裁判をめぐる家族の葛藤、〝朝鮮人〟が味はふ疎外感、日本へ帰化した父親への反撥、二人の兄の相次ぐ死、妻子ある男との恋愛、そして音楽を通じての母国への回帰願望。「もがけばもがくほど鎖はかえってきつく私の身体にくいこんでくる」といふやうな状況が、調子の高い文章で語られるのだが、感傷や自己憐憫は欠片も無く、それだけに最後に射し込んで来る微かな光が美しく眼に映つた。私は今でも、「ナビ・タリョン」に一ばん愛着を持つてゐる。

それに続く「かずきめ」や「刻」はさほど感心出来なかつた。背負つた主題の重みに、作品の足許がよろめいてゐるやうで、小説なんてもつと気楽に書けばいいんだ、と声をかけてやりたくなつたりもした。「由熙」は二年間も書き悩んだあげくの作品だが、同情と反撥をこもごも感じつつ在日の留学生に接する韓国人の女性の視点に立つて書けたのは、やうやく〈在日〉を客観出来るやうになつた現れと解していいだらうか。

「言語以外のもので母国につながりたい、それが私の一つの理想」と、いつか李良枝は雑誌のインタヴューに答へて言つてゐた。舞踊への情熱は、時に小説を上廻つてゐるやうにさへ見えた。

一九八七年二月、東京大田区の〈スペース桐里〉で、韓国の放浪芸をテーマにした会が開かれた。中村輝子が男寺党《ナムサダン》について話し、李良枝が巫俗舞踊を踊る小規模な集りだつたが、その時分はソウル大学に在学してゐた李良枝の、この催しに示した意欲は並大抵ではなかつた。踊りについての自分の解釈をルーズリーフに細ごまと書き込んだ分厚い封書が、ソウルから届いたものであつた。当日、舞台の袖で観た人に聞くと、踊る彼女の手は緊張のために震へ続けてゐたといふ。

会が終つてから、十人近い人たちが、練馬の韓国料理屋に集つて打上げの会食をした。その店の韓国人の小母さんが、李良枝の顔をつくづくと眺めて、「ほんと、美人だねえ」と嘆声を発したのが可笑しかつた。話が弾んであつといふ間に真夜中を過ぎてしまつたが、李良枝は酔つた気振りもなく、最後に独り言のやうに「今日は、終りました」と言つた。大切な仕事を無事にやり終せた安堵感が深かつたのに違ひない。

人に死なれたあとは、その人が何気なく口にした一言が繰返して思ひ出されるものだが、この「今日は、終りました」は、これからずつと私の耳に遺りさうな気がする。

李良枝が、五百枚書く、と言つた小説は、「石の聲」と題を付けて書き始められたが順調に進まなかつたやうである。予定が延びて八百枚となり、更に千枚を超えるまで構想が膨らんだのも、作品の輪廓を定め難かつたせいかと思へる。約二百枚が完成稿として遺されてゐて、それを読んだ編集者の話によると、主人公には詩人を志す男が選ばれてゐる。彼は韓国の大学院で学んでゐるのだが、韓国語に熟達すればするほど二つの言語の間に落込んだ形で詩が書けなくなる。これは明らかに「由熙」につながる主題で、それだけに展開が困難だつたのでもあらう。

李良枝はこの一月までソウルで暮らしてゐた。その頃身辺にゐた女性は、彼女が「書けないときは、今までの小説の主人公が夢に現れて、私に殴りかかつて来る」と洩らしたのを聞いてゐる。しかし私は、彼女が健在なら持前の気性の激しさで、遠からずこの難関を乗り切れたと信じたい。そして今は、未完でもいい、多少仕上りが粗くてもいいから、この小説を活字にしてほしいと念じてゐる。芥川賞以後、一つも作品がないのでは寂し過ぎる。

激しく美しく

――追悼・李良枝――

岩橋邦枝

李良枝が芥川賞を受けたとき、たまたま私は人に誘われて中上健次と三人で韓国旅行へ出かけ、ソウルで彼女に会った。彼女と長年親しい友の中上さんが道づれ、そこへ吉報がかさなる嬉しいめぐりあわせのおかげで、私の初めての韓国行きはとりわけ心にのこる旅になった。

ソウルで一泊する日、李良枝を招待してお祝いするつもりでいたところがあべこべに彼女の住まいへ招ばれ歓待をうけた。受賞決定から三日後の、一九八九年一月十五日で、その夜の李良枝は天性の美貌が昂揚したかがやきを加えて、凄いような美しさだった。

彼女は、出版社「サムシンカク」代表の李敏子《ミンジャ》さん宅に寄寓していたが、しっかり者の姉のような敏子さんのもとで家族になりきって暮している落着きが、歓談しながらよくわかった。美味しい家庭料理のごちそうが、食卓がきしむほど盛り沢山に並び、「由熙」に出てくるトゥプチゲ（豆腐鍋）も敏子さんが作っておいて下さった。真露焼酎を次つぎに空けながら、五人の内輪の祝宴は夜中まで続いた。

李良枝は、芥川賞受賞をすなおに喜びながらも、浮かれていなかった。受賞をめぐってこれから落ちこむめにもあうだろうが、今回のできごとを「引き受けます」、と思慮深い面もちで言った。私が初めて彼女と新宿の酒場で行きあったとき何よりも印象的だった、キラキラ光る眼が、話題につれて真剣にひきしまったり、人なつっこい情味を溢れさせたり、ふいに涙ぐんだりした。彼女は座談のうまい人だ。いきいきとした描写や表情たっぷりな口真似で聞き手を笑わせた。たのしい祝宴が歌になると、彼女は「この歌が好きよ」と〝白い花の咲く頃〟を口ずさんだ。

芥川賞の授賞式が済んで韓国へ戻った彼女から、敏子さんと息子さんのコンソギ少年と一緒に引越した新住所を知らせてきた手紙には、こんどの家は庭に白い花の咲く木蓮の大木があるのでとても気に入っている、とあった。李良枝の作品の中で、白い蝶や白い服の老婆はたいせつなイメージで現れる。世俗の恨を解くというサㇽプリを踊るときの衣裳が白、と思いあわせると、白は彼女にとって好みの色以上のものだったような気がする。

李良枝はソウルの家で、私が韓国巫俗舞踊を彼女の小説から知るだけで、まだ観たことがないと聞くと私たちの帰り際にサㇽプリを洋服姿のまま踊ってくれた。

テープから流れるパンソリの伴奏で、帯状の白いスゴン（手巾）を両手に掲げて踊りはじめた途端、彼女の体がすっと別の世界へ移ったかに見えた。談笑の雰囲気も真露の酔いも消えて、清浄なしずまりが彼女のまわりに張りつめた。私はおもわず椅子から立っていた。ひとりでに涙が湧いた。自分でも説明のつかない、感動という言葉にはおさまらない思いを、つたえようがなくて彼女にただ感謝した。憑依する感じ、と李良枝の踊りを観て言った人がいる。鳥の精のようだ、と或る人は書いていた。すっと変わる舞い姿の印象は誰の目にも同じらしいが、なぜか涙がこみあげた私の思いは今もうまく言い表わせない。

受賞後の李良枝が故郷の山梨で、正式の衣裳をつけて踊った公演会に私はざんねんなことに行けなかった。彼女は文舞両道で生きる人だ。「サムシンカク」から刊行された「由熙」韓国語版に添えた彼女の手紙にも、文学の神さまと踊りの神さまが、腕を組んできびしい目を向けてくる気がしますと書いてあった。まだ先は長い、そのうち観せてもらう機会があると当てにしていた。私は夫の急逝に遭って身にこたえていながら、いつのまにか鈍感になった自分を思い知らされている。

「ナビ・タリョン」から順に通して読み直してみると、熱っぽい迫力がずっしりとくる。息ぐるしいほどだが、切実な重い主題をかかえて一作一作おし進め、書かずにいられない内容の詰まった作品が訴えてくる強烈な力は抜群だ。余裕を欠く息ぐるしさは、やむを得ないだろう。生きて書き続けていれば、彼女の座談や手紙文がしめすユーモアも作品世界へ入ってきたにちがいない。スケールの大きい、底力のある作家だった。

「由熙」の中に「韓国人って燃えやすくて昂ぶりやすいから……」というセリフがある。李良枝は激しくて卒直で、まぎれもなく韓国人の血をうけていた。本を読んでうたれた個所を人前で話しながら、手ばなしで大粒の涙をながし声をふるわせる、というふうだった。泣き笑いの酔態に、在日の彼女の生き辛さが切なくにじみ出た。

「血の母語みたいなもの、身体の母語というかたちで韓国語はあるような気がするの」と、彼女は雑誌の対談で答えている。巫俗舞踊にのめりこんだのも頷ける。未完の遺作になった、芥川賞受賞第一作にあたる「石の聲」という長篇は、ソウルに住む詩人志望の男と日本でパンソリを学んでいる女の往復書簡の構成で、「由熙」の主題をさらにひろげて〈言語と身体〉を主題にしているそうだ。李良枝は東京に戻り、踊りのために長くのばしていた髪を切って、この作品に専念する生活に入った矢先、逝った。

西大久保の全竜寺のお通夜に、病身の中上さんの姿があった。彼の席へ近寄って私は、「一緒に、ソウルでヤンジと会ったたねえ」と言ったきり言葉が出なかった。

李良枝さんの最期

小山鉄郎

李良枝《イヤンジ》さんが急死した。まだ三十七歳の若さだった。執筆に専念するために韓国から帰国、初の長編に挑んでいた最中の死で、驚きとともに残念な気持ちでいっぱいだ。五月二十三日夜、東京・大久保の全龍寺で行われた通夜の席で、最期の様子を編集者の方々にうかがったのだが、話を聞くうちに李良枝さんの東京女子医大病院への入院から死に至るまでの経過には、病院側の対応にどうしても納得いかないものが残った。急死のため、身近にいた者にしか分からないことが多いので、妹のカマーゴ・さか江さんに聞いた。

さか江さんはこの六月に日本語、中国語、英語、韓国語の四カ国語の月刊情報誌「We're」を創刊したばかり。李良枝さんも編集顧問として巻頭に「私たちのDISCOVERYを求めて」を書いている。

「姉は巻頭の原稿の書き直しをしてくれたり、ハングルへの訳をすべてチェックしてくれたりした。潮出版社の『ゲーテ全集』の月報の原稿を編集者に渡して、十八日の午後六時ごろ編集部に戻ってきた。いつもはスタッフとご飯を食べるのですが、その日は風邪っぽいからと言って、自転車で北新宿のアパートまで帰った。十七日までは本当に元気だったんです。行きつけの焼肉屋で焼肉や冷麺を食べ、ビールを飲み、オールディーズの音楽で韓国の舞踊を踊ったり、田中泯の真似をしてみんなを笑わせていました」

十九日も「We're」の韓国語の再々校を見てくれることになっていたが、午前七時ごろに「やはり風邪っぽいからいけない」という電話があった。昼ごろに母親がおかゆをもって見舞いにいき、薬を飲ませたら、熱が下がり安心して帰宅。しかし、やはり夜になってまた熱が出て、明日こそ病院に行こうということになった。二十日の朝十時ごろ、さか江さんや父親がかけつけると、熱があって苦しいというので、救急車を呼んだ。

「救急車の中で、姉は自分の病状を隊員に話していた。東京女子医大病院についてからも姉は寒い寒いと言っていた。内科で点滴を受け、四時半くらいになって、医師からレントゲンも異状は無いし、今日は薬を出しますから、帰って下さいと言われた。仕方がなく、タクシーで私のアパートに帰ってきた」

いったん四十度の熱を出したが、薬で平熱まで下がり食事もとり、午後十一時ごろ就寝。しかし翌二十一日の午前六時半ごろ、さか江さんが李良枝さんの呻き声で目を覚ました。実は二時間前から苦しんでいたという。すぐ東京女子医大の当直医に電話して、タクシーで午前八時に同病院に到着。

「いまベッドがないと、とにかくベッドがないことばかりを言われた。そして一日二万円から二万五千円くらいの差額ベッドならあると言われた。それでもいいから入れてくださいと頼んだ。もう一度確かめますから待ってくださいと言われた。その間、姉は点滴を受け、心臓のモニターもつけていた。『私はどこが悪いの?』とも言っていたし、苦しいのに、看護婦さんの香水について『貴女、香水クリスチャン・ディオールね』なんて言っていた。こういうところ実に姉らしい。医師が戻ってきて、今度は『ベッドはあるけれど、看護婦がいない』と言う。何を言うのですかと私が言うと、いい病院を紹介しますということで、荻窪の城西病院の名をあげた。救急車で十一時ごろ城西病院に着き、入院手続きを済ませ、やっとほっとして昼ご飯を食べ戻ってくると、医師が『ちょっと、待ってください。とっても危険な状態です。大きい病院に移さないと危ない。手配しますから、病院が見つかるまで、待っていてください』と言う。そうするうちに東京女子医大の集中治療室がとれ、救急車でまた女子医大まで戻った。集中治療室の中で、李良枝さんは『なんでこんなところにいるの』『いろいろな声が聞こえるので小説のねたになるわね』などと言ったりもしていた」

　医師の説明では、最初は突発性の肺の病気ということだったが、六時になると、原因は肺ではなくて、心臓だということになって、今度は心臓の集中治療室（CCU）に移されることになった。心臓の肥大がすごいということだった。

「CCUでの担当医師は心臓の不整脈が激しいという。二十二日の午前二時か三時かになって尿がよく出るようになり、これはいい兆候だというので喜んだのですが、明け方、六時半ころ医師がペースメーカーを付ける手術の承諾を家族に取りにきた。そして、午前八時ころ、医師が一人一人入ってくださいということで治療室に入ると、『もう駄目です』と言うのです。私は医師に何をやってるんですか、と何度も言いました」

遺体はその日の内に、病院側の希望で病理解剖された。一カ月後の六月二十二日付けの同病院の診断書には「病名急性心筋炎。平成四年五月二十二日午前八時四十二分死亡。同日行った病理解剖の結果、心筋間質にびまん性炎症性細胞の浸潤を高度に認めた。上記結果より急性心筋炎と診断した」とある。

この診断書にも、結果は書かれているが、その原因は記されていない。今回私は病院側の話を聞いていないし、医師の予測を超える病状の激変だったのかもしれない。李良枝さんは処女作「ナビ・タリョン」でも書いた通り、長兄をクモ膜下出血のため三十一歳で、また次兄を脳脊髄膜炎のため三十歳で亡くしている。そのためもあって自分の健康はいつも気にしていて、女子医大の初診の時も、二人の兄の死のこともちゃんと申告しているようだ。初診で、帰るときも「こんなに苦しいのに何もないわけがない」と医師に訴えたという。

城西病院へ転院のため、救急車出動要請が東京女子医大病院から、一一九番の通信指令にあったのは五月二十一日午前十時十四分。城西病院に着いてまもなく「危険な状態である」ことが家族に告げられているし、翌二十二日午前八時四十二分には李良枝さんは亡くなっている。その間は二十四時間もない。

そのまま女子医大に入院していたとして助かったのか、それは神のみぞ知ることだろう。だが、大きな大学病院に行けば助けてくれると思って苦しい体で再び病院を訪れた患者に対して、女子医大病院は命を救うために最善の治療行為をしたとは言えないのではないだろうか。

さか江さんのメモには初診から亡くなるまでに李良枝さんを診断した五人の医師の名が記されている。「これだけたくさんの医師がかかわっているのに、何で分からなかったのか。ベッドが空いているのに、看護婦がいないという理由で入院させてくれなかったことについてもくやしい気持ちは抑えられない」——さか江さんの言葉は落ち着いて控えめながら、強い憤りを表現していた。

李良枝さんは、長かったソウルでの生活を終えて、今年一月に帰国した。巫俗舞踊の先生である金淑子さんが昨年亡くなり、舞踊理論や舞踊史を学んでいた梨花女子大大学院修士課程も後は、論文だけを残すだけとなったので、執筆に専念するため帰国を決めた。

ワープロを買い、一から習いながら、手書きで数百枚あった次ぎの小説をワープロに入力して仕上げ始めたという。

「活字の魅力にとりつかれたのか、ものすごく熱中して、一日十時間以上も向かっていた。ワープロには関係ないというのに、凝り性の姉らしくＯＡ眼鏡と電磁気から体を保護するＯＡエプロンを買って、それらを着けながらやっていた。〝ＯＡエプロンが重い重い〟と言いながら、ワープロに向かっていました。十章仕立てのすごい大作の長編よ、と言っていました」

第百回芥川賞を受けた「由熙」の後の作品となるはずだった「石の聲」は、詩を書くことで自分の生の根拠を探るソウル大学に留学中の在日の若い男性と踊りを習い韓国から帰国した若い在日女性の二人を主人公に章ごとに視点を入れ替えて進んでいく長編で、完成すれば千五百枚にもなる大作だった。

音で踊るのではなく、音を踊る。言葉で何かを言うのではなく、言葉が何かを生み出す。「由熙」の「ことばの杖」の世界を発展させたそんな作品のようで、二人の自分の分身を通して、その世界をうねりながら縫っていく李良枝さんらしい作品になるはずだった。「石の聲」第一章に当たる二百二十枚弱が「群像」八月号に掲載される。

四年前、ソウルオリンピック直前にソウルで国際ペン大会が開かれ、私も取材のため一週間ソウルに滞在した。そのとき各国の作家たちをインタヴューする機会があり、日本でも『客地』で知られる韓国の著名な作家黄晳暎《ファンソギョン》さんに取材したのだが、そのときの通訳を李良枝さんがやってくれたのだった。

私と黄晳暎さんの挨拶が済み、「私は通訳の李良枝です」と彼女が自己紹介すると、「お前が李良枝か！」という具合になり、二人はかなりの時間、韓国語で話し合っていた。

興奮して話す黄皙暎さんの口ぶりから韓国で李良枝さんが有名人であることは、なるほどと納得できたし、「韓国文壇の人とは付き合いを持たないことにしています」と語っていたことも、その通り納得できた。そして始まったインタヴューの通訳は見事というしかないものだった。日本語から韓国語へ。韓国語から日本語へ。どんな微妙なニュアンスの質問をしても、さらに微妙なニュアンスで答えが返ってくるという感じで、一度も淀むことがなかった。

その取材へ行く途中、李良枝さんの作品では「『刻』が一番好きだ」と私が言うと、彼女は「いやなんです『刻』は。『刻』だけは自分の作品から消したい」と言った。「『刻』には在日を超えて、強く伝わってくるものがある」と私が言っても、ほかのことは柔軟に受け答えていた李良枝さんが、そのことには譲らない感じがあって、話は中断したままになった。そして、あまりに早い死でその中断は永遠のものとなってしまった。

しかし、今回彼女の作品の幾つかを読み返し、これまでのインタヴューを読んで、自分なりに考えることがあった。李良枝さんは芥川賞を受けたあと、芥川賞を得たことを後悔していたという。また少女時代を過した山梨・富士吉田で三年前、韓国の巫俗舞踊を踊った時も、人前で踊ったことを悔やんでいたという。だが、これは芥川賞が欲しくなかったということではない。「刻」で芥川賞を逃したときの怒りは激しいものがあったようだし、同賞の贈呈式のあと、二次会の席でそこに居た人のために幸せを招く歌を歌った彼女は本当に幸せそうだった。

デビュー作「ナビ・タリョン」のなかに、年上の日本人の愛人に「先生、早く来て、早く」という言葉があり、そのすぐ後に「私、韓国に行くつもりよ」という言葉がある。そして、そのすぐ後には、さらに「どこに行っても同じ、逃げても逃げても逃げられない」という言葉がある。また「オンナであることの心地良さに対する怯え」という言葉もある。そんな具合に、安定や成就してしまったことに対する怯え、それへの反発。そこから反転して、すごいスピードとエネルギーで前に進んで行く自意識の運動の中にこそ、李良枝さんの原像があるようだ。

左右に高速で揺れるものが、さらにスピードが増してくると、高速で動くものの像が真ん中に停止して浮かび上がってくることがある。その独特に折れ曲がる自意識のダイナミズムが、李良枝さんの文学の特徴の一つだったと思うが、おそらく「『刻』だけは自分の作品から消したい」と私に言ったとき、李良枝さんの手の中では、その反発力の向う側に、もう既に「由熙」が形になっていたからではないかと、私は思う。そして伽倻琴や巫俗舞踊にひかれたのも、そこに自意識の反転のない無言の世界があったからなのだろう。

黄晳暎さんへの取材を終えて道路の反対側に出るために、私と李良枝さんは歩道橋を渡っていた。なぜかそのときも文学のことを話していて、彼女は武田泰淳の「全作品を読んでいる」と言い、現代作家では「中上健次さんが好きです」と言った。私が当時担当の文芸時評を在日の評論家竹田青嗣さんが執筆していることを知って、「とても懐かしい」と言った。中上さんは李良枝さんに小説を書くようにすすめた人。また李良枝さんは、冤罪事件として騒がれた丸正事件の救援会に顔を出していたことがあったが、その会に竹田さんも出ていた。竹田さん二十七歳。李良枝さん二十歳の時のこと。その会の中で二人だけが文学の道に進みながら、それ以後二人は会うことがなかった。

そして歩道橋を向う側に渡り終わるころ、「中上さんと竹田さんによろしく」と李良枝さんが言った。

ただそれだけの記憶なのだが、李良枝さんの死について書こうとして忘れがたいものとして浮かんできた。その日はとても暑い日で、歩道橋の上は尚更だった。ソウルの歩道橋の下を車がかなり早いスピードで走っていた。そのときの遠くを見るような李良枝さんの静かな姿は、私の中で今も生きている。

没後三十年、あらためて姉ヤンジをたどる

著者に代わって読者へ

李　栄

「栄《ヨン》さん、チマ（ロングスカート）の下はどうなっているの？」伽倻琴《カヤグム》の金幸子《キムヘンジャ》先生が不思議そうな顔で聞く。

　質問の意味がわからず、チマを持ち上げておねえさん座りをしている脚を見せる。「胡坐をかいて伽倻琴を乗せ、姿勢を正してから右手と左手をやさしく伽倻琴に置いてみて」金先生の言うとおりにしようとして、私はいままで胡坐をかいたことがなかったことに、このとき突然気がついた。幼少期から食事は正座で、と言われてきたし、今はイスでの生活だ。股関節が硬いから、足を折って左右に膝を開こうとしても、膝が下がらず伽倻琴が胸に当たる。やばい、これは。「先生、ヨガ教室に通って身体を柔らかくします。頑張ります！」姉と一緒に住んでいたときには、姉が奏でる伽倻琴の音を何度も聴いていたのに、伽倻琴を胡坐で支えていたとは知らなかった。

二人の子どもが高校を卒業して米国の大学に進学することになり、仕事場と、脳梗塞で倒れた母がいる介護施設との往復を、毎日続けていた。ある日、施設の屋上からふと見た夕焼けの光景から、なぜか姉が弾いていた伽倻琴の音色と歌声が甦ってきた。そしてネットでお茶の水の韓国ＹＭＣＡに伽倻琴教室があることを知り、見学に行ってみることにした。そこにいらしたのが金幸子先生で、金先生は姉の友人だったのだ。偶然の出会いに感動し、「ぜひレッスンを一緒にしましょう」と言っていただき、さっそく私は入会したのだった。

金幸子先生は、一九八〇年、ソウルの在外国民教育院（いわゆる語学堂）へヤンジと同じ時期に通っていらした。日本からの留学生は、ほとんどが十代か二十代前半の若者ばかり、金先生とヤンジだけが二十代後半。「隣同士で座りましょう」とすぐに仲良くなったそうだ。ヤンジは日本国籍での留学だったため、教師が出席簿を見ながら「田中淑枝《たなかよしえ》」と呼んだとき、ヤンジがすくっと立ち上がり、「ソンセンニム（先生）、イ・ヤンジと呼んでください」と言った姿が今でも目に焼き付いているという。

一九八〇年。それにしても、姉は光州事件の只中に留学したのである。当時、よく公衆電話からのコレクトコールで、学生や市民運動の緊迫感を伝えてくれた。「さかちゃん、催涙弾で目がいたいよ。戒厳令が発令されるらしいから、急いで帰るね」なにもこんな時期に韓国へ行かなくてもよかったのに。

しかし一九八〇年に姉が初渡韓を決断した背景には、さまざまな事情があったのだ。今振り返ると、そうせざるを得なかったのだと納得できる。当時の私は、日韓関係についての知識も心の余裕もなく、よき理解者とはまったく言えない妹だったが、没後三十年が経ち、姉の作品や残された日記（一九八八年〜一九九一年）を読んでみて、当時の姉と真剣に向かい合ってみることにした。私の目の前には最愛の姉、危なっかしい姉が甦る。「さかちゃん、私、眠ったまま苦しくなって助けを呼んだら、まちがって知らない世界に到着してしまったの」そんな姉のつぶやきが聞こえてくるようだ。

不仲な両親と、商売に打ち込む父の帰化

姉は小さい頃からよく本を読み、勉強ができる子だった。四学年違いの私が中学に上がったとき、「よしえの妹だね。お姉さんは勉強ができて、作文もとてもうまかったよ」とクラスの担任から言われたりもした。山梨県の小さな町で生まれ育った私たちは、十歳上の兄哲夫、七歳上の兄哲富、そして姉、私、七つ違いの妹浩恵の五人きょうだい。父は反物の行商をして全国各地を飛び回っていたので、家にはあまりいなかった。「百円稼いだら五十円を貯金する。コツコツやっていくんだぞ」と五ダマのそろばんを器用にはじきながら私たちに話す。家にいるときは浴衣を着てデンと座っている。長男の哲兄《てつにい》は、体は大きいが病気がちの子だった。腎臓を患い入院、一年遅れで高校に進学した哲兄は、落語や

ジャズが好きでクラスの人気者だった。二番目の富兄《とみにい》は勉強が好きではなく、突拍子もない行動をする人だった。母は大阪東成区の大家族の長女として育ち、十九歳で父と見合い結婚、親戚も知人もいない山梨へやって来た。教育を受けていない母は、文字の読み書きもおぼつかなかった。姉が学校でもらってきた賞状を見せると、「一人でそんなにたくさんもらったら他の人に悪いから、みんなにも分けておいで」と言う。私と姉はよく顔を見合わせ、笑ったものだった。

姉の作品にも描かれているが、父と母の夫婦喧嘩はハンパなく激しかった。久しぶりに帰ってきた父と、最初はなごやかに食卓を囲んでいるのだが、母の発した一言でブチ切れる。兄たちはささっとちゃぶ台の上の物を流しに運び、そそくさと二階へ逃げていく。姉もトイレへ行く振りをして二階に逃れる。残った私は、「やめて！」の絶叫。「先に寝ていなさい」との母の言葉で、一階の奥の部屋で泣きながら眠ってしまう六歳の私。次の朝、目覚めると隣にうつ伏せで眠っている父の布団がまくれ上がり、浴衣から裸のお尻が目に飛び込んできた。慌てて台所へ走っていき、「おかあちゃん、大変だよ。おとうちゃん、パンツ履いてない！」一大事だと報告すると、白い割烹着を着けて味噌汁を作っていた母は、私を見もせず「布団をかけてあげなさい」食卓に座っていた兄と姉は、ただニヤついているだけだった。翌年、七歳違いの妹が生まれた。喧嘩の解決方法はこれだったのか。大人になってから納得した私だった。

父はコツコツ貯めたお金で東京・池袋に土地を買った。そこに旅館を建てたのが一九六二年。金貸しもやっていたし、東京オリンピック前後の好景気とも相まって、新宿区新大久保と大久保に旅館を三軒建てるまでになった。そして銀行の融資を受けるため、日本への帰化を申請した。ようやく受理されたのが、一九六四年だった。「あちゃらの人には金なんて貸してくれないんだよ。信用もしてもらえない。機屋さんでさえ、最初は品物を卸してもらえなかったんだ。だから日本国籍を取るしかなかった」大人になってから、父から聞いた話だ。こうして未成年だった私たちきょうだいは、自動的に日本国籍となったのだった。

私が小学三年生のとき、母は限界を迎えたのだろう、私とヨチヨチ歩きの妹を連れて大阪の実家へ帰ってしまう。中学に入学したばかりの姉、高校生の兄二人を残して家出をしたのだ。大阪の実家は長屋のような家で、私たちは一番奥の部屋で寝泊まりした。トイレの下には豚がたくさんいて（いわゆる「豚便所」）、怖かったことを覚えている。

私は深江小学校へ転入することになった。「今日からお友達が一人、このクラスに増えました。山梨県というところから……」パチパチと手をたたきながら「やまがあってもやまなしけ〜ん！」と笑いながら全員が声を揃えて囃したてる。ビビッた私は顔を真っ赤にして呆然と突っ立っていた。山梨では勉強が面白く、成績もよかったのだが、教科書も違うし、まったくついていけなくなった。ハルマン（おばあちゃん）の家では大阪弁や知らない単語がつぎつぎ発せられる。「おかあちゃん、早くおうちに帰ろうよ。お姉ちゃん、お兄ちゃんに会いたいよ」私は懇願した。

ある日、母が小さな妹を豚のトイレでおしっこさせていると、妹が空を見上げて「パ〜パ〜」と声を上げた。私もつられて「おとうちゃ〜ん」と声を出した。それが響いたのかもしれない、しばらくして父と兄、姉が大阪の実家にやってきた。玄関に現れた姉に私は飛びついた。「タナカ、仲良く暮らしてくれ」とハルマンや親戚に言われ、私たちは無事山梨へ帰ることになったのだった。のちに姉は、「なぜ私を置いて行ったの？　どんな思いで待っていたと思うの？」と母に涙で訴えていた。ヤンジの小説では母親の存在があまり感じられないと指摘されることがあるが、ここが原点だったのかもしれない。

哲兄と富兄は高校を卒業して東京に住むことになった。そして姉と私、妹と母の女四人が山梨で生活をすることになる。父は当時、父の旅館で住み込みで働いていた、母とは性格がまったく異なる口答えしない小柄な日本人女性と生活していた。これも大きな原因のひとつとなって、のちに十年にも及ぶ離婚裁判へと発展する。

父の事業は絶好調。旅館といっても、いわゆる連れ込み旅館だが、父は住み込みで働く従業員として、健康保険が持てない、あるいは住民票がないような人たちを積極的に採用していた。「博打や借金で逃げている人たちは、ふつうの会社では採用されないからマジ

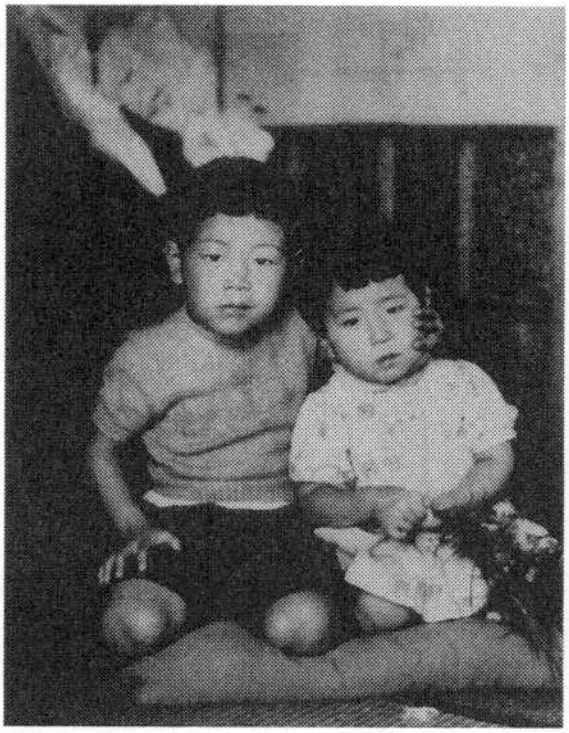

富兄とヤンジ（3歳頃）

1962年に建てた池袋の「城ヶ島旅館」前　左から母・秀子、妹・さか江（李栄）、次兄・富兄、父・浩、ヤンジ

富士吉田市・月江寺にて。左から、長兄・哲兄、さか江、富兄、ヤンジ（7歳頃）

メに働くんだよ」

姉と私はよく東京へ遊びに行った。遅くまで二人で遊び、電車で山梨まで帰るのがおっくうになると、新大久保の「城ヶ島旅館別館」へ行き、父に泊めてくれるよう頼むのだ。郷土愛なのか、父は「ホテル上高地」「河口湖ホテル」「ホテル山中湖」のように地名を旅館に付けていた。「明日、早く帰るんだぞ。じゃ、今夜は「イバラキ」の部屋に泊まれ」赤紫のふかふかな絨毯が敷き詰めてある薄暗い廊下を通って階段を上ると、一番奥の部屋のドアに「茨城県」と書いてある。全部で二十四ある部屋は、番号ではなく、すべて都道府県名になっている。「おとうちゃん、たまには「北海道」に泊まりたいよ」と言う私。ベッドへ横になると天井一面に大きな鏡が張ってある。姉と私は仰向けに寝転んで、鏡に向かって変顔をしたり芋虫ゴロゴロをしたり、その日買った洋服を広げたりして楽しんだ。翌週、学校で友達に、「今度、東京に連れてってあげるね」と自慢げに話すと、ある日男の子たちが言う。「おい、さかえっち、おまえの父ちゃん、東京でオマンコ屋やってるんだってな」何だかよくわからないながらも、ショックを受けた私は姉に話すと、「これからその話はしてはいけないよ」と諭された。

大学を卒業した哲兄は練馬区桜台に一軒屋をあてがわれ、富兄は「河口湖ホテル」の別室に住んでいた。姉が高校に入る前後の一九七〇年ごろ、若者の間ではグループサウンズが大流行していた。姉はタイガースのジュリー（沢田研二）の大ファンで、父に頼んで新宿アシベ（現在のライブハウス新宿ACB　HALL）のチケットを購入してもらい、通うようになった。そんな姉を見て、私は姉が高校生活を楽しんでいると思っていた。しかし、父と母の離婚調停が始まると、家庭内は暗くなり、とても朗らかで楽しい学生生活を送る雰囲気ではなくなっていった。女所帯の山梨で生活をしていた母が裁判で頼ったのは、近所のよしみでお願いした老弁護士だった。勝敗は初めから目に見えていた。でも母は奮起して、四十歳過ぎて運転免許を取り、河口湖畔のホテルで掃除や賄いの仕事を得て、私たちを育ててくれた。そんなある日、学校から連絡が入る。姉の担任からだった。姉が友達と富士吉田の西裏通りのバーで、制服のままカウンターで酒を飲んでいたのだという。謹慎処分となり、姉はそれからしばらく二階から降りてこなくなった。そして雪の降るある日、ちゃぶ台に一通の手紙を置いて家出をしたのだった。

京都へ家出、早稲田大学入学、中退

姉は京都へ向かった。そして住み込みで働ける、観光旅館に身を寄せることになった。富士吉田の近所に住む人の知り合いが京都にいて、母がお願いして姉を紹介してもらったのだった。姉はそこで体験したことを『ナビ・タリョン』（嘆きの蝶）に克明に描いている。初めて読んだとき、なぜここまでさらけ出すの？　と姉に文句を言ったことを覚えている。今回、姉の日記を保存するためパソコンに書き起こしながら、ある記述に引き付けられた。

一、個を描く場合（実在の人物）、事実を書くということはどういうことなのか（よく書くか悪く書くか、どちらにしても書くということの権力性に関わってくる）

二、究極の純文学は、身辺の徹底的描写であり、記録ではないのか、とかねがね自分は思っている。するとその考え方そのものが、名誉棄損等、犯罪性をはらんでいることにはならないか。

三、アーティストは断罪され、罰として死をいつも宣告されている存在である。

Ex. ナビタリョンの京都描写。私はN旅館に恩を受けながら一生ご挨拶には行けない罪をおかしたような呵責を今でも感じている。

とある。姉は京都でお世話になった旅館の人たちのことを、いつも気にかけていたのだと思う。しかし旅館での体験は、まさに姉が心を痛めながら感じとった、凝縮した「日本の姿」だった。それに、熱烈なファンだったジュリーの出身校の鴨沂《おうき》高校に転入できたし（!）、人生を変えるきっかけとなった日本史教師とも出会い、「私は朝鮮人です」と胸を張って生きていこうと決断するきっかけとなった貴重な日々だったのだ、と私はいまあらためて思う。その影響を、もちろん妹の私も受けている。

姉は鴨沂高校を卒業後、東京へ行き、哲兄の家に転がり込んだ。もともと哲兄と姉は、本や音楽など共通の趣味があったし、人種差別や社会問題についてもよくふたりで議論するなど、離婚裁判以外では仲がよかった。姉は猛勉強をはじめ、早稲田大学を目指すことになる。『私にとっての母国と日本』（一九九〇年）に詳しく書かれているが、姉は民族、在日同胞と活動をするために早大への入学を決めたのだという。ところが入ってみると、「帰化」した同胞への冷淡な反応に、大きなショックを受けることになる。実際、一九七〇年には早大の先輩に当たる梁政明《リャンジョンミョン》（日本名は山村政明）さんが、自分が日本国籍を持つことへの呵責の念と同胞社会から背を向けられた苦悩を遺書に書き留どめ、大学近くの穴八幡宮で焼身自殺するといういたましい事件も起きている。姉は「同胞社会の、ヒステリックなまでの反応に出くわすたびに疑問を覚えるようになり、口先だけの「我が国」を論じ「革命」を叫ぶ」活動に疑問を抱く。

結局、姉はたったの一学期で、早稲田大学を中退することになる。

このころの様子を、のちに文化センター・アリラン（新宿区大久保）に勤めていた鄭剛《チョンガン》憲《ホン》さんからうかがったことがある。彼はヤンジと同じサークルにいた早大の先輩で、一緒に韓国大使館前のデモに参加するなど、行動を共にしていたという。「大学を辞めたヤンジから長い手紙をもらってね。それにきちんと返事もできず彼女は去ってしまったんだ。そのことが今でも悔やまれる。その手紙、今は手元にないけれど、理路整然とした胸を打つものだったよ」鄭さんは、今では私のオッパ（兄）役をしてくださる貴重な方だ。

大学での活動に失望した姉だったが、姉自身も書物でしか民族と関わってこなかったことを反省し、「朝鮮人」がたくさん集まっている荒川区のヘップ工場で働くことを選ぶ。哲兄と私はまったく呆れ果てた。哲兄がせっかく父を説得し、大学入学の許可を得てくれたというのに、中退して工場で働くなんて。

父の怒りはものすごかった。姉が京都に家出したときも、「母親のしつけがなってないからだ。どうせ腹を大きくして帰ってくるのがオチだ！」と高校生だった私に怒りをぶつけるように言った。そしてこのときも、高三で受験を控えていた私にとばっちりが飛んできた。「女は大学なんて行かなくてもいい。よしえを見てみろ！」

姉の行動の過激さは増していった。冤罪事件として知られる「丸正事件」の救援運動に関わることになったのだ。山梨にいた私へもビラが送られてきて、カンパの要請もきた。ある日、姉が銀座の数寄屋橋公園でハンストをすると知った私は、「おかあちゃん、お姉ちゃんがハンストするんだって。美以子ちゃんと見に行ってきていい？」と聞く。「そうか、じゃあ、差し入れを持って行っておやり」と大きなおにぎりと煮物や漬物を託され、数寄屋橋公園へと向かうことになった。東京へ行けるうれしさに、張り切って美以子ちゃんとおそろいのTシャツ（たしか星条旗が描かれてた）でテントにいる姉に会った。「さかちゃんたち、そのTシャツ早くひっくり返しなさい。それにハンガーストライキだから、差し入れは食べられないのよ。ごめんね」ハンストの意味がようやくわかった私だった。

一九七六年八月、短い髪にハチマキをした二十一歳の姉は大勢の人たちと一緒に、一週間の釈放要求運動をやり遂げた。この事件は、主犯とされた李得賢《イドクヒョン》さんたちにアリバイがあり、弁護士たちが真犯人と思しき人を突き止め告発したにもかかわらず、逆に告発した相手から名誉棄損で訴えられ、弁護士資格を剝奪されるという大きな事件へと発展した。結局、冤罪は晴らされぬまま李さんは亡くなり、正木ひろし弁護士も上告中に死去、公訴棄却となった。姉は『影絵の向こう』で当時の心境を綴っている。「しかし、あれはどう説明したらいい感情なのだろう。運動が組織的になり、広がりを持てば持つほど、章子は、いたたまれないような憂鬱を覚え始めた」

きょうだい三人暮らしの中で

私は、大学受験をあきらめ簿記の専門学校へ行くことにし、上京して姉が身を寄せていた哲兄の家に居候することになり、きょうだい三人での暮らしが始まった。まだ離婚裁判は続いていたから、父側にいる哲兄と母側の姉と私の関係は奇妙なものだったが、掃除のできない哲兄と姉のひどく散らかった部屋が、私が加わったことできれいになったことを哲兄は喜んでくれているようにも見えた。

家庭裁判所へ三人で向かうときのことだった。地下鉄はとても混んでいた。姉が急に下を向き、嗚咽し、呻き声を上げ始めた。「殺される、う〜殺される」兄と私は心配して「大丈夫か？　どうした？」と小声で話しかけたが、姉は目に涙をいっぱい浮かべて鼻水まで垂らしている。あわてて次の駅で降りたのだが、姉は、「日本人に殺される。いくら日本人のフリをしたってわかってしまう。帰化したって殺されるんだ」と呻きつづけている。困り果てた顔で兄は姉に、「お前、今日は帰れ」と言ってから、私に向かって「妄想癖が始まったんだ」とささやいた。「裁判所が終わったら、おいしいものを食べよ」と私も泣きながら姉の肩を抱いた。姉の作品にはこうしたシーンがよく出てくる。残虐な歴史は解決もされず、引き継がれ、私たちを未だに苦しめつづける。

哲兄は跡継ぎとして、父の会社の専務として仕事をしていたが、父はジャズ好きの哲兄に歌舞伎町一番街へ「ファティ」という店を出してあげた。地下へ降り、ガラス窓付きのドアを開けると、ＪＢＬの大型スピーカーから大音量の音楽が飛び出してくる。入ってすぐのカウンターはおしゃれなワインレッド、奥にはソファとテーブル席。カウンター横には電話ボックスがあり、電話が鳴ると点滅ライトで着信を教えてくれる。音楽を遮らないよう呼び出し音が出ないようにしているんだ、と哲兄はうれしそうに自慢する。そして大学を辞めた姉は、「ファティ」を手伝うことになったのだった。父には反抗を続ける姉だが、温和な哲兄が説得をしたのだろう。お店は姉が入って華やいだ。お客さんも、ヤンジがいついるのかを確かめてから来店するようになっていた。哲兄はジャズのリズムに合わせて大きな身体を揺らしながら、ウィスキーを注ぐ。本当にうれしそうだった。文壇関係、劇団関係の人が大半の、盛況店になっていった。

だが、そんな平和な状態も長くは続かなかった。「客より先に酔っぱらってどうするんだ、客に食ってかかるなんて、客商売をなんだと思っているんだ」と哲兄は姉を叱ったが、毎晩店を閉めたあと、兄姉は二人でゴールデン街や歌舞伎町を飲み歩き、酒臭い息を吐きながら帰ってくる。翌朝、私が「売上はどうだったの？」と尋ねると、「三万円弱」。「でも、そのあと他の店で飲んで食べてタクシーに乗って帰ってきたら、利益なんて出ないでしょうに！」と私。姉はそんなことを一向に気にする気配もなく、お風呂に入って前夜の続きのようにヘレン・メリルの「You'd Be So Nice To Come Home To」をご機嫌で歌っているのだった。

練馬桜台に伽倻琴の第一人者池成子《チソンジャ》先生がいらっしゃる！　ある日、そう知った姉は飛び上がって喜んだ。早稲田大学に入学した当初から、韓国にも伽倻琴という琴があることを知って興味は持っていたという。いずれ習いたいと思っていたに違いない、池先生を訪ね、すぐに弟子入りを果たした。まったく、この突撃体質はかわらない。山梨の高校時代、箏曲部にいた姉は、「構造的な違いや音の違い、技法の違いなどから日本と韓国の文化的な違いまで連想させられ、まさに、民族意識を裏づける大きな役割を果たしてくれる」と書いている(『私にとっての母国と日本』)。姉の没頭ぶりはすさまじかった。私も兄も、その音色に魅了された。

一九七九年、私は専門学校を卒業して会計事務所に勤め始めた。二十四歳の姉は「散調《サンジョ》の律動の中へ」という手記を「三千里」(七九年秋号)に投稿している。「アリラン、トラジ、ノドルガンビョンと民謡を覚えていく中で、私は伽倻琴のもつ音色の幅広さとおおらかさに、安心できる場所を求めていたように思う」「チニャンジョ、チュンモリ、チュンジュンモリ、クッコリ、チャンモリ、フィモリ……。それでも自分の〈朝鮮〉に向かって動き続ける私の息づかいは、この間断ない散調の律動感の中で今も相変わらず不安定である」散調とはいわゆるテンポで、ゆっくりからだんだん速くなる、代表的な伽倻琴の曲だ。姉はようやく、書物の中で知った観念的な民族とは別の、本物の民族に出会えたと思ったのではないだろうか。

姉は「ファティ」をクビになり、哲兄には彼女ができた。その人はゴールデン街で働いていた経験がある、哲兄より五歳年上の日本人女性だ。「ファティ」は姉がいなくなってから客足が落ちたようだった。「オレは商売に向いてないんだよ」と哲兄。「なに言っているの、あの父親の息子じゃん。こうなったら新宿のホテル王になるぐらい、お父さんを見習ってがんばれば」と私。けっきょく哲兄は店をたたんで結婚し、サラリーマンになっ

高校へ入学して日舞を習い始める（15歳）

恨を解く踊り、サルプリを舞う（34歳）

た。父はさっそく哲兄夫婦のために、日野市に大きな家を建ててあげた。そして桜台の家は、姉と私の二人だけになった。

私は会計事務所での勤務のあと、スナックでバイトをしていた。父からお金をもらうのが嫌だったからで、お金を貯めて、いつか大学へ行こう、それから海外旅行もしてみたい、と思っていた。姉はいつもお金がなくてピーピーしていたから、私は自分が勤めるスナックのママに姉を紹介して、バイトをさせてもらうことにした。しかし姉は、何日か勤めたものの「やっぱりだめ、私にはできない」と辞めてしまう（ちなみに、姉の源氏名はゆかり、私はさゆり）。「ファティ」でもゴールデン街でも働いたことがあるのに、どうしてだめなの？　と聞くと、「あそこには文化があった。こういうところはオトコたちの発散場よ」。ふーん、どっちも欲望は同じだと思うけどな。

そんなある日、父の会社の事務員さんから電話があり、富兄が二、三日前から高熱を出して寝込んでいるという。富兄とは何日か前に電話で話したばかりだった。そのころ、富兄は歌舞伎町のとんかつ屋で働き、キャベツ切りを担当していた。何ヵ月かに一度、富兄と一緒に山梨へ私の運転で行ったりもしていた。姉と私は大急ぎで「河口湖ホテル」へ駆けつけ、救急車を呼んで富兄を病院へ連れて行った。

「おう、ひさしぶりだな」目が醒めたとき、富兄がそう言った。病院で解熱剤をもらい、桜台の家へ連れて帰ってきた。すると、「おれ、小さいとき、庭の木に登って頭から落ちたからバカになったのかな。迷惑かけたなぁ」としみじみ語った。しかし、これが兄から聞く最後の言葉になるとは……。

翌朝、父と姉が富兄を杉並の総合病院へ連れて行った。検査のため、脊髄に大きな注射をしたという。私は会社にいて、姉から電話をもらった。「まるで呂律が回らず、目の焦点もあってないの」私は急いで病院へ向かう。しかし、富兄はそれから二年間、ベッドから起き上がることはついになかった。父は全財産をなげうってもいいので助けてくれ、と懇願した。富兄の入院がきっかけとなり、山梨にいた母と妹が東京へ引っ越してくることになった。病室で、また父と母が顔を突き合わすことになる。父は「母親らしくない」と母をなじり、母は「先祖を大切にしないからだ」と父を責め、再び応酬が始まる。もう、いい加減にしてほしい。早く裁判で決着つけてよ。お父さん、旅館の一軒でも売って、その金で解決してよ！　姉と私はキレて叫んだ。

そのころ、哲兄は家庭を持ち、順風満帆な生活を送っていると思っていた。しかし、たまに富兄の病室で哲兄に会うと、どんどん痩せていく哲兄の姿を目にして驚いた。「嫁さんのカロリー制限が厳しくてね」聞くと、玄米と野菜ばかりを食べて過ごしているそうだ。それにしては黒ずんだ顔色で、とても健康そうには見えない。ベッドで眠っている富兄のほうがまだつやつやしている。ちょっと駅前で焼き鳥食べていこうよ、奥さんには内緒にすればいいじゃん。そんな密会も何回かあった。

やさしかった哲兄、そして富兄が……

伽倻琴に没頭していた姉は、池成子先生の紹介で、韓国の人間文化財、朴貴姫《パククイヒ》先生と出会う。その後、朴先生に身元引受人になってもらい、韓国への留学を決める。そして一九八〇年五月、光州事件のさなかに日本を出国した。――姉亡きあと、私の会社で仕事を一緒にしていた金床憲《キムサンホン》さんが、同時期に姉と同じ語学堂に通っていたと聞いて本当にびっくりした。「あの時期、子どもを韓国へ行かせる親は相当無知だったと思うんですよ。うちもそうだけれど。ヤンジさんは大人びていて黒いコートを着て目立っていました。誰だ、保護者同伴で来たのは、なんて若い同胞が言っていたのを思い出します」「あら、ひどいことというわね（笑）」思わず噴き出してしまった――初めて踏む祖国ウリナラ、姉は伽倻琴だけでなく舞踊の稽古も始めた。金淑子《キムスクチャ》先生に師事し、巫俗《ムソク》伝統舞踊に心を奪われ、のめり込んでいく。

　十月、姉が五ヵ月ぶりに日本へ戻ってきた。スナックのバイトを終えて帰宅した私は、姉と少し話をして、もう寝ようと思っていたところで電話が鳴った。姉が受話器を取る。「え、誰が？　なに言ってるの？」哲兄の妻からだった。受話器を持つ手がぶるぶる震え出す。「哲兄が死んだ」私たちは急いで世田谷警察へ向かった。警察の前には父と兄の妻が待っていた。私は父に飛びついた。「なになに、なにがあったの？」帰宅途中の駅のトイレで倒れているところを発見されたのだという。検査の結果、くも膜下出血だとわかった。三十一歳だった。

友人が多く、慕われていた哲兄の葬儀は盛大に行われた。哲兄の子は生まれてまだ三ヵ月だった。哲兄は亡くなる数日前、父を日野の家に招いて「親父の十八番の連絡船の唄を歌ってくれよ」「オレ、韓国にも行ってみたいな。親父も行こうよ」と言ったという。父は「アリラン」、「トラジ」、「連絡船の唄」を酒を飲みながら歌ったそうだ。まさか、溺愛する長男がこんなに若くして亡くなるとは夢にも思わなかっただろう。大阪の親戚も大勢集まった。こんな不幸がきっかけとなって父と姉が対面することになるなんて。もしかしたら、二人のことを心配していた哲兄が導いたことだったのかもしれない。

姉の悲しみ、喪失感はあまりに深かった。姉が「由熙」で芥川賞を受賞した後の一九九〇年、ソウルで書いた日記にも、何度も哲兄への言及がある。当時、実業家のYという男性に片思いしていた姉は、「哲ちゃんにそっくり、哲夫にいちゃんが十年ぶりに現れたのか、とも考えた」「太っていておなかがでていて、ゆっくりと太い声でしゃべる人が好きというこの好みは、兄コンプレックスなのだろうか」奔放な姉をずっと見守り、味方になり、大きな愛で包んでくれた哲兄は、もういないのだった。

その一年後の一九八一年十二月、病室にいた富兄を、今度は私が看取ることになる。富兄のベッドの横に並べた簡易ベッドで、私もそろそろ寝ようと思い、洗面台で歯磨きをしていたとき、ふと見た鏡に富兄の顔が映った。一瞬、富兄がうっすら目を開け、目をしばたたかせたように感じ、思わず振り返ると、すうっと富兄の全身が沈んでいくように見えた。私は歯ブラシを握りながら、なんとも言えない気持ちでその様子を見つめていた。そして、慌ててドクターを呼びに走った。

哲兄が迎えに来たのか。そうにちがいない——。こうして富兄の二年間にわたる闘病生活は終わった。

哲兄のときとは対照的に、淋しいお葬式だった。当時、姉はソウル大学国語国文学科への入学手続きなどの渦中にあり、お葬式には帰ってこられなかった。

棺には、富兄の好きだったロックやヘビメタのレコードを一緒に入れてあげた。「生前どんな方だったのですか？　こんな、きれいな喉仏は見たことがありません」と焼き場の方が言った。本当だ、お釈迦様がブルーの袈裟をまとっているような姿形をしている！　私はふしぎと感謝の念のようなものがこみ上げてきた。

姉は入ったばかりのソウル大を一時休学し、富兄の四十九日に間に合うように戻ってきた。そしてとうとう、両親の離婚裁判も終結した。それからしばらくして、正式に父のつれあいとなる女性が私に言った。「離婚が決まったとき、さかえさんのお母さんからお電話がありました。『悔しいけれど負けました』と」そのときの母の気持ちを思うと、私はいまでも胸が詰まる。

現・あきる野市の西多摩霊園に「田中家」の大きな墓が建てられた。意気消沈していた父は、すべてを哲兄の妻に任せたようだった。日本式の葬式や仏事を知らない父には仕方がないことだったが、私にはたった一年の結婚生活しか送れなかった哲兄が不憫でならなかった。

小説家・李良枝の誕生

現在もソウルで舞踏家として活躍している姉の友人の金利恵《キムイヘ》さんが、『中くらいの友だち』Vol.7（二〇二〇年六月、皓星社）でヤンジと中上健次さん、講談社の辻章さんと出会ったときのことについて書いている。ヤンジは酒を飲みながら自身の生い立ちや経験を饒舌に語っていたそうだ。「中上さん、去年死んだ私のオッパ（兄）にそっくり」中上健次さんに、姉は、「オッパと呼んでいいか」と甘えたのだった。「おまえな、今しゃべったこと、それ書きなよ」と中上さんは姉に言い、辻さんには「読んでやってくれよ」とお願いしたそうだ。姉は二人に背中を押してもらい、「ナビ・タリョン」を書き上げていくことになる。

一九八二年、中上健次さんとの縁がきっかけとなり、「群像」十一月号に掲載された「ナビ・タリョン」は、芥川賞の候補作に選ばれた。東京にいた私はびっくりした。父に、「お姉ちゃん、琴と踊りを始めたと思ったら、いきなりソウル大学に入って、そしたら今度は小説にまで足を突っ込んで芥川賞候補だってよ！」と言うと、「なに？　それはいくらかかるんだ！」と父。けっこうな金額、かかるかもね、と私は笑った。

父と姉はそれまでと百八十度ひっくり返った関係になった。姉と私のために高田馬場に部屋を借りてくれ、「紀伊國屋の原稿用紙じゃなければ書けない」と姉が言えば、父は「ベンツ」と名付けた大きな自転車で新宿紀伊國屋へ急いで向かう。掲載された「群像」を五ヵ所の書店で何部も買い求め、ベンツの荷台に括り付ける。「一ヵ所で沢山買ってはダメなんだ。いろんなところで買えば、あちこちで評判だと思われるだろ。商売人はここを使わないとな」と指で頭をポンポン。久しぶりに父の笑顔を見た。その後、三ヵ月ごとにソウルと東京を行ったり来たりしながら、姉は「かずきめ」、「あにごぜ」、「刻」を書き上げていく。芥川賞候補になり、選考会の日に編集者と結果を待つ。そして受賞を逃した夜、父に報告する。すると、「また不渡りか。仕方ない。わはは」と父は笑う。またあるときは、姉からの電話を受けた父が、「来週、台風が上陸するらしいぞ」とうれしそうにほほえむ。そう言って姉がソウルから戻ってくることを教えてくれるのだった。

父は千葉県房総半島にある御宿で民宿を始めた。民宿とはいえ八十人も収容できる立派なものだ。しかし、紫の看板に黄色の文字で「ビジネス民宿　都」という看板からは、新宿の連れ込み旅館の雰囲気が漂っていたが……。民宿を開く場所を御宿と決めたのは、海に向かって「てつお〜とみ〜」と毎朝叫ぶことができるからだと言っていたが、きっと、故郷の韓国済州《チェジュ》島のことを思い出していたんだと私は確信している。白い砂浜、長いビーチ、土日や夏休みになると駅前は人だかり。サーファーや海水浴客でいっぱいだ。当然、私も手伝いに駆り出された。

そのころ私は会計事務所を辞め、経理として日本ソフトバンクに勤めていた。社長は孫正義さんだ。パソコンが流行り始めたころで、当時はソフトの卸売りや専門雑誌を発行していた。孫さんが在日韓国人だと知り、親近感を感じていたが、直接、そのことを話したことはなかった。私の社員番号が五十番だったから、まだ小さな会社だった。いつもサンダルを履いてにこにこしながら九段下の坂を下りてくる。給料日になると、銀行の出金伝票に印鑑を押してもらおうと、数字を書いたメモを渡す。「え〜田中ちゃん、うちはこんなにお金あるの?」「いいえ、これは口座番号です」やはり天才は言うことが違う。私の父が御宿で民宿を経営していると言うと、新入社員研修で「ビジネス民宿　都」を使ってくれたりもした。そのうちあれよあれよと大企業になっていく途中で会社も様変わりし、私は二年半で辞めてしまった。居残って株をもらっていればと悔やんでももう遅い(笑)。孫さんは名前を変えずに日本国籍を取るため、妻側が「氏の変更」を申し立て、戸籍上の氏を「孫」に変更することを裁判所が認めた。帰化にあたって日本国籍で初めて

「孫」姓が誕生したのだそうだ。今は朴さんでも安さんでも日本国籍は取れるようだが。

一九八八年、姉はソウル大学を卒業し、梨花女子大学舞踊学科大学院へ研究生として入る。ソウルオリンピックが開催された年だ。

姉はソウル大学の卒論について、自身で全集の年譜に書いている。タイトルは「바리공《パリコン》주《ジュ》とつながりの世界」。「口碑文学である巫歌《ムガ》『바리공주《パリコンジュ》』（捨て姫）に現れた韓国人の他界観念、神観念を、女性史の視点からまとめた。巫俗における仏教受容の意義の大きさについて考え直すきっかけとなった」とある。遺作となった「石の聲」にもパリコンジュは登場する。娘ばかり生まれ、七人目の娘は捨てられてしまうが、仙女に拾われて十五歳まで育てられる。別離、放浪、地獄を経験して菩薩となり、自分を捨てた父母を許し、命あるすべてのものを救ったといわれる民話だという。姉は自分をパリコンジュと重ねて巫俗の祈りを舞っていたのではないだろうか。

そしてこの年、「由熙」が発表された。由熙本人の視点ではなく、下宿の韓国人女性オンニ（姉）の側から語られる、在日女性の物語だ。私は姉の留学中、ソウルの姉の下宿を訪ねて、三神閣《サムシンカク》という出版社を経営する李敏子《イミンジャ》さんとお会いし、手のかかる姉を実の妹のように世話してくださっている姿を確認し、安心したものだった。大学も執筆活動も踊りも、世話好きで安定した敏子オンニがいたからこそ成り立っていたのだと思う。「由熙」

を読んで、語り手のモデルは敏子オンニなんだろうな、と私は思った。そして「由熙」は四度目の芥川賞候補となった。同じ年、私はOLを辞め、それからの一年間はニューヨークで語学留学をしていたから、姉とは手紙でやりとりをしていた。OL時代の給料と夜のバイト（銀座に昇格！）でコツコツと三百万円を貯め、渡米が実現した。日韓に縛られたくなかったし、人種のるつぼというところで生活してみたいと思ったのだ。

そして、「由熙」は第百回芥川賞（一九八八年下半期）を受賞する。一九八九年一月、姉はソウルで敏子オンニと電話で受賞の連絡を受けた。テレビに映った姉を、私は母の家で見ていて、思わず飛び上がってしまった。「よかったね、これでお姉ちゃんも小説家としてまともに生きられるね」母と祝杯をあげ、父とは電話で喜びあった。

授賞式に出席するため日本に戻ってきた姉は、緊張のためか、ひどく無口だった。授賞式の招待者をどうするか。「お父さんとさかちゃんの呼びたい人だけ呼んで」と、姉は山梨の同級生と一部の友人しか招待しなかった。一番よろこんでもらいたかったのは、やはり哲兄だったにちがいない。それからの姉は本当に忙しそうだった。夜になると、「ああ、芥川賞なんて取らなければよかった」と言いながら震え出すこともあった。

授賞式は華やかで、大勢の人が集まった。金屛風を背にブルーのスーツを着た姉が座っている。司会者が「突然でございますが、第九十九回までは副賞は五十万円でしたが、第百回からは百万円といたしました」と言うと会場がざわめき、笑いと拍手が起こった。選考委員の黒井千次氏のことばが印象に残っている。「お二人の受賞者の共通点は南木佳士さんは医師をしながら小説を書き、李良枝さんも踊りをしながら小説を書いている。また南木さんは医師だが看護師の視点で書いている。李さんは韓国に留学している立場でありながら受け入れる韓国の女性を視点に設定した。そこにある距離、虚構の視点を他にすえたことがとても面白く、敢えて自分との距離を置き自分をながめている」姉は緊張しながらもきちんとスピーチし、にこやかに話していた。姉のそばに立つ父の顔には満面の笑みがこぼれていた。

授賞式の翌日、兄たちへの報告のため、姉と墓参りに向かった。黄色と白の菊の花、お酒、お供えを置いて、正賞としてもらった時計を並べた。お墓の前で手を合わせていると、突然、ガチャーンと時計が落ちてしまった。墓石にかけた水ですべったのだろう。姉を見ると大粒の涙を流し、「やっぱり賞なんてもらわなければよかったんだ。哲兄たちが、おまえばっかりいい思いをして、と怒っているんだ」そんなことないよ、お兄ちゃんたちが一番喜んでくれているはずだよ。

多忙になった姉は、梨花女子大学大学院を休学する。三月、山梨県富士吉田市では市民文化スポーツ栄誉賞を受賞し、十月には『李良枝富士に踊る』で「プジョンノリ」「僧舞」そして「サルプリ」を舞い、出雲市にも招かれて踊った。照明、音響、舞台進行ま

1988年、ソウル大学
国語国文学科卒業式

左から、さか江と猫とヤンジ（32歳）

1989年2月、父と、芥川賞授賞式にて

で、ちょうどそのころ私が勤めていたイベント会社が、全面的に応援してくれた。パンフレットの舞についてのわかりやすい解説も、姉が丁寧に書いていた。公演の締めくくりには芥川賞の「受賞のことば」を朗読する。

「韓国語で、愛は사랑《サラン》と言い、人は사람《サラム》と言う。そして人の生そのものを삶《サルム》と呼んでいる。(中略)

日本語も、愛は〝あ〟から始まり、生もまた、古くは、〝あ〟と読まれていた。人としての同じ思いが、同じ音の中に浸しこめられてきた。

強く、温かく、たおやかな息づかいを、私は二つの言語の響きの中に感じ取る。

今からなのだ、と思う。

生き行くためのことばの杖。血のうねりの只中で、その厚みを得ていくことができれば、と願っている」

この後、縁あって一ヵ月出雲に滞在することになる。「ソウルはもういい、と考えた。けれども今、ソウルをこんなにいとおしく思う。由煕は終わった、と考えた。しかし自分自身がその後を書き綴っているのだ。そのことを知らされた」と当時の日記に書いている。

翌一九九〇年梨花女子大学大学院に復学。そのころから、日記帳の表紙の真ん中に、「樹」という文字が記される。「石の聲」のベースが生まれてきたのだろうか。見開きの右のページには○印が亀の甲羅のように十個配置されて線で結ばれている図柄があり、時間帯ごとに起こったことが書かれ、左頁には文章が書かれている。「石の聲」の構想の一部のようだが、いまとなってはその意味することはわからない。

また、ある日の日記には、「ニーチェ『ツァラトゥストラ』君は君自身の炎で焼こうと思わざるを得ないだろう。いったん灰になることがなくて、どうして新しくよみがえることが望めよう」につづけて、「「石の声」のエピローグとして」と記している。

翌一九九一年の日記にはＡ４の用紙が挟まっていた。

☆舞踊科に入ってからははっきりと「踊り」というものがキライになった。
・舞踊家たちの質・尊敬できる人たちにあえなかった。
・学歴にかかわらず芸に対する心構えがみな同じ
・大学制度との関係、ジャーナリズム的世界
☆韓国に来て、十年にしてもなお、「ウリナラ」を全面的に愛することができないことを知る。
☆離れてこそ「祖国」は愛せるのではないか。離れる時期に来ている（たとえば十年たっても韓国の小説を何冊もよんでいない自分）
☆日本に戻り、また離れたところで「祖国」を見つめる作業をすべきと思う。

姉の日記は、まだソウルにいた一九九一年十月十日の「12：00さかちゃんtel有」が最後となっている。「石の聲」の原稿の進み具合も「今日は七十枚までいった」と綴っていた。

プツリと途絶えた大長編、その後の波紋……

一九九一年に梨花女子大学大学院単位取得、翌九二年一月、姉は本当にソウルを完全に引き払って日本へ戻ってきた。船便でたくさんの本を送ってきたのでいよいよ本格的に長編に挑むのだな、と思った。日本へ戻ってきてからはワープロで原稿を書くようになり、集中の度合いもスピードも増していた。「さかちゃん、大作になるよ！　今度のは」と鼻を膨らませながら大きな目で私に語ってくれた。当時、私は日中英韓四ヵ国語の月刊誌「We're」の発行準備に取り掛かっていて、南米系アメリカ人と結婚したばかりだった。そんな私を全面的に支えてくれる姉が帰ってきてくれたことは本当にありがたかった。創刊号のために、姉は「私たちのDiscoveryを求めて」という巻頭言を書いてくれた。しばらくの間、隣の部屋で姉が一心不乱にワープロを打つ音が響き続けていた。だが、その音が突然、本当に突然、止まってしまう……。

姉はあっけなく逝ってしまった。一九九二年五月二十二日、たったの三十七歳で。姉の葬儀は新大久保の寺で営まれた。看板には「故　田中淑枝（李良枝）儀葬儀式場」とあり、「ヤンジって田中淑枝だったのか」とささやく参列者の声が聞こえた。そこまで気が回らなかった私は、姉が「李良枝と書いて」と言っている声が聞こえるような気がしていたたまれなくなった。ごめんね、お姉ちゃん。病室から抜け出して参列してくださった、やせ細った中上健次さんの姿もあった。写真家の荒木経惟さんは空の雲の写真を熱心に撮っていた。

姉が亡くなった直後から、さまざまなことがあった。

「ヤンジは自殺したのではないかという噂があるけれど」と週刊誌の記者が職場へ訪ねてきた。私は多言語雑誌を発行するため自社を立ち上げたばかりで、父のアパートの管理事務所を編集部にしていた。相手にする気にもならなかったが、誤解は解かないといけない。ちょうど東京女子医大での解剖結果を聞くために出かけるときだった。「病院へ死因を聞きに行くので、一緒に行かれますか?」私は落ちる涙をぬぐうこともできず記者に言った。

父はホテルをすべてアパートに改築し、新大久保の「城ヶ島旅館別館」は「国際友好会館」という名のアパートになった。名前のとおり八割が外国人入居者だ。アパート以外の部屋は、韓国料理店のテナントに貸すことになった。その「国際友好会館」の屋上に、

『イ・ヤンジコーナー』を設けることにした。現在も遺品や愛読書などを保管している。ここのアパートが面している通りは、通称「イケメン通り」と呼ばれていて、韓国料理店や化粧品店、ハングルの看板が並ぶ通りに様変わりした。

「李良枝」の文学に対する批判や評論も、いくつも送られてきた。なかにはプライベートに関することを書いた文章まであった。当時、韓国では特に忌み嫌われる解剖を医師に許可したこと、もしかしたら生き返るかもしれない姉の体を傷つけて、二重の苦しみを与えてしまったことをずっと悔やんでいた私には、たいへんつらく、悲しいことだった。

姉はひとりの女性としてたくさん恋愛もした。しかし、身内も知らない、姉の男性関係や私生活を書いたものなど、読みたくもなかったし、亡くなって反論をする声を持たない姉の無念を思うと、自分のことのように深く傷ついていった。その筆者へのインタビューで、聞き手が「異議を申し立てできない人物との出来事を描くことには、個人的には強い違和感を覚えました。遺された家族などから反発があるとは考えなかったのですか?」と問うと、「考えましたよ。直接的な抗議はなかったけどね」とその筆者は答えている。

その一方、姉のことを直接知らないながらも、深く理解してくださる若い人たちがいることをいまは心強く感じている。卒論や研究論文を書くために、連絡をくれた方々も大勢いる。

姉の文学に共感を寄せてくださる作家のひとり、温又柔《おんゆうじゅう》さんを招いたセミナーが、今年（二〇二三年）一月二十一日と二十二日、大阪大学で開かれた。タイトルは、「『在日』文学再考」。温さんは、その第一部のキーノートスピーチで、「言葉の居場所を探して」という演題で講演をされた。温又柔さんは李良枝の文学について、「切実な世界性がある」と言う。しかし、温さんはその言葉の表面から、昨今の風潮のようになんでも「多様性」や「普遍性」へと結びつけて賞揚する読み方には抵抗がある、しかし同時に「在日コリアン」という境遇に還元して語られることにも抵抗したい、と主張する。そして、温さんにとって李良枝とは、「いろんなことをひっくるめた私が、ただ私であるという状況を、何にも脅かされずに生きる権利を思い出させてくれた作家」だと語っていた。また、第二部「李良枝再読」では四名の女性研究者たちによるパネルセッションがあった。こちらも深くすばらしいセミナーだった。その中で在日作家の世界について、「家父長制の中で生きている在日マッチョ男性たちの中でのイ・ヤンジ」は晒されていたというジェンダーの視点からの発言に、とくに私は興味を抱いた。

また、同じく今年の一月には、一橋大学大学院の文熙詰《ムンヒチョル》さんが修士学位論文を書き上げてヤンジコーナーを訪ねてくれた。彼は一九九二年、姉が亡くなった年に生まれた方だ。父親が韓国人、母親が日本人で日本と韓国で生活をし、教育を受けている。日本にいるときには韓国語は使ってはいけない、韓国へ行ったら日本語は使ってはいけない、と小さいときから周囲の反応で感じていたという。東京外国語大学へ入学し、学んでいた二〇一七年ごろ、新大久保でヘイトスピーチの現場を見て体が震えたそうだ。そして安田浩一氏の『ネットと愛国』などをむさぼり読み、李良枝の文学と出会う。衝撃的な出会いだったという。

私もヘイトスピーチをするおそろしい団体を、父のアパートの屋上から何度も目撃してきた。二〇一三年からは本当に酷かった。毎週のように「韓国人出ていけ」「なんで韓国のものを買うんだ」と大声で叫ぶ団体が押し寄せてきた。するとカウンター、その行為に対し抗議する人たちも、沿道から声を上げる。「仲良くしようよ」と書いたポスターを、店子である韓国のニューカマーの経営者が、大きな垂れ幕にして貼って対応している姿が印象的だった。二〇一三年三月に、父は心筋梗塞で亡くなっていた。九十歳だった。父が死にもの狂いで築いたこの地で、この光景を見ずに済んでよかったとつくづく思う。

父母の故郷、「石の聲」、そしてこれから

あれからもう、三十年。私たち家族もいろいろあった。私は子ども二人が高校生のときに離婚を決断し、必死に働いて二人を育ててきた。そして両親を看取った。

「ママ、ハーフって呼ばれるのイヤ？　ダブルかミックス、どちらがいい？　って大人の人から聞かれたの。日本でしかこんなこと聞かれないからびっくり。私たちの場合、パパはコロンビアで生まれてアメリカで育ったし、ママだって在日コリアンだから、私の中に

は『日本』がないからハーフどころかゼロよね」と娘の李亜がいう。確かにそうだね。ボストンにある大学に留学した李亜はＤＮＡ検査キットで自分の遺伝子ルーツを調べた。唾液を採取するだけで先祖がどこからきたのかがわかるのだ。自分のアイデンティティを最先端技術を使って調べてみたかったのだという。結果は「East Asian の Korean 49.5%、Southern European の Spanish & Portuguese が 28.2%、Japanese は 0.1%」。（Korean 強し！）愛国を唱え、ヘイトスピーチをする人たちも、一度このテストしてみたらいいね、と子どもたちが言う。

　コロナ禍で二年以上もどってこられなかった息子の晃も昨年冬、日本に帰国した。そして今年の正月、息子と大阪の親戚の叔母二人とその娘の五人で、済州島《チェジュ》を旅することになった。晃が米国の大学を卒業したあと、フルブライト奨学生の英語教師として、二〇一八年に派遣されたのが、なんと偶然にも済州島だったのだ。それも父が生まれ、母の生まれた西帰浦《ソギポ》市にある中学校に派遣されたのだった。一年間の滞在時にお世話になったホストファミリーにご挨拶に行きたいという晃について行くことにしたのだ。日本へ来てから一度もチェジュを訪れなかった両親が、天国で仕組んだことかもしれない。母の妹である豊子おばさんは、墓参団で数十年前にチェジュに行ったのが最後だし、母の弟のお嫁さんの靖子おばさんはチェジュ生まれ。八歳の時、大阪に大変な思いをしてたどり着いたので本当に懐かしい、元気なうちに行こう、ということで今回の旅行が実現したのだ。

冬だというのに暖かな陽ざしで、花も咲いていた。台風の通り道に位置するチェジュは風が強く、火山島の島は石だらけだ。垣根として石垣が積まれている。手作業で一つひとつ積み上げた石垣。家の入り口の「オルレ垣」、家の垣根「ウル垣」、畑を囲った「畑垣」、海の天然石網の「ウォン垣」、墓を守った「サン垣」などがあるそうだ。四・三事件のあった一九四八年、四歳だった靖子おばさんは、その火の上がる恐ろしい光景が今でも目に焼き付いているという。大阪に避難していた両親を追って、何回かの密航を試みた後、ようやく大阪にたどり着く。姉はその話を知っていただろうか。姉の未完となった「石の聲」はもしかしたら済州島の石のことではないだろうか……。

そのとき、とつぜん垣根の石垣が、私に話しかけてきたような気がした。

一、そろえて　二、ならべて　三、いつき　四、まつり　五、さらに　六、たねを
七、ちらさじ　八、いわへ　九、おさめて　十、こころしずめて

各章のタイトルから聞こえてくる姉の奏でる伽倻琴の音色、目に浮かぶサルプリの舞。こうして作品が残っている限り、李良枝というひとりの人間は生きている。永遠に。

李良枝（34歳）芥川賞受賞後、ソウルにて　　撮影 Kee Sung Ryu

一九五五年（昭和三〇年）
三月一五日、李《イ》斗《ドウ》浩《ホ》・呉《オ》永《ヨン》姫《ヒ》の長女（兄二人、妹二人）として、山梨県南都留郡西桂町に生まれる。
父は一九四〇年、一五歳の時、済州島の最南端にある摹《モ》瑟《スル》浦《ポ》から渡日、船員、絹織物の行商などをしながら富士山の麓に居を定める。田中という通名を名乗っていた。

一九五九年（昭和三四年）　四歳
西桂町から富士吉田市に移り住む。

一九六一年（昭和三六年）　六歳
下吉田小学校に入学。

一九六四年（昭和三九年）　九歳
両親は日本に帰化する。田中淑枝《たなかよしえ》が本名となるが、良枝の字を使っていた。私は未成年で、自動的に日本国籍を持つことになったが、当時一六歳だった長兄が日本帰化に反対していたことを、二〇歳を過ぎて知ることになる。

一九六五年（昭和四〇年）　一〇歳
小学校五年のとき戯曲を書き、クラスの女の子全員を集めて猛練習、男子生徒たちの前で公演した。題は「心に太陽を持て」。主題歌も作り、それを今でも時折口ずさむことがある。

一九六七年（昭和四二年）　一二歳
下吉田中学校に入学。太宰治やドストエフスキーの小説を知り、読みふける。

一九七〇年（昭和四五年）　一五歳

山梨県立吉田高等学校に入学。藤間流日本舞踊を藤間豊久先生に、山田流箏曲を渡辺紫京先生に、小原流華道を武藤光蓉先生に師事する。琴の師匠になることを夢見る。永井荷風を読んでいた。

一九七二年（昭和四七年）　一七歳

高三に進級。すぐに中退。すでに両親の不和は、別居から離婚裁判へと進んでいた。何度か家出を繰り返し、京都に行く。観光旅館に、フロント係兼小間使いとして住みこむ。

一九七三年（昭和四八年）　一八歳

旅館の主人のはからいで、京都府立鴨沂《おうき》高等学校三年に編入。日本史の教師である片岡秀計先生との出会いを通して、自分の血、民族のことを考え始める。

一九七五年（昭和五〇年）　二〇歳

早稲田大学社会科学部に入学。一学期で中退。韓国の琴、伽倻琴《カヤグム》と出会い魅了される。池成《チソン》子《ジャ》先生に師事して韓国舞踊も習い始める。『青空に叫びたい』（高文研刊）に、「わたしは朝鮮人」という手記が収録される。

一九七六年（昭和五一年）　二一歳

冤罪事件として知られる丸正事件の主犯とされていた獄中の李得賢《イドクヒョン》さんの釈放要求運動に参加し、〝日本と日本人を告発する〟として、八月に一週間、数寄屋橋公園でハンガーストライキをする。多くの支持者を得たが、名分や建前、スローガンだけを口にしている自分の生き方に屈折した嫌悪感を覚え始めていた。

武田泰淳、河上肇、クロポトキンに熱中する。

一九七九年（昭和五四年）　二四歳

季刊「三千里」誌に、「散調《サンジョ》の律動の中へ」という手記を発表。伽倻琴の古典的独奏曲である散調を弾くことだけが生き甲斐のような毎日だった。翌々年、『手記＝在日朝鮮人』（龍溪書舎刊）に収録される。

一九八〇年（昭和五五年）　二五歳

五月、初めて韓国を訪れる。光州事件のさなかだった。

人間文化財である朴貴姫《パククイヒ》先生に師事し、本格的に伽倻琴独奏や、パンソリ（語り歌）の弾き語りを習い始める。土俗的な巫俗《ムソク》舞踊に出会って衝撃を受け、金淑子《キムスクチャ》先生に師事することになる。

一〇月、長兄・田中哲夫（31）がクモ膜下出血で急死する。

一九八一年（昭和五六年）　二六歳

一二月、次兄・哲富（30）が原因不明の脳脊髄膜炎となり死去する。

一九八二年（昭和五七年）　二七歳

在外国民教育院（ソウル大学予備課程）を一年経て、ソウル大学国語国文学科に入学。しかし、入学手続きと同時に休学届を出し、日本に戻る。

二人の兄の死が契機となり、高裁にまで進んでいた離婚裁判が終わり、両親は正式に離婚する。

ソウルの下宿で書き上げた「ナビ・タリョン」（嘆きの蝶）を「群像」一一月号に発表。恨《ハン》を解くとされている巫俗伝統舞踊である「살풀이《サルプリ》」に使われる長く白い手巾《スゴン》のイメージが、当時の私にとっては〝生〟というものの象徴だった。

一九八三年（昭和五八年）　二八歳

「かずきめ」を「群像」四月号に発表。

「あにごぜ」を同誌一二月号に発表。

九月、単行本『かずきめ』（講談社）が刊行される。

一九八四年（昭和五九年）　二九歳

ソウル大学国語国文学科に復学する。

「かずきめ」の韓国語訳をタイトルとした『해녀《ヘニョ》』が、ソウルの母音社《モウムサ》から刊行される。

「刻《こく》」を「群像」八月号に発表。

一九八五年（昭和六〇年）　三〇歳

二月、単行本『刻』（講談社）が刊行される。韓国中央日報社《チュンワンイルボウサ》から、『刻《カク》』が刊行される。

「影絵の向こう」を「群像」五月号に発表。

「鳶色の午後」を同誌一一月号に発表。

一九八六年（昭和六一年）　三一歳

「来意《らいい》」を「群像」五月号に発表。

「青色の風」を同誌一二月号に発表。

一九八七年（昭和六二年）　三二歳

エッセイ「巫俗伝統舞踊」を「アサヒグラフ」増刊・四月一日号に掲載。

韓国語版『来意《ネエウイ》』が図書出版三神閣《サムシンカク》から刊行される。

一九八八年（昭和六三年）　三三歳

ソウル大学国語国文学科を卒業。

卒業論文は「바리공주《バリコンジュ》とつながりの世界」。口碑文学である巫歌《ムガ》「바리공주《バリコンジュ》」（捨て姫）に現れた韓国人の他界観念、神観念を、女性史の視点からまとめた。巫俗における仏教受容の意義の大きさについて考え直すきっかけとなった。梨花女子大学舞踊学科大学院に、研究生として一年間通う。

「由熙《ユヒ》」を「群像」一一月号に発表。

一九八九年（昭和六四年・平成元年）三四歳

一月二日、李得賢さん（75）が、三島市で逝去。一九七七年に仮釈放され再審請求中だった。一生かかっても解けないと思われるほどの大きな課題を私の心に残して、逝かれた。

一月、「由熙」が、第一〇〇回芥川賞受賞作品となる。

二月、単行本『由熙』（講談社）が刊行される。韓国語版『由熙』（三神閣）が刊行される。

三月、梨花女子大学舞踊学科大学院修士課程に入る。巫俗と仏教の習合現象を通して、仏教儀礼舞踊に現れた反復性の美を、舞踊学的に整理することを研究テーマとする。

（以上、平成元年三月、李良枝記）

三月、富士吉田市民文化スポーツ栄誉賞を受賞。

四月、エッセイ「木蓮に寄せて」を東亜日報（韓国）に発表。

六月、梨花女子大学大学院を一時休学。同月、中国語版『由熙』（台湾・皇冠出版社）が刊行される。

七月、日本に一時戻る。

一〇月、出雲市、富士吉田市などで「プジョンノリ」「僧舞」「サルプリ」等の踊りの公演を行う。

一一月、大庭みな子氏と対談。
一一、一二月、出雲に滞在。

一九九〇年（平成二年）　三五歳
三月、梨花女子大学大学院復学。
一〇月、韓日文化交流基金招待講演（ソウル）。演題、「私にとっての母国と日本」。この講演の元原稿が学校のレポート以外では初めて自分で直接韓国語で書いたものとなる。このころ、山に関心を持ち、北漢山などへよく登る。
一二月、ソウルの文芸会館大劇場にて、金淑子先生らと踊りの公演を行う（「僧舞」「プジョンノリ」）。一一月から翌年三月まで、ソウル市の新羅ホテルに滞在。

一九九一年（平成三年）　三六歳
四月、いままで暮らしていた、ソウル市鍾路区孝子洞より、同市麻浦区上水洞へ引っ越す。大学へ通いながら、「石の聲」の執筆を始める。
一二月、韓国伝統舞踊への関心のきっかけともなった、恩師の金淑子先生が逝去。
梨花女子大学大学院単位取得。

一九九二年（平成四年）　三七歳
一月、二週間の滞在予定で日本へ戻る。妹の急病で予定を変更。
二月、妹の家で、久しぶりに家族とともに生活する。このころ、いままで避けてきたワープロを使用し始める。ソウル行きをしばらく保留。

三月、「石の聲」の執筆に専念する。

四月、新宿区にマンションを借り、一人暮らしを始める。

五月、妹・さか江が結婚のため、渡米。その間、妹が創刊準備中であった四ヵ国語情報誌「We're」の編集協力に熱中する。

同月一八日、軽い風邪の症状を訴え、風邪薬を服用。

一九日、頭痛と高熱のため、終日自宅にて療養する。

二〇日、熱が下がらないので救急車にて新宿区の東京女子医科大学病院へ行くが、単なる風邪ということで安心し、夜、家族とともに食事をした後、妹の家で過ごす。病院の薬を服用し、一時熱も下がる。

二一日早朝、再び胸の痛みを訴え、同病院を訪れ診断の結果、肺炎を併発していると言われるが、同病院のベッドの空きが無いため、杉並区の病院に救急車で運ばれる。しかし、そこではすでに処置が出来ないほどの重症と診断され、再度東京女子医大病院の集中治療室にうつされる。夕刻、同病院心臓血液センターに移動、痛みと呼吸困難のため、麻酔を受け、昏睡状態となる。その後、専門医による治療が行われ、一時安定状態を保つ。

二二日早朝、病状急変との報告が医師より家族に伝えられる。午前八時四二分、急性心筋炎のため逝去。

「石の聲」（第一章）が「群像」八月号に掲載される。

九月、単行本『石の聲』（講談社）が刊行される。

一二月、韓国語版『石の聲』（三神閣）が刊行される。

一九九三年（平成五年）

一月、富士吉田市立下吉田中学校に「李良枝記念コーナー」が設置され、手紙や写真、本などが展示される。
四月二四日から六月一三日まで、山梨県立文学館において「現代の女流作家」展が開催され、「李良枝コーナー」に生原稿や学生時代の読書ノート、舞踊の衣装などが展示される。
五月、二十二日の一周忌に合わせ『李良枝全集』（講談社）が刊行される。
一九九七年（平成九年）
九月、講談社文芸文庫より『由熙／ナビ・タリョン』が刊行される。
一九九九年（平成一一年）
四月一〇日から六月一三日まで、山梨県立文学館において「やまなし・女性の文学　樋口一葉・李良枝・津島佑子・林真理子を軸に」が開催される。
二〇〇〇年（平成一二年）
山梨県立文学館に「李良枝コーナー」が常設される。
二〇一〇年（平成二二年）
五月、講談社文芸文庫より『刻』が刊行される。
二〇一三年（平成二五年）
六月、「由熙」他二編を収録したドイツ語版『Yuhi & andere Erzählungen』（Abera Verlag）が刊行される。
二〇一六年（平成二八年）
五月、小・中・高校時代の同級生らが計画した文学碑が富士吉田市新倉山浅間公園に完成し、二十二日、除幕式が行われる。
二〇二二年（令和四年）
五月、二二日の没後三十周年の命日に合わせ、『ことばの杖　李良枝エッセイ集』（新泉社）が刊行される。
九月、温又柔《おんゆうじゅう》編集による『李良枝セレクション』（白水社）が刊行される。
一二月、「ナビ・タリョン」他三編を収録した英語版『NABI T'ARYŎNG』（Seoul Selection U.S.A.）が刊行される。

（作成・編集部）

参考資料『李良枝セレクション』

初出　「石の聲」(一)　「群像」一九九二年八月号
「石の聲」(二、三)　『李良枝全集』(一九九三年五月、講談社)
「わたしは朝鮮人」　『考える高校生の本6——青空に叫びたい』高校生文化研究会編
(一九七五年、高校生文化研究会)
「弔辞」　「群像」一九九二年七月号
「李良枝の思ひ出」　「群像」一九九二年七月号
「激しく美しく」　「新潮」一九九二年八月号
「李良枝さんの最期」　「文學界」一九九二年八月号
「編集者への手紙」　未発表(本書初収録)

底本　『李良枝全集』

Kodansha Bungei bunko

石《いし》の聲《こえ》　完全版《かんぜんばん》

李《イ》良《ヤン》枝《ジ》

2023年5月10日第1刷発行

発行者……………………鈴木章一
発行所……………………株式会社 講談社
〒112-8001 東京都文京区音羽2・12・21
電話 編集 (03) 5395・3513
販売 (03) 5395・5817
業務 (03) 5395・3615

デザイン……………………水戸部 功
印刷……………………株式会社KPSプロダクツ
製本……………………株式会社国宝社
本文データ制作……講談社デジタル製作

ISBN978-4-06-531743-3

講談社文芸文庫

李良枝
石の聲 完全版
解説=李 栄 年譜=編集部

三十七歳で急逝した芥川賞作家の未完の大作「石の聲」(一〜三章)に編集者への手紙、実妹の回想他を併録する。没後三十余年を経て再注目を浴びる、文学の精華。

978-4-06-531743-3
い-3

リービ英雄
日本語の勝利/アイデンティティーズ
解説=鴻巣友季子

青年期に習得した日本語での小説執筆を志した著者は、随筆や評論も数多く記してきた。日本語の内と外を往還して得た新たな視点で世界を捉えた初期エッセイ集。

978-4-06-530962-9
りC3